招祥麒　著

潘尼赋研究

選堂題

上海古籍出版社

圖書在版編目(CIP)數據

潘尼賦研究/招祥麒著.—上海：上海古籍出版
社,2011.11
　ISBN 978－7－5325－6089－9

Ⅰ.①潘...　Ⅱ.①招...　Ⅲ.①潘尼(約250～約311年)
－賦－詩歌研究　Ⅳ.①I207.224

中國版本圖書館 CIP 數據核字(2011)第198883號

潘尼賦研究

招祥麒　著

上海世紀出版股份有限公司
出版
上　海　古　籍　出　版　社

(上海瑞金二路272號　郵政編碼200020)
(1)網址：www.guji.com.cn
(2)E-mail：gujil@guji.com.cn
(3)易文網網址：www.ewen.cc

上海世紀出版股份有限公司發行中心發行經銷
上海市印刷四廠印刷
開本 850×1156　1/32　印張7.25　插頁2　字數205,000
2011年11月第1版　2011年11月第1次印刷
印數:1－1,800
ISBN 978－7－5325－6089－9
I·2410　定價:24.00元

如發生質量問題,讀者可向工廠調換

目　　録

序

班固云："赋者,古诗之流也,或以抒下情而通讽谕,或是宣上德而尽忠孝。"魏收云："会须作赋,始成大才士。"夫如是,赋之为用大矣哉!

辞赋之盛,莫踰汉魏六朝。汉代赋家,贾(贾谊)、马(司马相如)、王(王褒)、扬(扬雄),推为冠冕;班(班固)、张(张衡)、王(王逸)、蔡(蔡邕),允称巨擘。立声树影,彪炳辞义,凌轹千古。建安之世,曹氏父子(曹操、曹丕、曹植),妙善诗赋,表率词人,圭臬一代。降及晋代,作者云涌(据《全上古三代秦汉三国六朝文》所载,有赋传世之作者,晋代居首,逾一百二十人;汉代居次,达七十馀人)。三张(张华、张载、张协)二陆(陆机、陆云),两潘(潘岳、潘尼)一左(左思),或搖笔散珠,或動墨横锦,结藻清英,流韵绮靡。

晋代赋家,潘岳、潘尼"俱以文章知见",而"尼少有清才,性静,退而不竞,唯以勤学著述为事。史臣曰:'正叔(潘尼)含咀艺文,履危居正,安其身而后動,契其心而后言,著論究人道之纲,裁箴悬乘舆之鑒,可谓玉質而金相者矣。'"(《晋书·潘尼传》)由此观之,潘尼之赋,邀誉一代,惜世人知之者鲜耳。招君之专著《潘尼赋研究》,乃独具慧眼之作歟!

　　招君之作,先述潘尼之生平,次考其現存之賦篇與流傳概況,繼析潘賦之内容與修辭技巧;搜材豐博,敍次分明,論述有據,卓見良多,乃匠心之作也。專著付梓,索序於余,謹書數言,聊作讀後感云爾。辛卯年菊月何沛雄識於香港大學中文學院。

前　言

西晉(265—316)群才,若雲蒸霞蔚,三張(張華、張載、張協,一說張載、張協、張亢)、二陸(陸機、陸雲)、兩潘(潘岳、潘尼)、一左(左思)振藻於前,應貞、成公綏、趙至、鄒湛、棗據、褚陶、王沈、張翰、庾闡、傅玄、傅咸、夏侯湛、孫楚、曹攄、摯虞諸人羽翼其後,並皆躓武前朝,流風江左。論辭章,文則綺麗以推尋名理,研精探微;詩則瞻望魏采而稍入輕綺,或析文爲妙,或流靡自妍;賦則長篇短製,逸趣橫生,鋒發韻流,體物瀏亮,可觀者多。

近世以還,研究西晉文學之專書論文,或討論思潮,或探究文風,或深研文體,或校注文集,成果屢見。至於專論作家作品,則有所偏重,非資料易得故也。舉若潘岳、潘尼叔侄,號曰“兩潘”,然學界關注者,側重潘岳,研究專著逾四十種①。至於潘尼之研究,就

---

① 研究潘岳之專書,如陳淑美:《潘岳及其詩文研究》(臺北:文津出版社,1999年)、董志廣:《潘岳集校注》(天津:天津人民出版社,1993年)及〔日〕興膳宏:《潘岳、陸機》(東京:筑摩書房,1973年)等;至於專題論文,如丁嬿娜:《潘岳及其詩》、王娜:《鍾嶸〈詩品〉潘岳條疏證》、王琳:《潘岳賦論》、王德華:《唯生與位,謂之大寶——潘岳〈西征賦〉解讀》、王麗芬:《從潘岳、陶淵明的詩文看他們的隱逸思想》、王麗芬:《潘岳家世婚姻考訂》、吉廣興:《從元遺山〈論詩絕句〉看潘岳詩品與人品的出入》、安丹丹,許振:《心向仕途路　閑居非高情——潘岳〈閑居賦〉別解》、李長之:《西晉詩人潘岳的生平及其創作》、李啓恩:《潘岳賦研究》、尚定:《人品與詩品——潘岳辨》、林文月:《潘岳的妻子》、林文月:《潘岳陸機詩中的“南方”意識》、邵唯:《試論潘岳的人格與文格》、邱美煊,溫東榮:《從潘岳〈悼亡詩〉看潘岳其人》、金性堯:《潘岳〈悼亡〉》、柏松:《潘岳:在超脫與沉淪之間》、洪順隆:《論潘岳賦的經典風貌》、胡旭,王海兵:《潘岳三考》、胡旭:《潘岳若干問題研究》、胡旭:《潘岳隱逸思想初探》、苗健青:《試論潘岳人格的悲劇性》、凌迅:《潘岳文學雛論》、高國藩:《對西晉詩人潘岳的重新評價》、張國星:《潘岳其人與其文》、郭偉、周曉琳:《從〈閑居賦〉看潘岳思想》、陳玉林:《潘岳品性解析》、傅璇琮:《潘岳繋年考證》、楊曉斌:《從模擬鋪陳走向自抒機杼——潘岳五賦考論》、葉日光:《詩人潘岳及其（**轉下頁**）

知見所及，僅佐藤利行略析其詩，姜劍雲稍論其爲人而已①。

爲補苴罅漏，竊從潘尼賦起始研究，搜羅資料，全面論述，若能有益斯文，是所幸焉。本書凡七章，縷述如次：

首章潘尼生平述要。專論潘尼先世、生卒、籍貫、家庭、仕途、交遊等，欲以知人論文也。

次章現存潘尼賦考。專論潘尼現存賦作之篇目、篇數，並考其寫作年份。

三章潘尼賦之流傳。論説歷代類書、賦選、評著所收錄及稱介之潘尼賦篇，以明其賦歷隋、唐、宋、元、明、清以迄當代之流傳實況。

四章潘尼賦之內容。論析潘尼賦統歸敘事、抒情及詠物三類，並依類逐篇分析，詳其內容，發其底蘊。

五章潘尼賦之修辭。專論潘尼賦之修辭，舉凡篇章、句式、詞語、聲律及修辭格等，皆詳加剖析。

六章潘尼賦與諸家同題作品述論。自漢迄晉，賦家或擬題摹作以逞才思，或同題分詠以較短長，或步題和作以酬雅意，蔚爲風氣。本章取諸家凡與潘尼賦篇同題之作品，悉加述論，評其高下，以明潘尼賦之歷史地位。

七章總結。總理前文，申論全文之要點與創獲，庶幾群山磅礴，結於主峰；龍袞九章，歸絜一領矣。

（接上頁）作品校注》、廖國棟：《試探潘岳〈閑居賦〉的内心世界》、趙德高：《對潘岳人格的一種評價》、劉洋：《潘岳哀悼作品的“心畫心聲”》、劉福燕：《正確評價潘岳之人品及其文品》、潘新國：《潘岳哀詞試論》潘嘯龍、朱瑛：《潘岳人品論》、蔣方：《論潘岳的理想人格與現實行爲的矛盾構成：兼論西晉文人的心理特點》、蕭立生、周小喜：《潘岳〈悼亡詩〉初探》、蕭立生：《論潘岳抒情賦的藝術特色》、蕭含：《〈孤鶩已遠〉望塵而拜與華亭鶴鳴——潘岳與陸機》、繆鉞：《讀潘岳閑居賦》、叢燁莉：《開闊研究的視野和襟懷——對潘岳評價之瑣議》、[日]松本幸男：《潘岳的“秋興賦”と“閑居賦”》、[日]松本幸男：《潘岳の傳記》、[日]高橋和巳：《潘岳論》及[日]興膳宏：《潘岳年譜稿》等。

① [日]佐藤利行：《潘岳と潘尼》，《中國中世文學研究》，第22號（1992年4月），頁7—21。姜劍雲：《安身守正：論潘尼人生道路與人格精神》，《江西財經大學學報》，2002年第2期，頁44—47。

第一章　潘尼生平述要

第一節　小　引

劉彥和論文,擘肌分理,巨細靡遺,所著《文心雕龍》一書,實藝苑之瑰寶也。其《體性》云:

> 夫情動而言形,理發而文見;蓋沿隱以至顯,因內而符外者也。[1]

此言諸家文體,與乎作家性情,表裏必符。故論作品而欲窺深入髓者,必考其人。孟子知人論世之說[2],泰納種族、環境、時代之論[3],前修後進,中西同轍,可與共參焉。

今探潘尼賦作,乃先論其生平。《晉書》本傳語而未詳,特搜尋資料,從先世、生卒、籍貫、家庭、仕途、交遊諸項分而述之,庶幾得其全豹焉。

---

[1]　劉勰著,范文瀾注:《文心雕龍注》(香港:商務印書館香港分館,1960 年),下冊,卷六,《體性》,頁 505。

[2]　《孟子·萬章下》:“頌其詩,讀其書,不知其人,可乎? 是以論其世也。”見趙岐注,孫奭疏:《孟子注疏》(臺北:新文豐出版社影印清嘉慶二十年〔1815〕重刊宋本《十三經注疏》,1977 年,第 8 冊),卷十,頁 188 下。

[3]　泰納(Hippolyte-Adolphe Taine)《英國文學史·導言》云:“形成作品之因素有三:種族、環境和時代。”(Three different sources contribute to produce this elementary moral state — RACE, SURROUNDINGS, and EPOCH.) Taine, H. A. (1863), “Introduction to the History of English Literature”, in Bate, W. J. (ed.), *Criticism: The Major Texts* (San Diego: Harcourt Brace Jovanovich, 1970), pp. 501 - 504.

第二節　先　世

考潘姓之來源有三：一自周文王後畢公高之子季孫，食采於潘（今陝西省西安市、咸陽市以北之地），子孫遂以邑爲氏焉；一自楚公族芈姓之後，以字爲氏；一自南北朝後魏鮮卑族破多羅氏，隨魏孝文帝（拓跋宏，467—499，471—499 在位）遷都洛陽後，改姓潘氏。潘尼先祖，厥爲楚公族芈姓之後。唐林寶《元和姓纂》云：

> 岳（潘岳）家譜云：潘氏，楚公族，芈姓之後。崇子尪，生黨。漢潘瑾，後漢潘勖。[1]

又宋鄭樵《通志・氏族略・以字爲氏》楚人字條云：

> 潘氏，芈姓，楚之公族，以字爲氏。潘崇之先，未詳其始。或言畢公高之子季孫，食采於潘，謬矣。潘岳《家風詩》自可見。晉亦有潘父，恐自楚往也。漢有潘瑾，後漢有潘勉。又有破多羅氏，改姓潘氏，虜姓也。[2]

可見潘尼家系源於楚國公族，其祖先可考者，最早爲潘崇。崇子尪，尪子黨，則爲繼嗣。及漢，有潘瑾、潘勖。由潘黨以至瑾、勖，中間繁衍未可知也。

潘崇，爲春秋時楚太師，楚公族之後也。顧棟高撰《春秋大事

---

　　① 林寶：《元和姓纂》（臺北：臺灣商務印書館景印文淵閣《四庫全書》本，1986年，第 890 冊），卷四，頁 593。潘勖，原作潘助，依岑仲勉《元和姓纂四校記》改。岑氏云："後漢潘助。今《後書》不見，《通志》作潘勉。余按，《三國志》卷二十一《衛覬傳》有建安末尚書丞河南潘勖，注引《文章志》云：'勖字元茂，初名芝，改名勖。'勖、助形似，勖、茂、勉義同，此潘助即潘勖之訛無疑（溫校同），故下文接言'勖生芘、滿'也。"（岑仲勉：《元和姓纂四校記》，中研院《歷史專刊》之二十九，臺北：臺聯國風出版社，1976 年，頁 378。）
　　② 鄭樵撰，王樹民點校：《通志二十略》（北京：中華書局，1995 年），頁 118。按，潘勉，應作潘勖，說見岑仲勉校語，見前引書。

表》,中有《春秋人物表》,區別春秋人物爲十三類:賢聖、純臣、忠臣、功臣、獨行、文學、辭令、佞臣、讒臣、賊臣、亂臣、俠勇、方伎等。顧氏自謂所列人物"俱極矜慎",而潘崇則列入"亂臣"一類①。

春秋之世,楚成王熊頵(前?—626,前671—626在位)以潘崇爲太子商臣(前?—前614)師,崇爲太子出謀獻策,致使商臣弑父弑君。《左傳·文公元年》載:

> 初,楚子將以商臣爲大子,訪諸令尹子上。子上曰:"君之齒未也,而又多愛,黜乃亂也。楚國之舉,恆在少者。且是人也,蜂目而豺聲,忍人也,不可立也。"弗聽。既,又欲立王子職,而黜大子商臣。商臣聞之而未察,告其師潘崇曰:"若之何而察之?"潘崇曰:"享江芈而勿敬也。"從之。江芈怒曰:"呼!役夫!宜君王之欲殺女而立職也。"告潘崇曰:"信矣。"潘崇曰:"能事諸乎?"曰:"不能。""能行乎?"曰:"不能。""能行大事乎?"曰:"能。"冬十月,以宮甲圍成王。王請食熊蹯而死。弗聽。丁未,王縊。諡之曰"靈",不瞑;曰"成",乃瞑。穆王立,以其爲大子之室與潘崇,使爲大師,且掌環列之尹。②

江芈者,司馬遷以爲是成王寵姬③,而杜預則以爲"成王妹嫁於江"④。兩說不同,而以杜說爲優也。楊伯峻云:

> 據《秦本紀》太史公《贊》及《陳杞世家》《索隱》引《世本》,江爲嬴姓。江芈若爲成王寵姬,則當稱爲江嬴,今稱爲江芈,

---

① 顧棟高:《春秋大事表》(臺北:廣學社印書館,1975年),卷四十九,頁3105—3123。

② 左丘明傳,杜預注,孔穎達疏:《春秋左傳注疏》(《十三經注疏》,第6冊),卷十八,頁299上、下。

③ 司馬遷:《史記》(香港:中華書局香港分局,1969年),卷四十,《楚世家第十》,頁1698。

④ 左丘明傳,杜預注,孔穎達疏:《春秋左傳注疏》,卷十八,頁299下。

明是羋姓,此《注》是。①

潘崇對宮中各人性格深爲了解,知江羋口直心快,未能守秘,乃建議商臣宴請江羋而於席上傲謾不敬。江羋激於內侄行爲如此,乃泄成王意圖。商臣以告潘崇,崇爲謀“大事”——弑君。

令尹子上曾以“君之齒未也,而又多愛,黜乃亂也。楚國之舉,恆在少者”以及“且是人也,蜂目而豺聲,忍人也,不可立也”之理由,反對成王立商臣爲太子。太子既立,商臣自視子上爲眼中釘,去之而後快。《左傳·僖公三十三年》載:

> 晉陽處父侵蔡,楚子上救之,與晉師夾泜而軍。陽子患之,使謂子上曰:“吾聞之:‘文不犯順,武不違敵。’子若欲戰,則吾退舍,子濟而陳,遲速唯命。不然,紓我。老師費財,亦無益也。”乃駕以待。子上欲涉,大孫伯曰:“不可。晉人無信,半涉而薄我,悔敗何及? 不如紓之。”乃退舍。陽子宣言曰:“楚師遁矣。”遂歸。楚師亦歸。大子商臣譖子上曰:“受晉賂而辟之,楚之恥也,罪莫大焉。”王殺子上。②

楚成王殺子上,無乃誤信太子商臣之言。若以後事觀前事,推想潘崇曾向太子獻計譖害子上,以消除政敵阻力,當亦可信。

商臣殺君父而後立,是爲楚穆王(前 625—前 614 在位),不獨以前爲太子所居房舍賜與潘崇,並委爲太師,掌宮中軍隊,倚重之深,以至於此。

楚穆王十年(前 616),潘崇繼令尹成大心攻麇後,再伐麇國。《左傳·文公十一年》載:

> 十一年春,楚子伐麇。成大心敗麇師於防渚。潘崇復伐

---

① 楊伯峻:《春秋左傳注》(北京:中華書局,1981 年),第 2 冊,頁 514。
② 左丘明傳,杜預注,孔穎達疏:《春秋左傳注疏》,卷十七,頁 291 下、292 上。

麇,至于錫穴。①

又於楚莊王(熊旅,前 613—591 在位)元年(前 613),隨令尹子孔東伐群舒。《左傳·文公十四年》載:

> 楚莊王立,子孔、潘崇將襲群舒。②

由此可知,潘崇亦通曉軍事。

　　細察潘崇所爲,文韜武略,頗有足稱。然身爲太子師,不能諫之以義,誘之以道,反推波助瀾,構成篡弑之舉,雖謂桀犬吠堯,各爲其主,而終至王道淪喪,道德敗壞,宜乎歸列亂臣,以警來者。

　　崇子尪,字師叔,楚大夫也。楚穆王在位十二年薨,子旅立,是爲莊王。在位三年,楚國大饑,外族戎、庸、麇及百濮等趁機叛楚。《左傳·文公十六年》載:

> 楚大饑,戎伐其西南,至于阜山,師于大林。又伐其東南,至於陽丘,以侵訾枝。庸人帥群蠻以叛楚,麇人率百濮聚於選,將伐楚。於是申、息之北門不啓。③

外敵壓境,楚人乃至於不敢戰,謀遷都以避。大夫蒍賈曰:

> 不可。我能往,寇亦能往,不如伐庸。夫麇與百濮,謂我饑不能師,故伐我也。若我出師,必懼而歸。百濮離居,將各走其邑,誰暇謀人?④

蒍賈以伐庸而餘敵自退論要求出師。師出而百濮罷歸,與庸人交鋒而敗。楚群臣議合後援軍士而進,潘尪曰:

> 不可。姑又與之遇以驕之。彼驕我怒,而後可克。⑤

---

① 左丘明傳,杜預注,孔穎達疏:《春秋左傳注疏》,卷十九下,頁 328 上。
② 同上,頁 335 下。
③ 同上,卷二十,頁 346 下、347 上。
④ 同上,頁 347 上。
⑤ 同上。

楚師於是七遇庸兵皆佯敗,庸軍以楚不足與戰而鬆懈。逮楚師與群蠻叛,遂一舉滅庸。由是可知楚莊王能滅庸,潘尪厥功至偉。

楚莊王十七年(前 597),楚師圍鄭,因哀鄭人痛哭而退兵,後聞鄭人修城,乃復圍而克之,鄭伯肉袒牽羊以逆,懇言己罪。莊王左右皆曰"得國無赦",王曰:

> 其君能下人,必能信用其民矣,庸可幾乎![①]

於是楚師退三十里而許之媾和,並遣潘尪入盟,子良出質。

潘尪被委以重任,入鄭與之盟。由此可知,其人必屬深曉莊王心事,地位崇高而復嫻於辭令者。《左傳·宣公十二年》載晉大夫欒書之言曰:

> 子良,鄭之良也;師叔,楚之崇也。師叔入盟,子良在楚,楚、鄭親矣。[②]

潘尪之令聞遠達於晉,其才若何,當可想見。

潘尪子黨,又稱叔黨,亦爲楚大夫。擅於軍事,據《左傳》所載,晉、楚戰于邲,戰于鄢陵,黨俱參與其事。

魯宣公十二年(前 597)六月,晉以救鄭爲由出師伐楚。楚莊王迎戰,揮軍次於郔(今河南省鄭州市北)及管(今河南省鄭州市)以待,而晉師則在敖、鄗(均山名,在今河南省滎陽縣北)之間。雙方和議未成,旋戰,楚軍于邲大勝晉師,時潘黨參與此役,表現勇武。《左傳·宣公十二年》載:

> 晉魏錡求公族未得,而怒,欲敗晉師。請致師,弗許。請使,許之。遂往,請戰而還。楚潘黨逐之,及熒澤,見六麋,射一麋以顧獻,曰:"子有軍事,獸人無乃不給於鮮?敢獻於從

---

① 左丘明傳,杜預注,孔穎達疏:《春秋左傳注疏》,卷二十三,頁 389 上。
② 同上,頁 394 上。

者。"叔黨命去之。①

潘黨逐魏錡而又縱之，無乃表現勇武者之風範。又載：

> 潘黨既逐魏錡，趙旃夜至楚軍，席於軍門之外。……王乘左廣以逐趙旃。趙旃棄車而走林，屈蕩搏之，得其甲裳。晉人懼二子之怒楚師也，使軘車逆之。潘黨望其塵，使聘而告曰："晉師至矣！楚人亦懼王之入晉軍也，遂出陳。"②

時潘黨因逐魏錡而猶在道，望塵而警，使人速報楚師，而楚王得免。若黨不在道，又或望塵而避，則楚王或入於晉軍，被圍被擒，晉、楚交鋒，勝負之數，蓋未知之也。又載：

> 及昏，楚師軍於邲。晉之餘師不能軍，宵濟，亦終夜有聲。丙辰，楚重至於邲，遂次于衡雍。潘黨曰："君盍築武軍而收晉尸以爲京觀？臣聞克敵必示子孫，以無忘武功。"楚子曰："非爾所知也。夫文，止戈爲武。……夫武，禁暴、戢兵、保大、定功、安民、和衆、豐財者也，故使子孫無忘其章。今我使二國暴骨，暴矣；觀兵以威諸侯，兵不戢矣；暴而不戢，安能保大？猶有晉在，焉得定功？所違民欲猶多，民何安焉？無德而強爭諸侯，何以和衆？利人之幾，而安人之亂，以爲己榮，何以豐財？武有七德，我無一焉，何以示子孫？……古者明王伐不敬，取其鯨鯢而封之，以爲大戮，於是乎有京觀以懲淫慝。今罪無所，而民皆盡忠以死君命，又可以爲京觀乎？"③

楚莊王之言，大義凜然，深得武功真諦，宜乎稱霸中原，爲春秋盟主。潘黨勇武有餘，氣魄不足，充其量爲一武將而已。

---

① 左丘明傳，杜預注，孔穎達疏：《春秋左傳注疏》，頁395上。
② 同上，頁395下。
③ 同上，頁397上、下及398上、下。

邲之戰，晉敗於楚，二十二年後，乃有復仇之舉。魯成公十六年（前575），晉厲公（前580—前573在位）伐鄭，時楚莊王已薨，共王熊審（前590—560在位）在位十六年，聞鄭有難，乃出兵救鄭。六月，雙方遇於鄢陵，將戰，彭名御楚共王，潘黨爲右。能爲車右者，當必以武勇見重於王。《左傳·成公十六年》載楚軍戰前一日事：

> 癸巳，潘尪之黨（按：意指潘尪之子潘黨也）與養由基蹲甲而射之，徹七扎焉。以示王，曰：“君有二臣如此，何憂於戰？”王怒曰：“大辱國！詰朝爾射，死藝。”①

養由基之箭術，百步穿楊，史有明載。及戰，晉魏錡射共王中目。共王召養由基，與之兩箭，使射魏錡。養由基一矢中其項，以一矢復命。至於潘尪箭術如何？未得而知，然能力穿戰甲七扎，亦見臂力驚人，其以“何憂於戰”自負，亦屬當然。

鄢陵一役，楚師敗績，潘黨命運如何？傳文再無記述，或已卒於軍中，以應共王“死藝”之讖。

潘崇、潘尪、潘黨庶幾爲潘尼之遠祖，相隔代數多寡，已無從稽考矣。

漢之潘瑾，乃潘岳之祖父，事蹟無可考，僅知曾爲安平太守。《晉書·潘岳傳》云：

> 祖瑾，安平太守。②

潘岳爲尼叔父，其祖瑾，當爲尼之曾叔祖矣。太守一職，掌治郡務，屬五品官，秩二千石。《漢書·百官公卿表》云：

> 郡守，秦官，掌治其郡，秩二千石。有丞，邊郡又有長史，

---

① 左丘明傳，杜預注，孔穎達疏：《春秋左傳注疏》，卷二十八，頁476上、下。
② 房玄齡等：《晉書》（北京：中華書局，1974年），卷五十五，列傳第二十五，《潘岳從子尼傳》，頁1500。

掌兵馬,秩皆六百石。景帝中二年更名太守。①

《後漢書·百官志》云:

> 每郡置太守一人,二千石,丞一人。②

潘勖與潘瑾關係,未可確知,或爲伯侄、或爲叔侄矣③。《晉書·潘尼傳》云:

> 祖勖,漢東海相。父滿,平原内史。並以學行稱。④

由此可知勖生滿,滿生尼,三代儒素,足堪稱述。

潘勖,字元茂,名芝,因避諱而改名勖。生年不詳,東漢末年仕宦中央,建安二十年(215)卒於官,年五十餘。《三國志·魏書·衛覬傳》裴松之注引《文章志》云:

> 勖字元茂,初名芝,改名勖,後避諱。或曰勖獻帝時爲尚書郎,遷右丞。詔以勖前在二千石曹,才敏兼通,明習舊事,敕并領本職,數加特賜。二十年,遷東海相。未發,留拜尚書左丞。其年病卒,時年五十餘。⑤

潘勖“才敏兼通,明習舊事”,從“數加特賜”可知其不啻淹通政事,通才敏行,明徹習練舊制典籍,能力亦甚卓越也。

勖又爲文章大家,《魏書·衛覬傳》云:

---

① 班固撰,顏師古注:《漢書》(北京:中華書局,1962年),卷十九上,《百官公卿表第七上》,頁742。

② 范曄撰,李賢等注:《後漢書》(北京:中華書局,1965年),《百官志五》,頁3621。

③ 傅璇琮據《晉書》、《三國志》等史料表列潘岳世系:
潘瑾——潘芘——潘岳
潘勖——潘滿——潘尼
指出:“芘與潘勖當非親兄弟。”詳見所著《潘岳繫年考證》,《文史》,第14輯(1982年7月),頁237—238。

④ 房玄齡等:《晉書》,卷五十五,《潘岳從子尼傳》,頁1507。

⑤ 陳壽撰,裴松之注:《三國志》(北京:中華書局,1959年),卷二十一,《魏書》,《王衛二劉傳傳第二十一》,頁613。

> 建安末,尚書右丞河南潘勖,黄初時,散騎常侍河内王象,
> 亦與覬并以文章顯。①

建安十八年(213)五月,曹操封爲魏公。其冊封之文,乃勖之辭也。
蕭統《文選》卷三十五載此文,題作《冊魏公九錫文》。劉勰《文心雕
龍·詔策》云:

> 潘勖《九錫》,典雅逸群。②

又《風骨》云:

> 昔潘勖錫魏,思摹經典,群才韜筆,乃其骨髓峻也。③

劉勰於勖之文章,推崇備至,雖有過譽之嫌,亦見勖文典雅,骨力遒
勁。"九錫文"自冊封曹操始,開後代晉、宋、齊、梁、北齊、陳、隋風
氣。趙翼《廿二史劄記》卷七云:

> 其後晉、宋、齊、梁、北齊、陳、隋皆用之。其文皆鋪張典
> 麗,爲一時大著作。④

一文而享譽如此,亦文壇佳話也。

第三節　生　卒

　　潘尼,字正叔,其生卒年史無明載。《晉書》潘尼本傳附於從父
潘岳傳中,記曰:

---

① 陳壽撰,裴松之注:《三國志》(北京:中華書局,1959 年),卷二十一,《魏書》,
《王衛二劉傳傳第二十一》,頁 612。
② 劉勰著,范文瀾注:《文心雕龍注》,上冊,卷四,《詔策》,頁 359。
③ 同上,下冊,卷六,《風骨》,頁 513。
④ 趙翼:《廿二史劄記》(北京:北京市中國書店,1987 年),卷七,《九錫文》,
頁 91。

永嘉中,遷太常卿。洛陽將没,携家屬東出成臯,欲還鄉
里。道遇賊,不得前,病卒於塢壁,年六十餘。①

西晉懷帝司馬熾(?—313,307—313 在位)在位凡六年,年號永
嘉。永嘉二年(308)十月,匈奴劉淵(?—310,304—310 在位)自
稱皇帝,國號漢(308—318),改元永鳳。以長子劉和(?—310)爲
大將軍,四子劉聰(?—318,310—318 在位)爲車騎大將軍,族子
劉曜(?—328)爲龍驤大將軍,並由離石(今山西省離石縣)遷都平
陽(今山西省臨汾縣西南)。永嘉四年(310),劉淵病卒,太子和繼
位,因忌劉聰而欲殺之,却反爲劉聰所殺,聰遂繼爲漢主。劉聰即
位後,遣劉曜、劉粲(?—318,318 在位)、王彌等攻取洛陽附近州
縣,意欲孤立洛陽。永嘉五年(311)夏四月,石勒(274—333,319—
333 在位)於苦縣(今河南省鹿邑縣東)大敗晉師,縱騎圍而射之,
將士十餘萬人相踐如山,無一幸免。時洛陽發生饑荒,百官流散。
《資治通鑑》卷八十七《晉紀九》懷帝永嘉五年,夏四月云:

既而洛陽飢困,人相食,百官流亡者什八九。②

劉聰乃遣大將軍呼延晏進攻洛陽,晉軍輾轉失利,前後十二敗,死
者三萬餘衆。旋劉聰再遣劉曜、王彌、石勒等引兵會攻洛陽,永嘉
五年六月,洛陽城陷,劉曜等入城殺太子百官以下三萬餘人,擄懷
帝北去。

潘尼携家屬離洛陽之時,當在晉師苦縣大敗之後,洛陽城陷之
前,時應在永嘉五年四五月間。若其東出成臯(今河南省滎陽縣汜
水鎮西)還鄉途中遇賊,不得前而於同年底病卒於塢壁,終年“六十
餘”。此“六十餘”如以“六十一”計算,則其生年當在魏齊王曹芳
(231—274,239—254 在位)嘉平二年(250)之時。

---

① 房玄齡等:《晉書》,卷五十五,《潘岳從子尼傳》,頁 1516。
② 司馬光編著,胡三省音注:《資治通鑑》(北京:中華書局,1956 年),卷八十七,
《晉紀九·孝懷皇帝中》,頁 2762。

第四節 籍　貫

《晉書》潘尼本傳並無記載潘尼籍貫資料，然稱潘岳爲滎陽中牟(今河南省中牟縣)人。岳、尼既爲叔侄，故尼亦滎陽中牟人也。其《贈滎陽太守吴子仲》詩云：

> 無謂敝邑陋，覆簣由兹起。①

以滎陽稱"敝邑"，可證。

據《晉書·地理志》載，晉武帝(司馬炎，236—290，265—290在位)泰始二年(260)分河南郡之地立滎陽郡，統滎陽、京、密、卷、陽武、苑陵、中牟、開封八縣，戶三萬四千②。中牟縣在今鄭州與開封之間，《三國志·武帝紀》建安十八年(194)裴松之注稱潘勗爲陳留中牟人③，是知中牟縣於漢魏時屬陳留郡，至晉始隸滎陽郡。

然現存潘岳作品而關乎鄉土之思者，鮮有提及滎陽中牟，卻對鞏、洛二縣流露出無限眷戀。《在懷縣作》詩其二云：

> 眷然顧鞏洛，山川邈離異。願言旋舊鄉，畏此簡書忌。④

《文選》李善注云：

> 鞏、洛，岳父墳塋所在也。⑤

潘岳《西征賦》云：

---

① 張溥輯：《漢魏六朝百三家集》(上海：上海古籍出版社影印文淵閣《四庫全書》本，1994年)，第2冊，卷四十七，《潘尼集》，頁358下。以下所引潘尼作品皆出自此書，不一一出注。
② 房玄齡等：《晉書》，卷十四，志第四，《地理上》，頁415—416。
③ 陳壽撰，裴松之注：《三國志》，卷一，《魏書》，《武帝紀第一》，頁40。
④ 張溥輯：《漢魏六朝百三家集》，第2冊，卷四十五，《晉潘岳集》，頁314上。
⑤ 蕭統編，李善注：《文選》(香港：商務印書館香港分館，1936年)，卷二十六，《在懷縣作》，頁572下。

眷鞏洛而掩涕，思纏綿於墳塋。①

又《水經注·洛水》云：

> 其水東北流入白桐澗，又北逕袁公塢東，蓋公路始固有此也，故有袁公之名矣。北流注于羅水，羅水又西北逕袁公塢北，又西北逕潘岳父子墓，前有碑。②

又李善引《河南郡圖經》曰：

> 潘岳父冢，鞏縣西南三十五里。③

由上引文，可知潘岳眷懷鞏、洛，直認爲"舊鄉"，其父芘葬於斯，岳死，亦葬於斯。

傅璇琮指滎陽或陳留之中牟乃潘岳之郡望，鞏縣始爲岳家（至少由潘芘開始）實際居住之地④。其意可取。

至於潘尼出仕以前居於中牟，抑居於鞏縣，苦無確證。然潘岳與潘尼年齒相若⑤，潘尼《贈司空掾安仁》云：

> 坐則接茵，行則携手。義惟諸父，好同朋友。⑥

由此推論，二人少時既往來頻密，潘尼亦於鞏縣長大，當違事實不遠。

第五節　家　庭

關於潘尼家庭狀況，所知有限。《晉書·潘尼傳》云：

---

① 張溥輯：《漢魏六朝百三家集》，第 2 冊，卷四十五，《晉潘岳集》，頁 279 下。
② 酈道元：《水經注》（《四部叢刊初編》縮本），卷十五，《洛水》，頁 217 上。
③ 蕭統編，李善注：《文選》，卷二十六，《在懷縣作》，頁 572 下。
④ 傅璇琮：《潘岳繫年考證》，頁 238—239。
⑤ 潘岳較之潘尼年長三歲。
⑥ 逯欽立輯：《先秦漢魏晉南北朝詩》（北京：中華書局，1983 年），上冊，《晉詩》，卷八，頁 763。

　　　　祖勖，漢東海相。父滿，平原内史。並以學行稱。①

　　潘勖卒於漢建安二十年(215)，而尼則生於魏嘉平二年(250)，可見尼出生之時，祖勖早於三十五年前逝世。

　　尼父滿，《晉書》無傳，生年不詳，其官晉平原内史。《晉書·潘尼傳》云：

　　　　初應州辟，後以父老，辭位致養。太康中，舉秀才，爲太常博士。歷高陸令、淮南王允鎮東參軍。②

　　晉武帝泰始二年(266)，潘岳被辟司空太尉府掾，舉秀才；潘尼贈詩十章，中有“伊余鄙夫，秩卑才朽”③句，可見尼年十七，已出仕，故推測其“初應州辟”即在此年。尼以父老，辭位致養，及至惠帝(司馬衷，256—306，290—306在位)太康(280—289)中，舉秀才，爲太常博士。假設其舉秀才時爲285至286年間，則其父應在282—283年間逝世，潘尼守喪畢始再度出仕。如此，潘滿卒年約在太康三年(282)。

　　據《晉書·地理志》載，平原郡(今山東省樂陵、長清、平原諸縣地)隸屬冀州，統縣九，戶三萬一千④。内史職同太守，掌治民，進賢勸功，決訟檢姦，《晉書·職官志》云：

　　　　郡皆置太守，河南郡京師所在，則曰尹。諸王國以内史掌太守之任，又置主簿、主記室、門下賊曹、議生、門下史、記室史、錄事史、書佐、循行、幹、小史、五官掾、功曹史、功曹書佐、循行小史、五官掾等員。……萬戶以上，職吏六十九人，散吏三十九人。郡國皆置文學掾一人。⑤

---

①　房玄齡等：《晉書》，卷五十五，《潘岳從子尼傳》，頁1507。
②　同上，頁1510。
③　逯欽立輯：《先秦漢魏晉南北朝詩》，上冊，《晉詩》，卷八，頁763。
④　房玄齡等：《晉書》，卷十四，《地理志上》，頁423。
⑤　同上，卷二十四，《職官志》，頁746。

内史管轄屬員逾百人,可見職權重大,事務繁重。

史載潘滿與潘勖"並以學行稱",可見儒者德操,被人稱頌。陸機詩云:

> 猗歟潘生,世篤其藻,仰儀前文,丕顯祖考。①

此頌揚潘尼而及其祖考,是其三代以文學名世之旁證也。

潘尼之母何人,兄弟多少,以至妻子凡幾等,俱不可考。史稱懷帝永嘉五年(311),洛陽將没,尼携家屬欲還鄉里。其"家屬"究有何者,乃俟異日或可證之。

潘尼從父岳,字安仁。岳祖潘瑾,父潘芘,《晉書・潘岳傳》載:

> 祖瑾,安平太守。父芘,琅邪内史。②

潘岳自少聰慧,以才穎見稱,鄉邑號爲"奇童"③。《晉書・潘岳傳》云:

> 早辟司空太尉府,舉秀才。④

潘尼與岳年齡相差不遠,論輩份爲叔侄,然情感親厚,好同朋友,乃有《贈司空掾安仁詩》十章,其八曰:

> 伊余鄙夫,秩卑才朽。温温恭人,恂恂善誘。坐則接茵,
> 行則携手。義惟諸父,好同朋友。⑤

《晉書・潘岳傳》又云:

> 岳才名冠世,爲衆所疾,遂栖遲十年。出爲河陽令,負其

①　裴松之《三國志注》引《潘尼别傳》。見陳壽撰,裴松之注:《三國志》,卷二十一,《魏書》,《王衛二劉傳傳第二十一》,頁613。
②　房玄齡等:《晉書》,卷五十五,《潘岳從子尼傳》,頁1500。
③　同上。
④　同上。
⑤　逯欽立輯:《先秦漢魏晉南北朝詩》,上册,《晉詩》,卷八,頁763。

才而鬱鬱不得志。①

潘尼有《贈河陽詩》云：

> 處生化單父，子奇蒞東阿。桐鄉建遺烈，武城播弦歌。逸
> 驥騰夷路，潛龍躍洪波。弱冠步鼎鉉，既立宰三河。流聲馥秋
> 蘭，擒藻豔春華。徒美天姿茂，豈謂人爵多。

善頌善禱之詞，末以天姿既茂，人爵將從以開解從父心結。此非知
音者誰復爲之。

《晉書·潘岳傳》又云：

> 轉懷令……岳頻宰二邑，勤於政績。調補尚書度支郎，遷
> 廷尉評，以公事免。楊駿輔政，高選吏佐，引岳爲太傅主簿。
> 駿誅，除名。初，譙人公孫宏少孤貧，客田於河陽，善鼓琴，頗
> 能屬文。岳之爲河陽令，愛其才藝，待之甚厚。至是，宏爲楚
> 王瑋長史，專殺生之政。時駿綱紀皆當從坐，同署主簿朱振已
> 就戮。岳其夕取急在外，宏言之瑋，謂之假吏，故得免。未幾，
> 選爲長安令。②

晉武帝崩，惠帝立，以太尉楊駿爲太傅輔政，駿引岳爲主簿。時賈
后欲干朝政，忌駿權盛，密詔楚王瑋入京誅之，同坐者牽連甚廣。
岳既爲駿僚屬，且同署主簿朱振已就戮，若非河陽舊客公孫宏善爲
說項，謂爲假吏得免，則岳當被誅連。後岳選爲長安令，潘尼有《獻
長安君安仁詩》十章，曰：

> 峨峨嵩岳，有嚴其峻。奕奕茂宗，載挺英儁。仍代垂芳，
> 金聲玉潤。固天縱之，應期翼晉。
>
> 翼晉伊何，惟國之楨。明理內照，流風外馨。出敷五教，

---

① 房玄齡等：《晉書》，卷五十五，《潘岳從子尼傳》，頁 1502。
② 同上，頁 1502—1504。

入讚典刑。黎人既乂,庶獄既清。

邦人宗德,朝野歸真。乃銓國議,乃綜彝倫。優劣圉差,褒貶齊均。九流順序,百郡望塵。

出不辭難,處不悶滯。望色斯聽,温言則屬。志在恤人,損己濟代。復宰舊都,三命而逝。

赫矣舊都,實惟西京。人不安業,盜賊公行。帝用西顧,朝簡英清。僉曰我君,勳績維明。

西京伊何,實嶮實遐。右帶汧隴,東接二華。我政既平,我化惟嘉。肅之斯威,綏之斯和。

卓公化密,國僑相鄭。名垂載籍,勛加百姓。今在潘后,實有惠政。豈羨在昔,於茲亦盛。

僕夫授策,發軔皇都。親戚鱗集,祖餞盈塗。嘉肴紛錯,清酒百壺。飲者未醒,宴不及娱。

曜靈速邁,王制難違。投艫即路,憂公忘私。衮職有闕,思君之歸。將升皇極,入侍紫微。

否泰靡常,變通有時。煌煌帝載,俟君而熙。願崇大業,克俊良期。屏營懷慕,舒憤獻詩。[1]

洋洋十章,清綺之辭寄寓祝頌相思之意,親好之情,溢於言表。

《晉書·潘岳傳》又曰:

> 徵補博士,未召,以母疾輒去官免。尋爲著作郎,轉散騎侍郎,遷給事黃門侍郎。[2]

潘岳數遷,益趨世利,終至諂事賈謐,構陷愍懷太子(司馬遹,278—

---

① 逯欽立輯:《先秦漢魏晉南北朝詩》,上册,《晉詩》,卷八,頁762。
② 房玄齡等:《晉書》,卷五十五,《潘岳從子尼傳》,頁1504。

300),種下殺身之禍。《晉書‧潘岳傳》載:

> 岳性輕躁,趨世利,與石崇等諂事賈謐,每候其出,與崇輒
> 望塵而拜。構愍懷之文,岳之辭也。謐二十四友,岳爲其首。
> 謐《晉書》限斷,亦岳之辭也。其母數誚之曰:"爾當知足,而乾
> 没不已乎?"而岳終不能改。①

元康十年(300)四月,趙王倫(司馬倫,?—301)廢賈后爲庶人,盡
誅賈謐及其黨人。石崇、潘岳懼終見危,乃與淮南王允(司馬允,
272—300)謀誅倫,事泄被殺。《世說新語‧仇隙》引王隱《晉
書》載:

> 石崇、潘岳與賈謐相友善,及謐廢,懼終見危,與淮南王謀
> 誅倫。事泄,收崇及親期以上皆斬之。②

《晉書‧潘岳傳》亦載:

> 初,茈爲琅邪内史,孫秀爲小史給岳,而狡黠自喜。岳惡
> 其爲人,數撻辱之,秀常銜忿。及趙王倫輔政,秀爲中書令。
> 岳於省内謂秀曰:"孫令猶憶疇昔周旋不?"答曰:"中心藏之,
> 何日忘之。"岳於是自知不免。俄而秀遂誣岳及石崇、歐陽建
> 謀奉淮南王允、齊王同爲亂,誅之,夷三族。③

潘岳被夷三族,父族、母族及妻族受禍,《晉書‧潘岳傳》載:

> 岳母及兄侍御史釋、弟燕令豹、司徒掾據、據弟詵,兄弟之
> 子,已出之女,無長幼一時被害,唯釋子伯武逃難得免。而豹
> 女與其母相抱號呼不可解,會詔原之。④

---

① 房玄齡等:《晉書》,卷五十五,《潘岳從子尼傳》,頁1504。
② 劉義慶撰,劉孝標注:《世說新語》(香港:中華書局香港分局,1978年重印《諸
子集成》,第8冊),卷六,《仇隙第三十六》,頁245。
③ 房玄齡等:《晉書》,卷五十五,《潘岳從子尼傳》,頁1506。
④ 同上,頁1507。

潘尼以從子故幸免於難，乃爲岳墓碑題辭。《水經注·洛水》載：

> （羅水）又西北逕潘岳父子墓，前有碑。岳父芘，瑯琊太守。碑石破落，文字缺敗。岳碑題云："給事黃門侍郎潘君之碑。"碑云："君遇孫秀之難，闔門受禍，故門生感覆醢以增慟，乃樹碑以記事。"太常潘尼之辭也。①

可堪注目者，潘尼自岳任長安令贈詩後至岳卒題碑，中間未見題贈，其中原委實與性行相關。潘尼深感從父性輕躁，而日趨世利，實與己性不合，或因此而疏於往還。然份屬親戚，亦曾"好同朋友"，岳死而爲題墓碑，亦情理之常者也。

至於岳父潘芘，母邢氏②，兄釋，弟豹、據及詵，妻楊氏及子女等，與潘尼往還情事，既無記載，尼詩文中亦無提及，概不可考矣。

第六節　仕　途

潘尼少有清才，與從父岳俱以文章見知③。才之譽爲清者，蓋指雅麗而不濁也。晉武帝泰始二年（266），岳被辟司空太尉府掾，舉秀才，尼年十七，賦詩十章以贈，題爲《贈司空掾安仁詩》，曰：

> 桓桓上宰，穆穆四門。投綸滄海，結綱崑崙。迅翼爭赴，遊鱗競奔。美哉逸軌，放轡無前。

> 放轡伊何，杖策來遊。頡頏將相，高揖王侯。華茂九春，實繁三秋。騁辭泉踊，敷藻雲浮。

---

① 酈道元：《水經注》，卷十五，《洛水》，頁217上。
② 潘岳《悲邢生辭》："周文王之苗裔，予元舅之洪胄。"（張溥輯：《漢魏六朝百三家集》，第2冊，卷四十五，《晉潘岳集》，頁302上。）其所悼者，乃潘岳舅父之子。由是知潘岳母本姓邢。
③ 房玄齡等：《晉書》，卷五十五，《潘岳從子尼傳》，頁1507。

　　表奇髫齔,成名弱冠。令德内光,文雅外煥。幽冥必探,凝滯必散。終貫杜口,楊班韜翰。

　　我車既駕,我弓既招。既升尺木,將遊雲霄。納言帝側,正色皇朝。華組鳴珮,飛蟬曜貂。

　　人亦有言,人惡其上。至樂貴和,大禮崇敬。泉不可凌,必也心競。伐善施勞,先人所病。

　　文侯焉軾,干木在庭。子奇何盛,車有老成。昔聞顏子,今也吾生。克己復禮,在貴不盈。

　　發采故鄉,揚輝蓬宇。文繡煌煌,衣裳楚楚。何以會賓,華門環堵。何以備肴,殺雞爲黍。

　　伊余鄙夫,秩卑才朽。温温恭人,恂恂善誘。坐則接茵,行則携手。義惟諸父,好同朋友。

　　年時易逝,進德苦晚。嘉彼駿逸,愧此疲蹇。雖欲望塵,前驅遂遠。解銜散轡,徘徊吴阪。

　　收迹衡門,旋軫上京。方事之殷,以君之明。緝熙臺鼎,協濟和羮。歧路多懷,賦詩贈行。①

　　一、二章言出仕,三章頌美才,四章述期盼,五、六章論修德,七章寫送別,八章敘情誼,九章抒感慨,十章道贈詩之由。辭則雅潔綺麗,情則清新顯達。年少之作,具此功力,令人激賞。傅咸許以"識通才高"②,陸機稱其"彼美潘生"③,良有以也。

　　潘尼性情温厚恬淡,處世無所爭競,然能奮志讀書,勤於著述,《晉書·潘尼傳》云:

---

①　逯欽立輯:《先秦漢魏晉南北朝詩》,上册,《晉詩》,卷八,頁762—763。
②　傅咸《答潘尼詩》并序。同上引書,頁606。
③　陸機《答潘尼詩》。同上引書,頁677。

性靜退不競,唯以勤學著述爲事。著《安身論》以明所守。①

《安身論》以安身二字立骨,議論縱橫。首以"蓋崇德莫大乎安身,安身莫尚乎存正,存正莫重乎無私,無私莫深乎寡欲"發端,接着從正反兩面說明"安身"之重要。又抨擊"棄本要末之徒,知進忘退之士"因自私而爭伐,以致"大者傾國喪家,次則覆身滅祀"。至於"君子則不然,知自私之害公也",故能遠絕榮利,犯而不校,功而不德,安身而不爲私,乃能保國家、處富貴、治萬物。然後揭櫫安身之道:"若乃弱志虛心,曠神遠致,徒倚乎不拔之根,浮遊乎無垠之外,不自貴於物而物宗焉,不自重於人而人敬焉。"最後勸勉今之學者釋自私之心,"治其內而不飾其外,求諸己而不假諸人,忠肅以奉上,愛敬以事親,可以御一體,可以牧萬民,可以安賤貧,經盛衰而不改,則庶幾乎能安身矣"作結。全篇反覆致意,內則以明所守,外則警世導人。奈何世道紛擾,追名逐利者當衢比肩,能安身避禍,從容於爭伐之外者,捨潘尼而誰歟?《晉書·潘尼傳》全錄原文②,此史家珍之重之也。

潘尼以才名聞於州府,被辟出仕。後以老父待養,乃辭歸。《晉書·潘尼傳》載:

> 初應州辟,後以父老,辭位致養。③

辟召人才之制,自東漢以降極盛。凡王公府掾屬、將軍幕府與州郡僚佐,大抵由首長主官自行辟召。他官如開府儀同三司及將軍之號,亦得專辟召。魏晉以還,地方割據之勢既成,中央除授官吏範圍縮小,故地方官吏幕僚多能擅自署置,以致制度日趨淫濫;重以門第觀念日盛,被辟者多摻雜庸碌之輩,此不獨漢代以來儲才備用

---

① 房玄齡等:《晉書》,卷五十五,《潘岳從子尼傳》,頁 1507。
② 同上,頁 1507—1510。
③ 同上,頁 1510。

之風隳壞,甚而具真實才德者,耻而不應。《晉書‧虞悝傳》云:

> 虞悝,長沙人也。弟望,字子都。并有士操,孝悌廉信,爲鄉黨所稱,而俱好臧否,以人倫爲己任。少仕州郡,兄弟更爲治中、別駕。元帝爲丞相,招延四方之士,多辟府掾,時人謂之"百六掾"。望亦被召,耻而不應。①

尼之辭歸也,固以父老致養,個中原委,或因才秩卑微且同僚鄙俗有關。

晉武帝太康(280—289)中,潘尼被舉秀才,爲太常博士,又出任高陸令與淮南王允鎮東參軍。《晉書‧潘尼傳》載:

> 太康中,舉秀才,爲太常博士。歷高陸令、淮南王允鎮東參軍。②

吳文治《中國文學史大事年表》推測潘尼於太康六年(285)舉秀才,爲太常博士③。史傳僅稱"太康中",而太康共十年,王氏由此而推測,蓋相差在一、二年間耳。

察舉歲貢之制,漢代極盛,至晉詔令察舉,頗重秀才之選。《北堂書鈔》引晉《官品令》云:

> 舉秀才,明經傳者,以入學宮。④

又云:

> 舉秀才,皆行儀典,爲一州之俊。⑤

可知當日對於秀才頗爲注重。至於太常博士,爲太常卿屬官,掌引

---

① 房玄齡等:《晉書》,卷八十九,《忠義傳》,頁2316。
② 同上,卷五十五,《潘岳從子尼傳》,頁1510。
③ 吳文治:《中國文學史大事年表》(合肥:黃山書社,1987年),上冊,頁319。
④ 虞世南撰,孔廣陶校注:《北堂書鈔》(臺北:文海出版社影印孔氏三十三萬卷堂影宋鈔本,1962年),卷七十九,《設官部三十一‧秀才一百七十八》,頁347。
⑤ 同上。

導乘輿，王公以下應追謚者，則博士議定之①。其時博士之選，均以履行清純、通達經典者爲準。《藝文類聚》引《晉令》云：

> 博士皆取履行清通，淳明典義。②

《太平御覽》引晉《中興書》云：

> 博士之職，端委珮玉，朝之大典，必於詢度，當以正道克厭人望，然後爲可。③

潘尼舉秀才而爲太常博士，其才識人品，於茲窺見。

潘尼任職太常博士時間多久，未可確知，大概在兩年以內，後轉任地方官員，歷高陸令與淮南王允鎮東參軍。

晉制，縣大者置令。高陸縣隸京兆郡，與長安、杜陵、霸城、藍田、萬年、新豐、陰般、鄭等縣共四萬戶④。

《晉書・武十三王》載：

> 淮南忠壯王允字欽度，咸寧三年，封濮陽王，拜越騎校尉。太康十年，徙封淮南，仍之國，都督揚、江二州諸軍事、鎮東大將軍、假節。⑤

由是可知，潘尼於太康十年(289)任淮南王允鎮東參軍。

晉惠帝元康元年(291)，尼拜太子舍人。《晉書・潘尼傳》云：

> 元康初，拜太子舍人，上《釋奠頌》。其辭曰：元康元年冬十二月……⑥

---

① 房玄齡等：《晉書》，卷二十四，《職官志》，頁 736。
② 歐陽詢撰，汪紹楹校：《藝文類聚》(北京：中華書局，1965 年)，卷四十六，《職官部二・博士》，頁 831。
③ 李昉：《太平御覽》(北京：中華書局，1960 年用上海涵芬樓影印宋本複製重印)，卷二百二十九，《職官部二七・太常博士》，頁 1086 下。
④ 房玄齡等：《晉書》，卷十四，《地理志上》，頁 430。
⑤ 同上，卷六十四，《武十三王傳》，頁 1721。
⑥ 同上，卷五十五，《潘岳從子尼傳》，頁 1510。

尼拜太子舍人後上《釋奠頌》，起始即以"元康元年冬十二月"敘時，由是確知"元康初"者，乃指元康元年(291)也。晉制，太子舍人十六人，職比散騎中書等侍郎①。潘尼在此期間，著述頗勤，集中作品如《獻長安君安仁詩》、《釋奠頌》、《釋奠詩》、《皇太子社》、《七月七日侍太子宴玄圃》、《鼈賦》、《桑樹賦》、《皇太子集應令》、《贈陸機出爲吳王郎中令》、《贈二李郎詩序》等，俱在任太子舍人時作。其中《釋奠頌》詳述釋奠禮儀，較諸《周禮》、《禮記》及鄭玄注優勝多矣，堪稱研究古禮之重要資料。約於元康六年(296)，潘尼出爲宛令，頗有政績。《晉書·潘尼傳》云：

> 出爲宛令，在任寬而不縱，恤隱勤政，屬公平而遺人事。②

施政苛則民怨，政寬則民縱，潘尼允執厥中，恤隱勤政，治民一斷以理，無親無私，公平處事。百世以還，爲官者當汗顏無數。

元康八年(298)，潘尼入補尚書郎③。杜佑《通典》云：

> 晉尚書郎選極清美，號爲大臣之副。武帝時，有三十四曹。後又置運曹，爲三十五曹，置郎中二十三人，更相統攝。④

《晉書·職官志》亦云：

> 及晉受命，武帝罷農部、定課，置直事、殿中、祠部、儀曹、吏部、三公、比部、金部、倉部、度支、都官、二千石、左民、右民、虞曹、屯田、起部、水部、左右主客、駕部、車部、庫部、左右中兵、左右外兵、別兵、都兵、騎兵、左右士、北主客、南主客，爲三十四曹郎。後又置運曹，凡三十五曹，置郎二十三人，更相

---

① 房玄齡等：《晉書》，卷二十四，《職官志》，頁 743。
② 同上，卷五十五，《潘岳從子尼傳》，頁 1512。
③ 吳文治：《中國文學史大事年表》，上冊，頁 336。
④ 杜佑著，顏品忠等校點：《通典》(長沙：岳麓書社，1995 年)，上冊，頁 317—318。

統攝。①

未知潘尼所屬何部？然入職未久，轉著作郎，專掌史任。史稱著作郎始到職，必撰名臣傳一人②。

時惠帝昏瞶，賈后亂政，太子司馬遹素爲所忌，乃設計構陷，使帝廢太子爲庶人，出於許昌（今河南省許昌縣東）宮，令治書御史劉振持節守之。

太子既廢，朝廷衆情憤怨。右衛督司馬雅等與典重兵之趙王倫及孫秀謀廢賈后，復太子。事將行，秀說倫曰：

> 太子爲人剛猛，若得志之日，必肆其情性矣。明公素事賈后，街談巷議，皆以公爲賈氏之黨。今雖欲建大功於太子，太子雖將含忍宿忿，必不能加賞於公，當謂公逼百姓之望，翻覆以免罪耳。若有瑕釁，猶不免誅。不若遷延卻期，賈后必害太子，然後廢賈后，爲太子報讐，猶足以爲功，乃可以得志。③

倫依其計，秀使人行反間，揚言殿中人欲廢賈后，立太子；又勸賈后親黨早除太子以絕衆望。於是，賈后乃矯詔使人至許昌，殺廢太子遹。

永康元年（300）四月，趙王倫、孫秀以賈后殺太子罪，矯詔遣齊王冏等領兵入宮，殺賈后親黨賈謐等，廢賈后爲庶人，旋又矯詔賜死。

趙王倫與孫秀謀篡位，欲先除朝望，乃殺司空張華及裴頠等，並夷三族。倫自爲相國，都督中外諸軍事，後加九錫。親黨孫秀等皆封大郡，並據兵權。倫素庸愚，復受制於秀。秀爲中書令，威權震朝廷。

中護軍淮南王允知趙王倫、孫秀有異志，乃陰養死士，謀討之。

---

① 房玄齡等：《晉書》，卷二十四，《職官志》，頁 732。
② 同上，頁 735。
③ 同上，卷五十三，《愍懷太子傳》，頁 1461—1462。

八月,倫、秀轉允爲太尉,欲奪其兵權,允遂起兵圍相府,與倫激亂,旋被誘殺,允子秦王郁(司馬郁,? —300)、漢王迪(司馬迪,? —300),坐見夷滅者數千人。

　　孫秀因與石崇、潘岳、歐陽建等有隙,乃誣崇等參與淮南王允作亂,皆族誅。永康二年(301)正月,趙王倫逼惠帝禪位,改元建始。孫秀專擅朝政。潘尼鑑此局勢,深感惶恐,乃藉機避禍。《晉書·潘尼傳》云:

　　　　及趙王倫篡位,孫秀專政,忠良之士皆罹禍酷。尼遂疾篤,取假拜掃墳墓。①

　　同年三月,齊王冏於許昌起兵,檄告諸王及各地共討趙王倫、孫秀等。成都王穎(司馬穎,276—306)、河間王顒(司馬顒,生卒年不詳)、常山王乂(司馬乂,277—304)②等起兵響應,衆數二十萬。趙王倫分兵拒戰。四月,百官將士皆欲謀倫與秀,左衛將軍王輿與尚書廣陵公漼,率兵七百餘人入宮,殺秀,迎惠帝復位,改元永寧。旋賜倫死,收其諸子皆斬之。

　　潘尼初聞齊王冏起事,乃赴許昌(今河南省許昌縣西南),冏引爲參軍,使出謀獻策,兼掌書記。齊王兵入洛陽,尼獲封安昌公。《晉書·潘尼傳》載:

　　　　聞齊王冏起義,乃赴許昌。冏引爲參軍,與謀時務,兼管書記。事平,封安昌公。③

　　晉之封爵凡十五等。杜佑《通典》載:

---

　　①　房玄齡等:《晉書》,卷五十五,《潘岳從子尼傳》,頁1515。

　　②　司馬乂,字士度,爲武帝第六子。太康十年(289)封爲長沙厲王。惠帝永平元年(291),賈后以專殺之罪,收斬楚王瑋。瑋既誅,乂以同母,貶爲常山王。永康二年(301)乂起兵響應齊王冏討趙王倫,至洛,拜撫軍大將軍,領左軍將軍。頃之,遷驃騎將軍,開府,復長沙王號。(參《晉書》卷五十九,《長沙王乂傳》,頁1612。)

　　③　房玄齡等:《晉書》,卷五十五,《潘岳從子尼傳》,頁1515。

晉亦有王、公、侯、伯、子、男，又有開國郡公、縣公、郡侯、縣侯、伯、子、男及鄉、亭、關内等侯，凡十五等。①

潘尼獲封之"安昌公"屬縣公。安昌爲義陽郡之一縣，在荆州境内②。

惠帝復位，論功行賞。齊王冏以功封大司馬，加九錫，輔政。俄而驕奢專權，大起府第，壞公私廬舍以百數，中外失望，永寧二年（302）十二月，爲長沙王乂所殺。河間王顒、成都王穎又繼起攻乂，三王戰爭，皇室多故。潘尼周旋於波譎雲湧間，迭居顯要。至懷帝永嘉中，官遷太常卿。《晉書·潘尼傳》載：

> 歷黃門侍郎、散騎常侍、侍中、秘書監。永興末，爲中書令。時三王戰爭，皇家多故，尼職居顯要，從容而已。雖憂虞不及，而備嘗艱難。永嘉中，遷太常卿。③

黃門侍郎爲侍衛之官，四品；散騎常侍掌規諫，三品；侍中備切問近對，拾遺補闕，三品；秘書監統著作局，掌圖書，四品；中書令掌贊詔命，記會時事，典作文書，三品；太常卿，掌禮儀，銀章青綬，進賢兩梁冠，絳朝服，佩水蒼玉，三品④。

懷帝永嘉五年（311），匈奴入寇，洛陽將陷，百官流亡，潘尼携家屬欲還鄉里避禍，惜道中遇賊，不得前，病卒於塢壁，年六十餘。

第七節　交　遊

西晉乃門閥盛行之世，官場上彼此拉攏，互相憑藉，或結黨以

---

① 杜佑著，顏品忠等校點：《通典》，上册，頁 255。
② 房玄齡等：《晉書》，卷十四，《地理志下》，頁 453—455。
③ 同上，卷五十五，《潘岳從子尼傳》，頁 1515—1516。
④ 同上，卷二十四，《職官志》相關各條。

營私,或趨炎以附勢,滿目皆然。潘尼一生履危居正,安身而後動,其交結顯貴而不爲所累,契心朋輩而一標以正,由是杯酒唱酬者少,可考者顯貴如司馬遹、司馬冏,朋輩如傅咸、陸機、王元貺、李光彥、李茂曾、劉正伯、張正治、吳子仲、楊士安、盧景宣、盧晏、劉佐、戴侍中①、楊恭等,分述如次:

1. 司馬遹

　　司馬遹,字熙祖,晉惠帝長子,母曰謝才人。幼而聰慧,武帝愛之,恒在左右,少封爲廣陵王。惠帝即位,立爲皇太子。盛選德望以爲師傅。及長,不好學,惟與左右嬉戲,不能尊師敬傅。賈后素忌太子有令譽,使計長其惡習,以失衆望。
　　遹性剛烈,與賈謐不和,謐譖之於賈后曰:

> 太子廣買田業,多畜私財以結小人者,爲賈氏故也。密聞其言云:"皇后萬歲後,吾當魚肉之。"非但如是也,若宮車晏駕,彼居大位,依楊氏故事,誅臣等而廢后於金墉,如反手耳。不如早爲之所,更立慈順者以自防衛。②

賈后依謐言,愈言太子之短,朝野咸知其害太子之意。
　　元康九年(299)十二月,賈后詐稱惠帝違和,呼太子入朝。既至,后不見,置於別室,遣婢賜以酒棗,逼飲醉之,並使潘岳作書草,若禱神之文,有如太子素意,因醉而書之者。文曰:

> 陛下宜自了;不自了,吾當入了之。中宮又宜速自了;不了,吾當手了之。并謝妃共要剋期而兩發,勿疑猶豫,致後患。茹毛飲血於三辰之下,皇天許當掃除患害,立道文爲王,蔣爲

---

①　"侍中"爲官名,非戴氏之名也。
②　房玄齡等:《晉書》,卷五十三,《愍懷太子傳》,頁1459。

內主。願成，當三牲祠北君，大赦天下。要疏如律令。①

太子因醉迷，依而寫之，"其字半不成"，乃補成之。后以呈帝，責免太子爲庶人。旋於明年(300)三月被害，年僅二十三而已。

　　潘尼於元康元年(291)至六年(296)間任太子舍人。以現存作品觀之，尼與太子並無親厚情感，僅以臣屬身分作一般唱酬而已。其《桑樹賦》云：

　　　　從明儲以省膳，憩便房以偃息。

《鼈賦》序云：

　　　　皇太子遊於玄圃，遂命釣魚。有得鼈而獻之者，令侍臣賦之。

《七月七日侍皇太子宴玄圃》詩云：

　　　　商風初授，辰火微流。朱明送夏，少昊迎秋。嘉禾茂圃，芳草被疇。於時我后，以豫以遊。

《皇太子集應令》詩云：

　　　　聖朝命方岳，爪牙司北鄰。皇儲延篤愛，設餞送遠賓。誰應今日宴，其惟廊廟臣。置酒宣猷庭，擊鼓靈沼濱。霶恩洽明兩，遭德會陽春。羽觴飛醽醁，芳饌備奇珍。《巴渝》二八奏，妙舞鼓鐸振。長袂生迴飆，曲裾揚輕塵。

《皇太子社》詩云：

　　　　太簇協青陽，履端發歲首。孟月涉初旬，吉日唯上酉。我后遹天休，設社祈遐耇。

大抵公讌之作，華辭清綺，論情志事義，無有足稱。

----

①　房玄齡等：《晉書》，卷五十三，《愍懷太子傳》，頁1459。

2. 司馬冏

司馬冏,字景治,獻王攸(司馬攸,248—283)之子也。少稱仁惠,好振施,有乃父之風。元康中,拜散騎常侍,領左軍將軍、翊軍校尉。其後,趙王倫密與相結,廢賈后,以功轉遊擊將軍,出爲平東將軍,假節鎮許昌。及趙王倫篡位,遷冏爲鎮東大將軍,開府儀同三司,欲以寵安之。冏不爲所動,於永康二年(301)三月起兵反倫。四月惠帝復位,改元永寧,冏以功拜大司馬,加九錫之命,輔政。冏輔政伊始,即驕恣專橫,任用親昵,不納忠言,於是朝廷側目,海外失望矣。永寧二年(302)十二月,爲長沙王乂所殺。

潘尼不忿趙王倫篡位,孫秀專政,忠良人士皆罹禍害,乃取假拜掃先人墳墓。及聞冏起兵,乃赴許昌,冏愛才引爲參軍,兼掌書記。《晉書‧潘尼傳》載:

> 聞齊王冏起義,乃赴許昌。冏引爲參軍,與謀時務,兼管書記。事平,封安昌公。[①]

由是知尼義歸齊王,與謀大事,彼此目標一致。趙王倫事平,功封安昌公,想亦齊王冏奏報有以致之。故推想二人間主僕之情頗深。及冏專恣,尼安身以避。長沙王乂殺冏,諸黨屬皆夷三族而禍不及尼,尼之處世有法,履危居正,於焉可見。

3. 傅咸

傅咸,字長虞,北地泥陽(今陝西省耀縣東南)人,傅玄之子也。晉武帝泰始九年(273)舉孝廉,拜太子洗馬,累遷尚書右丞。出爲

---

① 房玄齡等:《晉書》,卷五十五,《潘岳從子尼傳》,頁 1515。

冀州刺史，繼母杜氏不肯隨咸之官，自表解職。未幾，遷司徒左長史。咸在位多所執正，因忤權貴，轉爲車騎司馬，又遷尚書左丞。元康元年(291)，咸爲太子中庶子，遷御史中丞。二年(292)，爲本郡中正，遭繼母憂去官，頃之，起以議郎長兼司隸校尉。元康四年(294)卒於官，謚曰貞。咸剛簡有大節，風格峻整，識性明悟，疾惡如仇，推賢樂善，曾上疏主張裁并冗官，減輕徭役，惟農是務，並斥奢華靡費、交私請託之風，亦曾奏免恣橫跋扈高官多人，勁直忠果，劾按驚人。

潘尼與傅咸性格相近，臭味苔岑，情感親厚，詩文往還，令人欣慕。潘尼有《答傅咸詩并序》，曰：

> 司徒左長史傅長，虞會定九品。左長史宜得其才，屈爲此職，執天下清議，宰割百國，而長虞性直而行，或有不堪。余與之親，作詩以規焉。

> 悠悠群吏，非子不整。嗷嗷衆議，非子不靖。忽荷略紐，握綱提領。矯矯貞臣，惟國之屛。

詩題曰"答"，是咸先有贈詩，言事說情，尼於是有所應而作詩以規焉。

傅咸亦有《答潘尼詩并序》，曰：

> 司州秀才潘正叔識通才高，以文學溫雅爲博士。余性直而處清論褒貶之任，作詩以見規，雖褒飾之舉，非所敢聞，而斐燦之辭，良可樂也，答之雖不足以相酬報，所謂盍各言志也。

> 貽我妙文，繁春之榮。匪榮期尚，乃新其聲。吉甫作頌，有馥其馨。寔由樊仲，其德克明。授此瓦礫，廁彼瑤瓊。既非其喻，聞寵若驚。[1]

---

[1]　張溥輯：《漢魏六朝百三家集》，卷四十六，《晉傅咸集》，頁342上。

德不孤,必有鄰,二君子更相推許讚美,勉勵有加,令人聽而稱快。

4. 陸機

陸機,字士衡,吳郡人也。祖遜,吳丞相;父抗,吳大司馬。機少有異才,服膺儒術。抗卒,領父兵爲牙門將。年二十,吳亡,與弟雲退居舊里,閉門勤學十年。至晉武帝太康末入洛,深受張華賞識,後被太傅楊駿辟爲祭酒。元康元年(291)累遷太子洗馬、著作郎。吳王晏(司馬晏,281—311)出鎮淮南,以機爲郎中令,遷尚書中兵郎,轉殿中郎。趙王倫輔政,引爲相國參軍,封關中侯,進中書郎。倫誅,坐徙邊,遇赦。成都王穎表爲平原内史,假後將軍、河北大都督,與長沙王乂戰,敗績,旋爲穎所害。

潘尼嘗任太子舍人,以同僚故,與居太子洗馬之陸機相知,尼愛機才,機賞尼實,詩歌贈答,風流不絕。尼有《贈陸機出爲吳王郎中令詩》六章,曰:

> 東南之美,曩惟延州。顯允陸生,於今鮮儔。振鱗南海,濯翼清流。婆娑翰林,容與墳丘。

> 玉以瑜潤,隨以光融。乃漸上京,羽儀儲宮。玩爾清藻,味爾芳風。泳之彌廣,挹之彌沖。

> 崑山何有,有瑤有珉。及爾同僚,同惟近臣。予涉素秋,子登青春。愧無老成,廁彼日新。

> 祁祁大邦,惟桑惟梓。穆穆伊人,南國之紀。帝曰爾諧,惟王卿士。俯僂從命,奚恤奚喜。

> 我車既巾,我馬既秣。星陳鳳駕,載脂載轄。婉孌二宮,徘徊殿闥。醪澄莫饗,孰慰饑渴。

> 昔子忝私,貽我蕙蘭。今子徂東,何以贈旃。寸晷惟寶,

豈無璵璠。彼美陸生，可與晤言。

元康四年(294)，陸機年三十四，出爲吳王晏郎中令，潘尼作詩以贈，讚美多方，六章詩句，一氣挼搏，人我夾寫，確爲酬酢佳篇。六章言"昔子忝私，貽我蕙蘭"，知機早有詩文奉贈矣。機得尼詩，感而回贈，有《答潘尼詩》，曰：

> 於穆同心，如瓊如琳。我東曰徂，來餞其琛。彼美潘生，實綜我心。探我玉懷，疇爾惠音。①

元康六年(296)，潘尼出爲宛令，陸機送別，作《祖道畢雍孫劉邊仲潘正叔詩》曰：

> 皇儲延髦俊，多士出幽遐。適值時來運，與子遊承華。執笏崇賢内，振纓層城阿。畢劉贊文武，潘生蒞邦家。感別懷遠人，願言歎以嗟。②

詩中所述畢雍孫、劉邊仲，於史無稽。既爲陸機同僚，潘尼當與之相識，至於交情如何，則未可遽考。

或於同年，陸機再有《贈潘尼詩》，曰

> 水會于海，雲翔于天。道之所混，孰後孰先？及子雖殊，同升太玄。舍彼玄冕，襲此雲冠。遺情市朝，永志丘園。靜猶幽谷，動若揮蘭。③

潘尼詠而答之，其《答陸士衡》云：

> 顧兹蓬蔚，廁根蘭陂。膏澤雖均，華不足披。逮春不茂，未秋先萎。子濯鱗翼，我挫羽儀。願言難常，載合載離。昔遊禁闥，祗畏夕惕。今放丘園，縱心夷易。口詠新詩，目玩文跡。

---

① 張溥輯：《漢魏六朝百三家集》，卷四十九，《晉陸機集》，頁416下。
② 同上，頁418下。
③ 同上，頁416下。

> 予志耕圃，爾勤王役。慚無琬琰，以酬尺璧。

陸機時任尚書中兵郎，時羌虜作亂，王師外征，機職典中兵，與聞軍政，而潘尼爲宛令，故有外放丘園之歎。

《陸雲集》收錄陸雲與兄陸機書函頗多，其一道及潘尼與機曾共讀古五言詩。雲《與兄平原書》曰：

> 一日見正叔與兄讀古五言詩，此生歎息欲得之。①

基於文字簡短，究潘尼與陸機共讀何人之詩實未可知。而所謂尼"歎息欲得之"，是陸雲從旁窺見而機未覺，抑尼與機別後向雲表示"歎息欲得之"，俱不能肯定矣。李曉風謂二人對文學之摯愛而成密友，亦屬有理②。

考陸雲於元康元年至四年間與潘尼同爲太子舍人，二人當有接觸，惜未見彼此題贈，偶有往來，想感情未必深也。

5. 王元貺

王元貺，《晉書》無傳，僅知曾官拜侍御史。侍御史，在御史大夫下，或給事殿中，或舉劾非法，或督察郡縣，或奉使出外執行指定任務，晉置官九人，分十三曹：吏曹、課第曹、直事曹、印曹、中都督曹、外都督曹、媒曹、符節曹、水曹、中壘曹、營軍曹、法曹、算曹③。

潘尼與王元貺，分屬同僚，性行相類，元貺調職侍御史，乃有詩相贈。其《贈侍御史王元貺》曰：

> 崑山積瓊玉，廣夏構衆材。游鱗萃靈沼，撫翼希天階。膏蘭孰爲消，濟治由賢能。王侯厭崇禮，迴迹清憲臺。蠖屈固小

---

① 張溥輯：《漢魏六朝百三家集》，卷五十，《陸雲集》，頁 453 上。
② 李曉風：《陸機與張華、潘尼、馮文羆的交游》（《南都學壇（人文社會科學學報）》，第 27 卷第 2 期，2007 年 3 月，頁 80。
③ 房玄齡等：《晉書》，卷二十四，《職官志》，頁 738。

往,龍翔逈大來。協心毘聖世,畢力讚康哉。

侍御史官位雖微,而潘尼祝願小往大來,冀友朋高陞輔主,語多期許,此君子互勉之所爲也。

6. 李光彥、李茂曾

李光彥爲汝南人,李茂曾爲江夏人。二人弱冠知名,歷職顯要。元康六年(296),光彥由吏部郎遷汲郡太守,茂曾則由都亭侯遷平陽太守。二子與潘尼交好,離別之際,曾彼此賦詩相贈。潘尼有《贈二李郎詩序》,曰:

> 元康六年,尚書吏部郎汝南李光彥遷汲郡太守;都亭侯江夏李茂曾遷平陽太守。此二子皆弱冠知名,歷職顯要。旬月之間,繼踵名郡,離儉劇之勤,就放曠之逸,枕鳴琴以俟遠致。離別之際,各斐然賦詩。

三人競作,僅潘尼《贈汲郡太守李茂("茂"應爲"光"之誤)彥》傳世,詩云:

> 離索何惆悵,後會未可希。河朔貴相忘,岐路安足悲。

其別離傷感之意,讀之不覺黯然。

7. 劉正伯、張正治、吳子仲

三人曾與潘尼過從,或爲東宮僚屬。正伯出爲長安令,尼有詩相贈,《贈長安令劉正伯》詩云:

> 遊鸞憑太虛,騰鱗託浮霄。過蒙嘉時會,假翼陵扶搖。疲德充時乏,及余再同僚。並跡侍儲宮,携手登皇朝。劉侯撫西都,邁績參豹喬。德厚化必深,政明姦自消。萬尋由積簣,千

> 里一步超。爾其騁逸軌,遠塗固可要。

正治則出爲隴西太守,尼亦有詩相贈,《贈隴西太守張正治》詩云:

> 二八由唐顯,周以多士隆。群靈感韶運,理翮應翔風。張生拔幽華,蘋蘩登二宮。未幾振朱錦,剖符撫西戎。及子仍同僚,贈言貽爾躬。威刑有時用,唯德可令終。

朋友相交,貴乎要語相規,潘尼唯"德"是尚,勉正伯"德厚化必深",勵正治"唯德可令終",合符君子之道也。

至於子仲,則出爲滎陽太守,尼亦以詩送贈,《贈滎陽太守吳子仲》云:

> 大晉盛得人,儲宮畜髦士。吳侯降高質,剖符授千里。垂覆豈他鄉,迴光臨桑梓。寮類感歧路,黎庶思知恥。老氏喻小鱗,曹參寄獄市。無謂敝邑陋,覆簣由茲起。

滎陽乃尼故鄉,子仲出爲太守,分外情親意滿,詩以勉之,期子仲無嫌邑陋,九仞功成,當由茲覆簣而起矣。

8. 楊士安

楊士安,應爲潘尼於東宮時同僚。元康六年(296),尼離東宮,出任宛令,士安贈詩送行。尼有詩答之,其《答楊士安》云:

> 逝將辭儲宮,栖遲集南畿。不誤百里賤,徒惜年志衰。躊躇顧城闕,怨戀慕端闈。俊德貽妙詩,敷藻發清徽。愧彼褒崇過,感此歧路悲。

此詩具見潘尼戀棧東宮之情,酬心寫志,如此昭明,若楊士安爲泛泛之交,當非如此措辭。而本詩若此,則二人乃相交知心者也。

9. 盧景宣

盧景宣,與潘尼同朝爲官,或因罪而外遣,尼以詩送行,情意深厚,知交情意匪淺也。《送盧景宣》詩云:

> 楊朱焉所哭,岐路重別離。屈原何傷悲,生離情獨哀。知命雖無憂,倉卒意低徊。歎氣從中發,灑淚隨襟頰。九重不常鍵,閶闔有時開。愧無紵衣獻,貽言取諸懷。

10. 盧晏、劉佐

盧晏嘗任大將軍掾,有遠行,潘尼以友生故贈物賦詩《送大將軍掾盧晏》云:

> 贈物雖陋薄,識意在忘言。瓊琚尚交好,桃李貴往還。蕭艾苟見納,貽我以芳蘭。

知心交往,意在言外,絕非口蜜情輕者可比。至如劉佐,曾以言相規,尼感而賦詩相贈,《贈劉佐》詩云:

> 要言將誰苦,聊以貽友生。念我二三賢,規我無隱情。

責善之義,高風可嘉,其劉佐之謂乎? 納言反省,改過遷善,潘尼之謂乎? 友儕相待如此,實風化感人,垂式千秋。

再觀乎《潘尼集》,有《戴侍中銘》與《益州刺史楊恭侯碑》,戴侍中爲誰,未能考證,而銘文僅"雅論弘博,逸藻波騰"二句,闕文尚多,難審尼與戴氏有否交往。至若楊恭,生卒年固不詳,知以益州刺史卒於官,尼爲作碑文,是以相交爲情造文耶? 抑受其後人所託爲文造情耶? 未可確知矣。

第八節　小　　結

　　潘尼系出於楚國公族，遠祖權重一時。東漢以還，祖勖父滿，並以學行稱。尼少有清才之譽，其所自立，居正以安身，處亂能避禍，較之從父潘岳優勝多矣。劉勰標體性因內符外之論，觀尼所作，《安身論》究人道之綱，《乘輿箴》垂君父之鑒，及其行事，昭昭乎秉正道而行，爲官任寬而不縱，恤隱勤政，待友以誠，一無詭隨，宜乎封公顯職，壽享天年。張溥評之曰：

　　　　元康薦亂，八王鬥爭，從父安仁，一門罹酷，正叔知幾，歸掃墳墓。後得封公顯職，壽終塢壁。當安仁初任河陽，贈詩祖道，美其天姿；刑僇之後，樹碑紀事，增慟覆醢。其於叔父情篤，猶中郎也。存沒異路，榮辱天壤，逃死須臾之間，垂聲三王之際，至今誦《閒居》者，笑黃門之乾沒，讀《安身》者，重太常居正。人物短長，亦懸禍福。泉下嘿嘿，烏誰雌雄？即有不平，能更收召魂魄，抗眉爭列哉！傅長虞會定九品，正叔作詩規之。其爲人也，無詭隨；其爲文也，無戲謔，大致類然。[①]

抗論高談，切中肯綮，潘尼得其異代知音者也。

---

　　①　張溥輯：《漢魏六朝百三家集》，第 2 冊，卷四十七，《潘尼集》，頁 343 下。

第二章　現存潘尼賦考

第一節　小　引

　　《隋書·經籍志》載《晉太常卿潘尼集》十卷①，嗣後《舊唐書·經籍志》、《新唐書·藝文志》皆載《潘尼集》十卷②，《宋史·藝文志》並無記錄，可知《潘尼集》至元代散佚，脫脫等修史時已無復舊書。

　　現存《潘尼集》最早見於明代，張溥《漢魏六朝百三家集》輯有潘尼遺文，都爲一卷，收錄賦十五、頌二、箴一、論一、序一、銘一、碑二及詩二十等③。

　　清嚴可均輯校《全上古三代秦漢三國六朝文》，其中《全晉文》內亦收潘尼作品，計賦十四、序三、頌二、論一、箴二、銘一、碑二及碣一等④。

　　今就張溥本與嚴可均本所載潘尼賦篇全面考證，以期廓清疑竇，考定篇目、篇數及寫作年份，俾便深入探究焉。

---

　　①　魏徵等：《隋書》（北京：中華書局，1973 年），卷三十五，《經籍志四》，頁 1062。

　　②　劉昫等：《舊唐書》（北京：中華書局，1975 年），卷四十七，《經籍下》，頁 2060；又歐陽修等撰：《新唐書》（北京：中華書局，1975 年），卷六十，《藝文志四》，頁 1583。

　　③　張溥輯：《漢魏六朝百三家集》，第 2 冊，卷四十七，《潘尼集》，頁 343 下—359 下。

　　④　嚴可均輯：《全上古三代秦漢三國六朝文》（北京：中華書局，1958 年），第 2 冊，卷九十四—九十五，《潘尼》，頁 1999—2005 上。

第二節 篇目篇數考

張溥輯《潘尼集》收錄之賦與嚴可均《全晉文》所錄,其篇目、篇數與排列次序稍有不同,表列如下:

張溥《潘尼集》本	嚴可均《全晉文》本
1.《東武館賦》有序	1.《苦雨賦》
2.《西道賦》	2.《惡道賦》
3.《懷退賦》	3.《懷退賦》
4.《武庫賦》	4.《東武館賦》并序
5.《釣賦》	5.《釣賦》
6.《火賦》	6.《火賦》
7.《苦雨賦》	7.《琉璃椀賦》
8.《琉璃椀賦》	8.《玳瑁椀賦》
9.《玳瑁椀賦》	9.《扇賦》
10.《扇賦》	10.《安石榴賦》并序
11.《石榴賦》	11.《桑樹賦》
12.《桑樹賦》	12.《芙蓉賦》
13.《芙蓉賦》	13.《朝菌賦序》
14.《鼈賦》有序	14.《鼈賦》并序
15.《朝菌賦序》	

明顯所見,張溥本存潘尼賦十五篇,較嚴可均本十四篇爲多,在編排次序上亦有不同。

從篇目而言,《懷退賦》、《釣賦》、《火賦》、《苦雨賦》、《琉璃椀賦》、《玳瑁椀賦》、《扇賦》、《桑樹賦》、《芙蓉賦》、《朝菌賦序》十篇兩本皆同。

《東武館賦》及《鼈賦》兩篇，張溥本稱“有序”，而嚴可均本則作“幷序”。

張溥本載《西道賦》，嚴可均本則作《惡道賦》。嚴氏校曰：

> 《藝文類聚》作《西道賦》，今從《書鈔》、《初學記》。①

嚴氏依《北堂書鈔》與《初學記》定賦名曰《惡道賦》，考賦文内容，極言道惡險阻，人、馬、牛等皆罹困厄，與題相應，嚴説是也。

又張溥本載《石榴賦》，嚴可均本作“《安石榴賦》幷序”。賦篇起首云：

> 安石榴者，天下之奇樹，九州之名果。是以屬文之士，或敘而賦之。蓋感時而騁思，睹物而興辭。②

張溥本以此爲賦文，嚴可均本則以之爲《序》，分别在此。至於篇目，《藝文類聚》、《淵鑒類函》、《歷代賦彙》皆作《安石榴賦》，《初學記》則作《石榴賦》，如據賦首“安石榴者，天下之奇樹”，則篇目應以《安石榴賦》較爲合理。

又張溥本載“《東武館賦》有序”、“《鼈賦》有序”，嚴可均本則作“《東武館賦》幷序”、“《鼈賦》幷序”，差别在“有”、“幷”而已。

又張溥本載《武庫賦》，賦文僅得四句，嚴可均本則將四句置於《火賦》之後，幷云：

> 《北堂書鈔》一百二十二引兩條皆作《火賦》，張溥本作《武庫賦》，非。③

---

① 嚴可均輯：《全上古三代秦漢三國六朝文》（北京：中華書局，1958 年），第 2 冊，卷九十四——九十五，《潘尼》，頁 1999 上。

② 張溥輯：《漢魏六朝百三家集》，第 2 冊，卷四十七，《潘尼集》，頁 349 上；又嚴可均輯：《全上古三代秦漢三國六朝文》，第 2 冊，卷九十四——九十五，《潘尼》，頁 2000 下，“果”作“菓”。

③ 嚴可均輯：《全上古三代秦漢三國六朝文》，第 2 冊，卷九十四——九十五，《潘尼》，頁 2000 上。

嚴氏所提理由,未爲充分,故不足憑信。《歷代賦彙》仍從張說,將四句逸文作《武庫賦》,是也。

又《朝菌賦》已佚,僅得序文留世,故張溥本及嚴可均本俱作《朝菌賦序》。

又張溥本《潘岳集》載有《秋菊賦》,嚴可均本亦從張說列爲潘岳作品,然《初學記》及《太平御覽》並稱爲潘尼所作,合當更正爲宜。廖國棟《魏晉詠物賦研究》云:

> 本賦嚴氏輯《全晉文》卷九十一《潘岳集》,嚴氏云:"《藝文類聚》八十一、《文選‧陶潛雜詩注》並作潘岳、《初學記》二十七引兩條、《御覽》九百九十六並作潘尼,張溥編入《潘岳集》,今姑從之。"按:除《文選》注題作潘岳外,諸書皆作潘尼,以編入《潘尼集》爲宜。不當從張溥編入《潘岳集》。①

廖氏之說可取,故將《秋菊賦》列爲潘尼作品。

由上論說,現存潘尼賦作共十六篇,除《朝菌賦》有序無文外,餘篇尚在,雖有全璧與殘文逸句之別,仍可據以研究,計爲:《東武館賦》、《惡道賦》、《懷退賦》、《武庫賦》、《釣賦》、《火賦》、《苦雨賦》、《琉璃椀賦》、《玳瑁椀賦》、《扇賦》、《安石榴賦》、《桑樹賦》、《芙蓉賦》、《鼈賦》及《秋菊賦》等。

第三節　寫作年份考

現存潘尼賦篇,無一能確定其寫作年份。然就賦序、賦文或其他相關資料予以考證而可作合理推斷者,一類;只能大略言之者,一類。茲分別論說如下:

---

① 廖國棟:《魏晉詠物賦研究》(臺北:文史哲出版社,1990年),第二章《魏晉詠物賦之鼎盛》,注83,頁76。

一、寫作年份可推斷者

潘尼賦篇之寫作年份可推斷者,有《火賦》、《桑樹賦》、《鱉賦》及《苦雨賦》四篇:

1.《火賦》

考究《火賦》之寫作年份,困難殊多:

(1)《火賦》本身無序,賦文中亦無涉及寫作時間。

(2) 魏晉以還,同題命賦者多有。查考某賦寫作年份,或可從他人作品推知;然以"火"爲詠之賦篇自潘尼始,前修文士一無前導,同儕後進亦無繼作。至東晉(317—420)乃有戴逵《流火賦》[①]出,無助於引證《火賦》之寫作時間。

(3) 前輩成公綏有《戒火文》[②],未知寫作年份,内容述本家遭火,"經籍爲灰,篇章爲炭"[③],與潘尼《火賦》内容了無關係,想《戒火文》尼亦未之見,故無助推究《火賦》何時而作也。

潘尼生逢亂世,履危居正,著述雖勤,然惜墨如金,詩賦唱酬,絕不濫作。今考其作品而得知寫作年份者,多作於晉惠帝元康元年(291)至六年(296)任太子舍人之時。蓋兹時親隨太子,出入東宮,生活較爲優遊,憧憬未來,恒多快意也。

太子司馬遹,晉惠帝長子,母曰謝才人,幼而聰慧,武帝愛之,常在左右。《晉書·愍懷太子傳》載:

---

① 戴逵《流火賦》:"火憑薪以傳燄,人資氣以享年。苟薪氣之有竭,何年燄之恒延。"見徐堅等:《初學記》(北京:中華書局,1962年),卷二十五,《火第十六》,頁620。

② 張溥輯:《漢魏六朝百三家集》,第2冊,卷五十二,《晉成公綏集》,頁501下—502上。

③ 同上,頁502上。

> 宮中嘗夜失火,武帝登樓望之。太子時年五歲,牽帝裾入閣中。帝問其故,太子曰:"暮夜倉卒,宜備非常,不宜令照見人君也。"由是奇之。①

五歲小兒,因"火"而愛顧於祖父,且事爲史家所載。潘尼於元康元年(291)入侍太子,言談間太子當以小兒事相告,又或群臣間談論而輾轉得之。尼感此而爲《火賦》,並獻諸太子,情理甚合也。

由此推之,《火賦》作於元康元年(291),應與事實諦合。

2.《桑樹賦》

潘尼《桑樹賦》云:

> 從明儲以省膳,憩便房以偃息。觀兹樹之特偉,感先皇之攸植。②

可知潘尼隨愍懷太子膳後於便房憩息時,偶觀晉武帝手植桑樹有感而作。尼於元康元年至六年間任太子舍人,則《桑樹賦》必作於此期間。

傅咸亦有《桑樹賦》之作,其序云:

> 世祖昔爲中壘將軍,於直廬種桑一株,迄今三十餘年,其茂盛不衰。皇太子入朝,以此廬爲便坐。③

陸機亦有《桑賦》之作,其序云:

> 皇太子便坐,蓋本將軍直廬也。初,世祖武皇帝爲中壘將軍,植桑一株,世更二代,年漸三紀,扶疏豐衍,抑有瑰異焉。④

---

① 房玄齡等:《晉書》,卷五十三,《愍懷太子傳》,頁 1457。
② 張溥輯:《漢魏六朝百三家集》,第 2 冊,卷四十七,《潘尼集》,頁 349 下。
③ 同上,卷四十六,《晉傅咸集》,頁 326 下。
④ 同上,卷四十八,《晉陸機集》,頁 376 下。

是知潘尼、傅咸、陸機三賦同時而作也。

《晉書·武帝紀》載：

> 武皇帝諱炎，字安世，文帝長子也。寬惠仁厚，沉深有度量。魏嘉平中，封北平亭侯，歷給事中、奉車都尉、中壘將軍，加散騎常侍，累遷中護軍、假節。迎常道鄉公於東武陽，遷中撫軍，進封新昌鄉侯。①

又《三國志·魏書·二少帝紀》載：

> （甘露五年）五月己丑，高貴鄉公卒，年二十……使使持節行中護軍中壘將軍司馬炎北迎常道鄉公璜嗣明帝後。②

是知司馬炎任中壘將軍，當在魏甘露五年（260）時，傅咸謂其所種桑樹"迄今三十餘年"，陸機則謂"年漸三紀"，故知賦作於 291 至 295 年間。

考傅咸於元康元年（291）爲太子庶子，同年遷御史中丞。依此，潘尼、傅咸、陸機三賦既作於同時，或爲太子命作，或爲三人獻賦，而三人俱曾爲太子屬官，則賦必作於元康元年（291）也③。

3.《鱉賦》

潘尼《鱉賦》序云：

> 皇太子遊玄圃，遂命釣魚。有得鱉而獻之者，令侍臣賦之。

又陸機《鱉賦》序云：

---

① 房玄齡等：《晉書》，卷三，《武帝紀》，頁 49。
② 陳壽撰，裴松之注：《三國志》，卷四，《魏書》，《二少帝紀第四》，頁 143—146。
③ 廖國棟推論三篇詠桑之賦作於武帝永熙元年至惠帝元康四年之間，稍嫌粗疏矣。（見廖著：《魏晉詠物賦研究》，頁 201—203）

　　　聖太子幸于釣臺,漁人獻鼈,命侍臣作賦。①

由是,知二賦必同時而作也。

　　考傅咸賦作並無《鼈賦》,想其時,咸當已離東宮,否則必相侍
太子而作。咸或於元康元年(291)年中以後轉御史中丞,故潘尼、
陸機《鼈賦》之作於此年者,亦有可能。

　　再考陸機離宮轉任吳王晏郎中令時爲元康四年(294)。

　　依上所述,乃知潘尼《鼈賦》應作於元康元年(291)至四年(294)
間矣。

4.《苦雨賦》

　　《苦雨賦》無序,賦文云:

　　　雨紛射而下注兮,潦波湧而横流。豈信宿之云多,乃踰而
　　成霖。

是知本賦作於連月下雨,演成潦波横流之時。究其時爲何?陸雲
《愁霖賦》序云:

　　　永寧三年夏六月,鄴都大霖,旬有奇日。稼穡沈湮,生民
　　愁瘁,時文雅之士,煥然並作,同僚見命,乃作賦。②

考惠帝永寧二年(302)十二月改元永安,《晉書・惠帝紀》載:

　　　(永寧二年)十二月丁卯,河間王顒表齊王冏窺伺神器,有
　　無君之心,與成都王穎、新野王歆、范陽王虓同會洛陽,請廢冏
　　還第。長沙王乂奉乘輿屯南止車門,攻冏,殺之,幽其諸子于
　　金墉城,廢冏弟北海王寔。大赦,改元。③

---

①　張溥輯:《漢魏六朝百三家集》,第2冊,卷四十八,《晉陸機集》,頁349下。
②　同上,卷五十,《陸雲集》,頁430下。
③　房玄齡等:《晉書》,卷四,《惠帝紀》,頁99—100。

故陸雲所言“永寧三年”者,當爲二年之訛。

永寧二年(302)秋七月,因六月大雨而成大水,爲患兖、豫、徐、冀四州。《晉書·惠帝紀》云:

> 秋七月,兖、豫、徐、冀等四州大水。①

由是推之,潘尼《苦雨賦》當作於夏六月大雨“踰月”之後,大水出現之時,即秋七月也。

傅咸亦有《患雨賦》,賦云:

> 自流火以迄今兮,近九旬而無寧。②

“流火”,秋七月也;“九旬”,三月時光也。可見《患雨賦》作於秋九月、冬十月間。賦又云:

> 雲乍披而旋合,雷暫輟而復零。③

此與潘尼《苦雨賦》“雲暫披而驟合,雨乍息而亟零”極其相似,是咸賦作於尼賦後,摹仿前作也。

綜上所論,《苦雨賦》作於惠帝永寧二年(302)秋七月,殆無疑問矣。

二、寫作年份可略言之者

基於資料匱乏,潘尼大部分賦篇之寫作年份僅能大略言之,分述如下:

1.《安石榴賦》

賦文起始云:

---

① 房玄齡等:《晉書》,卷四,《惠帝紀》,頁99。
② 張溥輯:《漢魏六朝百三家集》,第2冊,卷四十六,《晉傅咸集》,頁322下。
③ 同上。

> 安石榴者，天下之奇樹，九州之名果。是以屬文之士，或敍而賦之。蓋感時而騁思，睹物而興辭。

而潘岳《河陽庭前安石榴賦》之序文云：

> 石榴者，天下之奇樹，九州之名果也。是以屬文之士，敍而賦之。①

兩潘之文字大同，至於賦文部分文句亦復相似。如非輯錄之誤，則必有一方先作，另一方摹擬。今假設潘岳作品在前，而尼繼作於後。

潘岳於咸寧四年(279)出爲河陽令。《晉書·潘岳傳》錄有潘岳《籍田賦》，接而載曰：

> 岳才名冠世，爲衆所疾，遂棲遲十年，出爲河陽令。②

考《籍田賦》序云：

> 伊晉之四年，正月丁未，皇帝親率群后，籍於千畝之甸，禮也。③

又《文選》李善注引臧榮緒《晉書》曰：

> 泰始四年，正月丁亥，世祖初籍於千畝，司直掾潘岳作籍田頌也。④

由是知《籍田賦》作於武帝泰始四年(268)，自此年計後十年，岳出爲河陽令，即武帝咸寧四年(278)也。岳居縣館，中有嘉木曰安石榴，遂以爲賦。如潘尼讀從父作品後同題繼作，則當在同年或以後也。

---

①　張溥輯：《漢魏六朝百三家集》，卷四十五，《晉潘岳集》，頁296上。
②　房玄齡等：《晉書》，卷五十五，《潘岳傳》，頁1504。
③　張溥輯：《漢魏六朝百三家集》，第2冊，卷四十五，《晉潘岳集》，頁285下。
④　蕭統編，李善注：《文選》，卷七，《藉田賦》，頁148。

2.《扇賦》

《扇賦》寫作年份難於稽考。然傅咸亦有《扇賦》，故推想潘尼與傅咸同侍愍懷太子時所同作，時應在元康元年(291)也。

3.《東武館賦》

賦序云：

> 東武館者，蓋東武陽侯之館也。俄而遷居，謂余曰："吾將老焉，故有終焉之心，而無移易之志，子且爲我賦之。"

東武陽侯者，史佚其名，獲封侯爵，知爲顯達之士也。序稱其遷居後，有終老之志，遂請潘尼賦而述之。然其遷離都邑，避居郊野而欲終老之動機爲何？既云"將老"，即未嘗老矣，故"老"非其"終焉"之因也。賦文云：

> 嘉大雅之洪操，美明哲之保身。懲都邑之迫險，厭里巷之囂塵。

由是知東武陽侯爲明哲保身而遷離京都。晉武帝在世之日，朝臣中互相傾軋爭權者或有之，失勢者縱被冷落，暫無殺身之危。殆武帝死，惠帝即位，愚騃無能，遂成賈后亂政而招八王相鬥。東武陽侯爲免捲入漩渦，乃明哲保身，移居以避，優遊林下。然其何時遷居，遠矣難知，僅揣度爲惠帝即位之後，是本賦當於元康元年(291)以後作也。

4.《琉璃椀賦》、《玳瑁椀賦》

二賦所詠之物琉璃椀與玳瑁椀均極其珍貴。《琉璃椀賦》云：

> 覽方貢之彼珍,瑋茲椀之獨奇。

《玫瑁椀賦》云:

> 有玫瑁之奇寶……(中略)……豈翡翠之足儷,胡犀象之
> 能逮。

可知二椀或同爲貢品,獨奇珍貴,僅翡翠可相比美。故推測爲潘尼
於惠帝元康元年(291)以後,懷帝永嘉五年(311)之前所作。

5.《惡道賦》

　　賦文極寫道惡險阻,車馬難行,過之者無不困敝損傷,隱寓仕
途蔽塞,前路崎嶇之嘆。
　　永康元年(300)四月,趙王倫、孫秀矯詔遣齊王冏入宮殺賈謐,
廢賈后,欲謀篡位,時張華、石崇、潘岳、歐陽建等皆被殺,士大夫人
人自危,有朝不保夕之嘆。潘尼感此而作,於理尚合,故《惡道賦》
約於惠帝永康元年(300)前後作也。

6.《懷退賦》

　　《懷退賦》約於永康二年(301)前後作。
　　永康二年(301),孫秀專擅朝政,忠良之士皆罹禍酷,潘尼疾
篤,取假回鄉拜掃墳墓。此時也,政局波譎,尼懷退隱之思,作《懷
退賦》,頗合情理。

7.《武庫賦》

　　《武庫賦》僅得殘文四句,其寫作年份,實難稽考。然賦文所言
"大刀寶劍,曠世絕殊",如非憑虛濫說,則此器必存皇宮內府,想必

在潘尼獲封"安昌公"，位居顯要時參觀武庫後所作，時應在惠帝永寧二年(302)至懷帝永嘉五年(311)之間。

8.《釣賦》、《芙蓉賦》、《朝菌賦》、《秋菊賦》

四篇苦無任何資料以助推斷寫作年份，存此以俟他日或可考證。

第四節　小　　結

現存潘尼賦，明張溥所輯《潘尼集》收錄十五篇，清嚴可均所輯《全晉文》則將張溥本《武庫賦》殘文併入《火賦》而得十四篇，然嚴氏未具充分理據，故仍從張溥本。又張溥誤將潘尼《秋菊賦》輯入《潘岳集》中，特予更正，故總計潘尼賦共十六篇也。

其寫作年份可推斷者有四：《火賦》、《桑樹賦》作於晉惠帝元康元年(291)，《鱉賦》作於元康元年(291)至四年(294)，而《苦雨賦》則作於惠帝永寧二年(302)。

其寫作年份僅可大略言之者有八：《安石榴賦》約作於晉武帝咸寧四年(278)以後，《扇賦》、《東武館賦》約作於惠帝元康元年(291)或以後，《琉璃椀賦》、《玎琚椀賦》約作於惠帝元康元年(291)至懷帝永嘉五年(311)期間，《惡道賦》約作於永康元年(300)前後，《懷退賦》約作於永康二年(301)前後，《武庫賦》或作於惠帝永寧二年(302)至懷帝永嘉五年(311)期間。其餘《釣賦》、《芙蓉賦》、《朝菌賦》、《秋菊賦》等不可考矣。

第三章　潘尼賦之流傳

第一節　小　引

十卷本《潘尼集》經散佚而無復舊觀,所載賦文其篇什多少已概不可考矣。兵燹戰亂之損害文化,至深可惜。張溥輯錄《潘尼集》,雖存者十之一二,似可見天佑斯文也。

蕭統所編《文選》,採錄三十一位作家凡五十六賦篇,潘尼賦無一存焉,較之從父岳之獨獲青眼,入選八篇[1],不可同日語矣。

今考歷代類書、賦選、文集凡錄潘尼賦者,悉皆評說,以明其流傳之跡,下分隋唐、宋元、明清及現當代等不同階段,分述如次。

第二節　隋　唐　時　期

初唐魏徵等撰《隋書》,其《經籍志》載《晉太常卿潘尼集》十卷,尼所作賦當在其間焉,然篇數、篇目與內容較之張溥輯本,其多寡全缺如何,則不得而知矣。

虞世南撰《北堂書鈔》,爲現存最早之類書。全書一百六十卷,分帝王、后妃、政術、刑法、封爵、設官、禮儀、藝文、樂、武功、衣冠、儀飾、服飾、舟、車、酒食、天、歲時及地十九部,子目八百五十二類。

---

[1]　《文選》載錄潘岳賦計有:《籍田賦》、《射雉賦》、《西征賦》、《秋興賦》、《閑居賦》、《懷舊賦》、《寡婦賦》及《笙賦》八篇。

其中收錄潘尼賦共五篇：

1. 《火賦》

載卷一百二十二，《武功部十·劍三十四》：

> 若夫大刀寶劍，曠世絕殊。練質於昆吾之竈，定形於薛蜀之鑪。①

張溥本將上引四句作《武庫賦》，其中"練"作"煉"，"蜀"作"燭"，稍微不同而已。孔廣陶以爲張溥誤輯而非之②，然未能提出充分理據，故不足憑信也。

2. 《扇賦》

載卷一百三十四，《服飾部三·扇二十四》：

> 夫器用有輕麄，用有疏密，安衆以方爲體，五明以圓爲質。或託形於竹素，或取固於膠漆。③

"輕麄"，張溥本作"經粗"。"麄"、"麤"、"粗"三字同義。"器用有'輕麄'"，義勝於"經粗"也。

3. 《惡道賦》

載卷一百四十一，《車部下·軸十四》：

---

①　虞世南編，孔廣陶校注：《北堂書鈔》，卷一百二十二，《武功部十·劍三十四》，頁 155 上。

②　同上。

③　同上，卷一百三十四，《服飾部三·扇二十四》，頁 230 下。

> 反轀倒駕，閑戴從莊，觸壁屆軸，詰坑低昂。①

此四句張溥本所無。

又載卷一百五十七，《地部一·阪篇九》：

> 若其長阪，名成皋黃馬。②

張溥本作"若其名坂，則羊腸美人，成皋黃馬"，與此稍異。

又同上：

> 若其阪名羊羹，時成皋黃馬。③

"時"字有誤，又與同卷所載不同，究何者爲是，何者爲非，未可
遽知。

又同上，《窟篇十二》：

> 兔窟連投，羊角牙庋。此乃行者之艱難，羈旅之困斂。④

此與張溥本相校，缺少數句，文字稍異。張溥本云：

> 羊角互庋，蒐窟連投，十數億計。石子之澗，坎埳之穴，
> 支體爲之危竦，形骸爲之疲曳，此亦行者之艱難，羈旅之
> 困斂。

4.《釣賦》

載卷一百四十二，《酒食部一·總篇一》：

---

①　虞世南編，孔廣陶校注：《北堂書鈔》，卷一百四十一，《車部下·軸十四》，頁
284上。

②　同上，卷一百五十七，《地部一·阪篇九》，頁381上。

③　同上，頁381下。

④　同上，《地部一·窟篇十二》，頁382下。

> 紅麴之飯，糅以菰粱，五味道洽，餘氣芬芳，和神安體。①

此與張溥本同。

又同上：

> 西戎之蒜，南夷之薑，酸鹹調適，齊和有方。②

"酸鹹"，張溥本作"鹹酸"。

又載卷一百四十四，《酒食部三·飯篇二》：

> 紅麴之飯，糅以菰粱，五味道洽。③

又載卷一百四十五，《酒食部四·膾篇十九》：

> 乃令宰夫膾此潛鱗，名工習巧，飛刀聘伎，電剖星飛。④

張溥本"鱗"作"鯉"，"聘"作"逞"，"飛"作"流"。

又同上：

> 名工習巧，飛刀聘伎。電剖星飛，芒散縷解。隨風離鍔，
> 連翩雪累。⑤

"聘"、"飛"二字，張溥本作"逞"、"流"，餘文相同。

5.《懷退賦》

載卷一百五十八，《地部二·穴篇十三》：

> 豈遁世之獨立兮，庶北門之在茲。歸幽巖之潛穴兮，託峻

---

①　虞世南編，孔廣陶校注：《北堂書鈔》，卷一百四十二，《酒食部一·總篇一》，頁 288 下。
②　同上，頁 291 下。
③　同上，卷一百四十四，《酒食部三·飯篇二》，頁 297 上。
④　同上，卷一百四十五，《酒食部四·膾篇十九》，頁 310 上。
⑤　同上。

　　　岳之重基。①

此張溥本所無。嚴可均《全晉文》引“重”作“崇”②。

　　歐陽詢等奉唐高祖李淵詔令撰《藝文類聚》一百卷。其書引用之文籍，十之九以上於今不傳，其餘不足十之一爲唐以前古本，價值甚高。全書分四十六部，計爲天、歲時、地、州、郡、山、水、符命、帝王、后妃、儲宮、人、禮、樂、職、宮、封爵、治政、刑法、雜文、武、軍器、居處、產業、衣冠、儀飾、服飾、舟車、食物、雜器物、巧藝、方術、內典、靈異、火、藥香草、寶玉、百穀、布帛、菓、木、鳥、獸、鱗介、蟲豸、祥瑞及災異等③。又列子目七百二十七類。其中收錄潘尼賦十二篇：

1.《苦雨賦》

　　載卷二，《天部下·雨》：

　　　　氣觸石而結蒸兮……（中略）……行者歎息於長衢。④

張溥本“塘”作“唐”，“霈”作“沛”，微有不同而已。

2.《懷退賦》

　　載卷二十六，《人部十·言志》：

---

①　虞世南編，孔廣陶校注：《北堂書鈔》，卷一百五十八，《地部二·穴篇十三》，頁394下。

②　嚴可均輯：《全上古三代秦漢三國六朝文》，《全晉文》，第2冊，卷九十四，頁1999下。

③　《四庫全書總目》稱《藝文類聚》“爲類四十有八”，《燕京大學圖書館目錄初稿·類書之部》又稱“凡分四十七門”。數字上之歧異，乃對原書卷八十一《藥香草部上》和卷八十二《草部下》之計算方法不同所致。《庫目》大約以藥、香、草爲三部計。《燕目》則以《藥香草部上》爲一部，《草部下》爲一部。既標“上”、“下”，爲與其他佔多卷之各部計，仍應依統一之標準視爲一部。（參歐陽詢撰，汪紹楹校：《藝文類聚》，前言，頁3。）

④　歐陽詢撰，汪紹楹校：《藝文類聚》，卷二，《天部下·雨》，頁30—31。

> 伊疇昔之懷憤……（中略）……遂逡巡而造辭。①

張溥本"筴"作"策"，一字之差而已。

3.《東武館賦》

載卷六十三，《居處部三·館》：

> 東武館者……（中略）……乍往乍旋。②

與張溥本校，缺"俄而遷居，謂余曰：'吾將老焉，故有終焉之心，而無移易之志，子且爲我賦之。'"數句。又張溥本"弘"作"洪"，"饜"作"厭"。

又載卷八十六，《菓部上·柰》：

> 投素柰於青渠。③

張溥本無此句。

4.《釣賦》

載卷六十六，《產業部下·釣》：

> 抗余志於浮雲……（中略）……易思難忘。④

與張溥本校，缺"名工習巧，飛刀逞伎"及"紅麯之飯，糅以菰粱，五味道洽，餘氣芬芳"數句。張溥本"潛鱗"作"潛鯉"，"割"作"剖"，"酸鹹"作"鹹酸"。

---

① 歐陽詢撰，汪紹楹校：《藝文類聚》，卷二十六，《人部十·言志》，頁 472。
② 同上，卷六十三，《居處部三·館》，頁 1141。
③ 同上，卷八十六，《菓部上·柰》，頁 1483。
④ 同上，卷六十六，《產業部下·釣》，頁 1179。

5.《琉璃椀賦》

載卷七十三,《雜器物部・盌》:

> 覽方貢之彼珍……(中略)……清醴瑤琰而外見。①

與張溥本校,缺"於是遊西極"至"准三辰以定容"及"霜不足方"至"涅之不濁"十六句。又張溥本"圓成"作"圓盛"。

又載卷八十四,《寶玉部下・瑠璃》:

> 濟流沙之絕險……(中略)……涅之不濁。②

與張溥本校,缺"覽方貢之彼珍,瑋茲椀之獨奇"二句、"其由來也阻遠"至"顧玄圃之蕭森"八句及"舉茲椀以酬賓"至"清醴瑤琰而外見"四句。又張溥本"瑠"作"琉"、"爌"作"爍"。

6.《火賦》

載卷八十,《火部・火》:

> 覽天人之至周……(中略)……流光燭乎四裔。③

此與張溥本相校,缺"形生於未兆"至"其用不匱"十四句、"酒醴烹餁,于斯獲成"二句、"遂及衝風激揚"至"川澤爲之涌沸"六句及"榛蕪既除"至"勳績著乎百姓"十六句。又張溥本"享"作"烹"、"陸火赫羲"作"一火赫曦"、"糜"作"糜"、"霓"作"電"。

---

① 歐陽詢撰,汪紹楹校:《藝文類聚》,卷七十三,《雜器物部・盌》,頁 1262 至 1263。
② 同上,卷八十四,《寶玉部下・瑠璃》,頁 1441 至 1442。
③ 同上,卷八十,《火部・火》,頁 1366。

7.《秋菊賦》

載卷八十一,《藥香草部上·菊》:

> 垂采煒於芙蓉……(中略)……又蠲疾而弭痾。①

張溥本輯入《晉潘岳集》,其中"充"作"克"②。

8.《玳瑁椀賦》

載卷八十四,《寶玉部下·玳瑁》:

> 有玳瑁之奇寶……(中略)……胡犀象之能逮。③

張溥本"於介蟲"作"于介蟲"、"逢萊"作"蓬萊"。

9.《安石榴賦》

載卷八十六,《菓部上·石榴》:

> 安石榴者……(中略)……馨香流溢。④

與張溥本校,缺"千房同蔕"至"垂光耀質"四句。又張溥本"菓"作"果"、"燿"作"耀"、"朱華乎弱幹"作"朱華兮弱幹"。

10.《桑樹賦》

載卷八十八,《木部上·桑》:

　　　　從明儲以省膳……（中略）……崇萬匱於始基。①

張溥本“匱”作“簣”。

11.《朝菌賦序》

　　載卷八十九，《木部下·木槿》：

　　　　朝菌者……（中略）……何名之多也。②

張溥本“逮”作“建”。

12.《鼈賦》

　　載卷九十六，《鱗介部上·鼈》：

　　　　皇太子遊於玄圃……（中略）……乃負山而吞舟。③

張溥本“戲”作“獻”，“銜鈎”作“衝釣”、“塈”作“塗”。

　　徐堅（659—729）等奉唐玄宗（李隆基，685—762，712—755 在位）敕撰《初學記》，三十卷，分二十三部，計爲：天、歲時、地、州郡、帝王、中宮、儲宮、帝戚、職官、禮、樂、人、政理、文、武、道釋、居處、器物、寶器（花草附）、果木、獸、鱗介及蟲，下細分三百一十三子目。體例先爲“敍事”，次爲“事對”，末爲“賦”、“歌”、“引”、“篇”、“行”、“詩”、“文”、“書”、“論”、“碑”、“銘”、“頌”、“讚”、“述”、“啓”、“詔”、“章”、“陳”、“箋”、“序”、“冊文”、“制”、“表”、“祭文”、“牋”、“辭”、“約”、“墓誌”等。《四庫總目提要》稱其書云：

---

①　歐陽詢撰，汪紹楹校：《藝文類聚》，卷八十八，《木部上·桑》，頁 1524。
②　同上，卷八十九，《木部下·木槿》，頁 1545。
③　同上，卷九十六，《鱗介部上·鼈》，頁 1671。

敍事雖雜取羣書,而次第若相連屬。①

又云:

在唐人類書中,博不及《藝文類聚》,而精則勝之,若《北堂書鈔》及《六帖》,則出此書之下遠矣。②

全書收潘尼賦共六篇:

1.《苦雨賦》

載卷二,《天部下·雨第一》:

氣觸石而結蒸……(中略)……行人歎息於長衢。③

張溥本一、三句尾有"兮"字、"塘"作"唐"、"箋"作"濊"、"霧霈"作"滂沛"、"被"作"披"、"朝"作"旦"、"連"作"達"、"達"作"明"、"一元"作"二源"、"悴"作"瘁"及"人"作"者",不同者稍多。

同上卷,《天部下·霽晴第八》,"事對","收蜺"條云:

潘尼賦曰:"收絳虹于漢陰。"④

李昉等《太平御覽》列"收絳虹于漢陰"爲《苦雨賦》句⑤。張溥本則不載。

2.《釣賦》

載卷二十二,《武部·漁第十一》:

---

① 永瑢等撰:《四庫全書總目》(北京:中華書局,1965年影印道光二年〔1822〕刊本),卷一百三十五,《類書類一》,頁1143上。
② 同上。
③ 徐堅等:《初學記》,卷二,《雨第一》,頁25。
④ 同上,《天部下·霽晴第八》,頁40。
⑤ 李昉等:《太平御覽》,卷十四,《天部一四·虹蜺》,頁73。

> 抗余志於浮雲……（中略）……易思難忘。①

與張溥本校，缺“名工習巧，飛刀逞伎”二句及“紅麵之飯，糅以菰粱，五味道洽，餘氣芬芳”四句。又張溥本“屬釣”作“屬鉅”、“湧”作“涌”、“習”作“熠”、“躍”作“曜”、“割”作“剖”及“酸醎”作“醎酸”。

3. 《惡道賦》

載卷二十四，《居處部·道路第十四》：

> 道深地狹，坂峭軌長。輪輿顛覆，人馬仆僵。②

此與張溥本同。

4. 《火賦》

載卷二十五，《器物部·火第十六》：

> 形生於未兆，聲發於無象……（中略）……功用關乎古今，勳績著乎百姓。③

與張溥本校，缺“覽天人之至周”至“研幾至精”八句、“爾乃狄牙典膳”至“戎馬放乎外廐”二十句及“芬綸紆轉，倏忽橫厲”二句。又張溥本“尋”作“盡”、“埏火赫戲”作“一火赫曦”、“摺拉”作“摧拉”、“砂粒煎糜”作“沙粒並糜”、“霓”作“電”及“遂乃”作“遂及”。

---

①　徐堅等：《初學記》，卷二十二，《武部·漁第十一》，頁545。
②　同上，卷二十四，《居處部·道路第十四》，頁590。
③　同上，卷二十五，《器物部·火第十六》，頁620。

5.《秋菊賦》

載卷二十七,《寶器部(花草附)·菊第十二》:

　　馨達幽遠……(中略)……鶛鶘遙集而哢音。①

又載:

　　垂采煒於芙蓉……(中略)……又蠲疾而弭痾。②

張溥本將《秋菊賦》輯入《晉潘岳集》。"馨達幽遠"下六句,張溥本所無。又張溥本"哢"作"弄"、"充"作"克"及"痾"作"痀"③。

6.《安石榴賦》

載卷二十八,《果木部·石榴第十一》:

　　千房同蒂,十子如一。繽紛磊落,垂光耀質。④

四句與張溥本同⑤。

第三節　宋元時期

李昉等奉宋太宗(趙光義,939—997,976—997 在位)詔編《太平御覽》,一千卷。全書分五十五部,依《易·繫辭》"凡天地之數五

---

① 徐堅等:《初學記》,卷二十七,《寶器部(花草附)·菊第十二》,頁 666。
② 同上。
③ 張溥輯:《漢魏六朝百三家集》,第 2 冊,卷四十五,《晉潘岳集》,頁 297 上。
④ 徐堅等:《初學記》,卷二十八,《果木部·石榴第十一》,頁 683。
⑤ 張溥輯:《漢魏六朝百三家集》,第 2 冊,卷四十七,《潘尼集》,頁 349 上。

十有五"①,以示包羅萬有,計有: 天、時序、地、皇王、偏霸、皇親、州
郡、居處、封建、職官、兵、人事、逸民、宗親、禮儀、樂、文、學、治道、
刑法、釋、道、儀式、服章、服用、方術、疾病、工藝、器物、雜物、舟、
車、奉使、四夷、珍寶、布帛、資產、百穀、飲食、火、休徵、咎徵、神鬼、
妖異、獸、羽族、鱗介、蟲豸、木、竹、果、菜、香、藥及百卉等。各部又
分細目若干,總計不下五千,內容極其繁富。范希曾《書目答問補
正》稱《御覽》引用書目二千八百多種②,然收錄潘尼賦不多,凡五
篇而已:

1.《苦雨賦》

載卷十四,《天部一四·虹蜺》:

　　文絳霓於漢陰。③

此張溥本所無。

2.《東武館賦》

載卷一九四,《居處部二二·館驛》:

　　東館者⋯⋯(中略)⋯⋯子且爲我賦之。④

張溥本"東館"作"東武館"、"我"作"俄"、"意"作"志"。

　　又載卷九七〇,《果部七·奈》:

---

　　① 王弼、韓康伯注,孔穎達疏:《周易注疏》(《十三經注疏》,第 1 冊),卷七,《繫辭
上》,頁 153 下。
　　② 范希曾編:《書目答問補正》(北京:中華書局,影印 1931 刊本),卷三,子部,
"太平御覽"條,頁 160。
　　③ 李昉等:《太平御覽》,卷十四,《天部一四·虹蜺》,頁 73。
　　④ 同上,卷一百九十四,《居處部二二·館驛》,頁 937 上、下。

> 飛甘瓜於浚水，投素柰於清渠。①

張溥本無此二句。

3.《釣賦》

載卷八五〇，《飲食部八·飯》：

> 紅麴之飯，精以菰粱，五味道洽，餘氣芬芳。②

張溥本"精"作"糅"。

又載卷九七七，《菜部·蒜》：

> 西戎之蒜，南夷之薑。③

此與張溥本同。

4.《秋菊賦》

載卷九九六，《百卉部三·菊》：

> 汛流英於青醴，似浮萍之隨波。④

此張溥本所無。

5.《芙蓉賦》

載卷九九九，《百卉部六·芙蕖》：

---

① 李昉等：《太平御覽》，卷九百七十，《果部七·柰》，頁 4302 上。
② 同上，卷八百五十，《飲食部八·飯》，頁 3802 上。
③ 同上，卷九百七十七，《菜部·蒜》，頁 4330 上。
④ 同上，卷九百九十六，《百卉部三·菊》，頁 4407 下。

　　或擢莖以高立,似彫輦之翠蓋;或委波而布體,擬連璧之
攢會。①

張溥本"壁"作"璧"。

　　《太平御覽》而外,宋元兩代之類書、賦選、評述之作,如李昉
《文苑英華》一千卷、吳淑《事類賦》三十卷、祝堯《古賦辯體》十卷等
俱無收錄潘尼賦篇。

第四節　明　清　時　期

　　明張溥編《漢魏六朝百三家集》,載有一卷本《潘尼集》。原書
除收入《四庫全書》外,流行本尚有揚州江蘇廣陵古籍刻印社 1990
年影印清光緒五年(1879)彭懋謙信述堂刊本,書名《漢魏六朝百三
名家集》,而潘尼集名《潘太常集》,文字與《四庫全書》本微異。其
中收錄潘尼賦十五篇,較前最爲完備:

1.《東武館賦》有序

2.《惡道賦》

3.《懷退賦》

4.《武庫賦》

5.《釣賦》

6.《火賦》

7.《苦雨賦》

8.《琉璃椀賦》

9.《玩琚椀賦》

10.《扇賦》

11.《安石榴賦》

---

① 　李昉等:《太平御覽》,卷九百九十九,《百卉部六·芙蕖》,頁 4420 下。

12.《桑樹賦》

13.《芙蓉賦》

14.《鼈賦》有序

15.《朝菌賦序》

另《秋菊賦》張溥輯入《晉潘岳集》中，合應歸列本位。

又汪士賢編《漢魏諸名家集》，收入明萬曆年間呂兆禧校、翁少麓梓之潘岳集，名《潘黃門集》，其中收錄《秋菊賦》。

又張燮(1574—1640)編《七十二家集》，亦收入《潘黃門集》，其中亦收錄《秋菊賦》。

及清陳元龍等奉聖祖(愛新覺羅玄燁，1654—1722，1611—1722 在位)旨修纂《歷代賦彙》，收錄自先秦至明代賦作凡三千八百三十四篇，總一百八十四卷。其中《正集》一百四十卷，專收敘事記物之作，下分三十部，計：天象、歲時、地理、都邑、治道、典禮、禎祥、臨幸、搜狩、文學、武功、性道、農桑、宮殿、室宇、器用、舟車、音樂、玉帛、服飾、飲食、書畫、巧藝、仙釋、覽古、寓言、草木、花果、鳥獸及鱗蟲；《外集》二十卷，專收抒情言志之作，下分八部，計：言志、懷思、行旅、曠達、美麗、諷諭、情感及人事；另有殘文《逸句》二卷，《補遺》二十二卷。其搜羅之廣，賦量之多，堪稱賦體文學總集矣。潘尼賦作可考者[1]，俱收錄其間焉：

1.《火賦》，載《正集》，卷七，《天象》。

2.《苦雨賦》，載《正集》，卷八，《天象》。

3.《桑樹賦》，載《正集》，卷七十一，《農桑》。

4.《東武館賦》，載《正集》，卷八十三，《室宇》。

5.《扇賦》，載《正集》，卷八十七，《器用》。

6.《玫瑁椀賦》，載《正集》，卷九十八，《玉帛》。

7.《琉璃椀賦》，載《正集》，卷九十八，《玉帛》。

---

① 潘尼《朝菌賦》僅存序文，《歷代賦彙》不予收錄。

8.《釣賦》,載《正集》,卷一百三,《巧藝》。

9.《秋菊賦》,載《正集》,卷一百二十三,《花果》。

10.《安石榴賦》,載《正集》,卷一百二十七,《花果》。

11.《鼈賦》,載《正集》,卷一百三十七,《鱗蟲》。

12.《懷退賦》,載《外集》,卷八,《懷思》;又載《補遺》,卷十八,《言志》。

13.《西道賦》,載《逸句》,卷一,《地理》。

14.《武庫賦》,載《逸句》,卷一,《武功》。

15.《芙蓉賦》,載《逸句》,卷二,《花果》。

張英(1637—1708)、王士禎(1634—1711)等又奉清聖祖詔纂《淵鑑類函》,網羅歷朝類書,以類相從,而成巨帙,凡四百五十卷。康熙四十九年(1710)聖祖序其書曰:

> 爰命儒臣迤稽旁搜,溯洄往籍,網羅近代,增其所無,詳其所略,參伍錯綜,以擿其異,探賾索隱,以約其同。要之不離乎以類相從,而類始備焉。書成計四百五十卷。夫自有類書迄於今千有餘年,而集其大成,可不謂斯文之少補乎![1]

全書計分四十五部:天、歲時、地、帝王、后妃、儲宮、帝戚、設官、封爵、政術、禮儀、樂、文學、武功、邊塞、人、釋教、道、靈異、方術、巧藝、京邑、州郡、居處、產業、火、珍寶、布帛、儀飾、服飾、器物、舟、車、食物、五穀、藥、菜蔬、果、花、草、木、鳥、獸、鱗介及蟲豸,每部又分若干子目,內容堪稱齊備。潘尼賦存世者除《武庫賦》及《芙蓉賦》殘文不錄外,餘皆具見其中矣:

1.《苦雨賦》,載第一冊,卷七,《天部七‧雨五》。

2.《西道賦》,載第二冊,卷二十四,《地部二‧山五》。

3.《懷退賦》,載第十二冊,卷三百五,《人部六十四‧言志

下五》。

4.《東武館賦》,載第十四冊,卷三百四十八,《居處部九·館四》。

5.《釣賦》,載第十五冊,卷三百五十八,《產業部四·漁釣四》。

6.《火賦》,載第十五冊,卷三百五十九,《火部一·火五》。

7.《琉璃椀賦》,載第十五冊,卷三百六十四,《珍寶部四·琉璃四》;又載第十六冊,卷三百八十四,《器物部·盌四》。

8.《玳瑁椀賦》,載第十五冊,卷三百六十四,《珍寶部四·玳瑁四》。

9.《扇賦》,載第十五冊,卷三百七十九,《服飾部十·扇五》。

10.《安石榴賦》,載第十六冊,卷四百二,《果部四·石榴五》。

11.《朝菌賦序》,載第十七冊,卷四百六,《花部二·木槿四》。

12.《秋菊賦》,載第十七冊,卷四百九,《草部二·菊五》。

13.《桑樹賦》,載第十七冊,卷四百十四,《木部三·桑四》。

14.《鼈賦》,載第十八冊,卷四百四十一,《鱗介部五·鼈五》。

嚴可均輯校《全上古三代秦漢三國六朝文》,以張溥《漢魏六朝百三家集》與梅鼎祚《歷代文紀》二書爲藍本,廣搜書冊秘笈、金石文字,旁及仙釋鬼神,片語單辭,悉皆綜錄。全書凡七百四十六卷,起上古迄隋世,分代編次十五集,總收 3 497 位作家的作品。每作家先列小傳,後載作品,作品末均標明出處,體例極爲完備。其《全晉文》,卷九十四、九十五輯錄潘尼衆作,其中賦作凡十四篇:

1.《苦雨賦》

2.《惡道賦》

3.《懷退賦》

4.《東武館賦》并序

5.《釣賦》

6.《火賦》

　　7.《琉璃椀賦》

　　8.《玳瑁椀賦》

　　9.《扇賦》

　　10.《安石榴賦》并序

　　11.《桑樹賦》

　　12.《芙蓉賦》

　　13.《朝菌賦序》

　　14.《鼈賦》并序

而《秋菊賦》則輯入《全晉文》卷九十一一潘岳文內。

　　再如丁福保於清末編《漢魏六朝名家集初刻》，收載《潘安仁集》五卷，潘尼《秋菊賦》存其間焉。

　　明清兩代賦集、賦選尚多①，然未見輯錄潘尼賦篇，殊感可惜。

第五節　現當代

　　今人王巍選注《歷代咏物賦選》，1987 年遼寧大學出版社出版。全書選錄屈原、荀子以迄袁枚、張惠言等四十一位作家共五十篇賦。各篇由"原文"、"作家"、"注釋"三部組成。潘尼《玳瑁椀賦》收錄其中②。

　　今人張國星編著《六朝賦》，1988 年文化藝術出版社出版，

---

　　①　舉如明李鴻輯《賦苑》八卷、施重光輯《賦珍》八卷、俞王言撰《辭賦標義》十八卷、袁宏道輯《精鐫古今麗賦》十卷、陳山毓輯《賦略》三十四卷、周履靖等輯《賦海補遺》三十卷、佚名輯《類編古賦》二十五卷及清胡維烈輯《歷代賦鈔》三十二卷、陸葇輯評《歷代賦格》三集十五卷、王修玉輯《歷代賦楷》八卷、雷琳等《賦鈔箋略》十五卷、沈德潛輯《歷朝賦選箋釋》十卷、陳書同輯、吳光昭注《賦匯錄要箋略》二十八卷、鄺掄才等《古小賦鈔》、王芑孫輯《古賦識小錄》、法式善編《同館賦鈔》三十二卷、馬傳庚選注《選注六朝唐賦》、鴻寶齋主人輯《賦海大觀》三十二卷等，俱無抄錄、評選潘尼賦作。

　　②　王巍：《歷代咏物賦選》(瀋陽：遼寧大學出版社，1987 年)，頁 91—92。

收錄由繁欽、曹丕、曹植以迄陳暄、褚玠、陳叔寶等六十一位作家凡一百零二篇賦，各篇先述“題解”，繼錄“原文”。潘尼《火賦》存其間焉①。

今人廖國棟著《魏晉詠物賦研究》，1990 年臺北文史哲出版社出版。全書分十二章，第三章“魏晉天象類賦篇之分析”之第六節“詠火”引述潘尼《火賦》②，第七節“詠雨”稍引《苦雨賦》③；第五章“魏晉植物類賦篇之分析”之第一節“詠花”稍引《秋菊賦》④，第二節“詠果”引《安石榴賦》⑤，第四節“詠木”稍引《桑樹賦》⑥；第六章“魏晉動物類賦篇之分析”之第四節“詠魚”引“鼈賦”⑦；第七章“魏晉器物類賦篇之分析”之第二節“詠珍寶玉器”稍引《琉璃椀賦》⑧；第八章“魏晉建築類賦篇之分析”引述《東武館賦》⑨。

今人董志廣撰《潘岳集校注》，1993 年天津人民出版社出版，校注潘岳存世賦、表、議、頌、贊、箴、訓、碑、哀文、祭文、誄及詩諸體作品。潘尼《秋菊賦》董氏以岳所作予以校注⑩。其注 1 云：

　　《秋菊賦》：《類聚》、《初學記》并題潘尼作。⑪

可見董氏亦有關注《秋菊賦》之原作者資料。

今人章滄授主編《歷代山水名勝賦鑒賞辭典》，1997 年北京中國旅遊出版社出版，收錄自先秦宋玉以迄當代薛爾康等二百一十四位賦家共二百六十七篇作品。所收作品以山水自然景觀與人文

---

① 張國星：《六朝賦》(北京：文化藝術出版社，1998 年)，頁 102—103。
② 廖國棟：《魏晉詠物賦研究》，頁 94—96。
③ 同上，頁 103—104。
④ 同上，頁 166。
⑤ 同上，頁 178。
⑥ 同上，頁 202。
⑦ 同上，頁 287。
⑧ 同上，頁 333。
⑨ 同上，頁 379—380。
⑩ 董志廣：《潘岳集校注》(天津：天津人民出版社，1993 年)，頁 120。
⑪ 同上。

名勝景觀並重。全書由“原文”、“簡注”、“賞析”三部分構成，而側重於“賞析”部分。殿以“作家小傳”、“名句、佳句索引”及“古文賦書目舉要”作爲附錄。是書經五十餘位專家、學者撰稿。其中收錄潘尼《東武館賦》并序，又附曹道衡所撰“簡注”及“賞析”①。

第六節　小　結

《隋書·經籍志》、《舊唐書·經籍志》及《新唐書·藝文志》皆載《潘尼集》十卷，若《舊唐書》及《新唐書》撰者具見潘尼原著而非據《隋書》抄錄如儀，則潘尼集至北宋年間仍見流傳，嗣後或因兵燹戰禍而散佚矣。

潘尼原集若存，則其所作賦篇當附焉。現今所見之書而收錄尼賦者，首推虞世南《北堂書鈔》，其後歐陽詢等《藝文類聚》及徐堅等《初學記》亦有收錄。此見潘尼賦於隋唐時期流傳之跡也。

宋元時期，僅李昉等《太平御覽》收錄尼賦，他如李昉《文苑英華》、吳淑《事類賦》及祝堯《古賦辯體》諸書，皆未見採錄。

明清以降，張溥輯《潘尼集》，所錄十五篇賦作，合誤輯入《潘岳集》之《秋菊賦》，共爲十六篇矣。另汪士賢《漢魏諸名家集》、張燮《七十二家集》同收《秋菊賦》。陳元龍《歷代賦彙》、張英等《淵鑑類函》、嚴可均《全晉文》亦收錄潘尼賦篇。

近世以還，王巍《歷代咏物賦選》、張國星《六朝賦》收錄尼賦各一，廖國棟《魏晉詠物賦研究》引述部分賦篇，另董志廣《潘岳集校注》內有《秋菊賦》及章滄授《歷代山水名勝賦鑒賞辭典》收錄曹道

---

① 章滄授：《歷代山水名勝賦鑒賞辭典》(北京：中國旅遊出版社，1997 年)，頁137—138。

衡簡注賞析《東武館賦》等。

　　由上所述，知潘尼賦流傳一千九百年，近世乃有簡注評析，而皆囿於國內學人，西方、日本學者研究晉賦者多有，而未及潘尼賦篇，殊爲可惜。

第四章　潘尼賦之內容

第一節　小　引

賦之分類自《漢書·藝文志》迄今,計有多種方式,或以藝術流別而分,或以題材類型而分,或以時代概念而分,或以形式特點而分①,彼此各有優劣,難於一概論其短長。

若以題材分類而言,以《漢書》肇其端,其《藝文志·詩賦略》"雜賦"類載:

> 客主賦十八篇;雜行出及頌德賦二十四篇;雜四夷及兵賦二十篇;雜中賢失意賦十二篇;雜思慕悲哀死賦十六篇;雜鼓琴劍戲賦十三篇;雜山陵水泡雲氣雨旱賦十六篇;雜禽獸六畜昆蟲賦十八篇;雜器械草木賦三十三篇;大雜賦三十四篇;成相雜辭十一篇;隱書十八篇。②

《漢志》而後,《昭明文選》收錄先秦至梁代賦分十五類,包括:京都、郊祀、耕籍、畋獵、紀行、游覽、宮殿、江海、物色、鳥獸、志、哀傷、論文、音樂及情。

自《文選》以降,歷代賦集多以此分類,舉如李昉等編《文苑英華》,上繼《文選》,收錄梁末至唐代賦篇歸爲四十二類,曰:天象、

---

①　詳參曹明綱:《賦學概論》(上海:上海古籍出版社,1998年),第三章,《賦的分類》,頁44—63。何師沛雄歸納歷代各家對賦之分類爲三,其言曰:"一以風格分,一以作家分,一以題材分。風格繫於時變,作家基於源委,題材視乎內容。立意不同,各有短長。"(見所著:《略論賦的分類》,載《書目季刊》第21卷第4期,頁19—25。)

②　班固撰,顏師古注:《漢書》,卷三十,《藝文志第十》,頁1752—1753。

歲時、地理、水、帝德、京都、邑居、宮室、苑囿、朝會、禋祀、行幸、諷諭、儒學、軍旅、治道、耕籍、樂、鐘鼓、雜伎、飲食、符瑞、人事、志射、博弈、工藝、器用、服章、畫圖、寶、絲帛、舟車、薪火、畋漁、道釋、紀行、遊覽、哀傷、鳥獸、蟲魚及草木等，下更細分子目，包羅極廣。

又陳元龍《歷代賦彙》收錄先秦至明代賦篇，分爲三十八類，計爲：天象、歲時、地理、都邑、治道、典禮、禎祥、臨幸、搜狩、文學、武功、性道、農桑、宮殿、室宇、器用、舟車、音樂、玉帛、服飾、飲食、書畫、巧藝、仙釋、覽古、寓言、草木、花果、鳥獸、鱗蟲（以上見《正集》）、言志、懷思、行旅、曠達、美麗、諷諭、情感、人事（以上見《外集》）。

又張維城《分類賦學雞跖集》收錄清代賦篇，亦分三十類，計爲：天文、歲時、地理、宮室、帝治、仕宦、性道、人品、文學、文具、武備、禮制、樂制、農桑、技藝、人事、釋道、服用、器用、珍寶、飲饌、草、木、花木、花草、果、鳥、獸、水族及虫豸。每類以下又分若干細目，種類紛繁。

由是知歷代賦集，多以題材分類。至若潘尼賦作十六篇，所涉題材亦多，要言之，可依寫作手法約分敘事、抒情、詠物三類，詳見下表：

類　　別	題　　材	賦　　　　目
敘　　事	室　宇	《東武館賦》有序
	巧　藝	《釣賦》
抒　　情	地　理	《惡道賦》
	懷　思	《懷退賦》
	天　象	《苦雨賦》
詠　　物	天　象	《火賦》
	珍　寶	《琉璃椀賦》、《玼瑁椀賦》

续　表

類　　別	題　　材	賦　　目
詠　物	器　用	《扇賦》
	果	《安石榴賦》
	農　桑	《桑樹賦》
	花	《芙蓉賦》、《秋菊賦》
	鱗　介	《鼈賦》有序

　　潘尼《武庫賦》，傳世僅得四句，《朝菌賦》僅得其序。從題材言，前者列入"武功"，後者列爲"花"可也，然究爲敘事、抒情抑詠物，實未能論定矣。

　　劉勰《文心雕龍·詮賦》云：

　　　　賦者，鋪也，鋪采摛文，體物寫志也。[①]

紀昀評曰：

　　　　鋪采摛文，盡賦之體；體物寫志，盡賦之旨。[②]

由是知鋪陳華艷之文辭以描繪事物、抒寫情志者，爲賦之特色也。側重於體物者，詠物、敘事賦尚焉；偏向於寫志者，則抒情賦貴焉。至於潘尼所爲賦如何？下分三節詳而論之。

第二節　敘事賦

　　潘尼敘事之賦計有兩篇，一爲以室宇爲題材之《東武館賦》，一

---

① 劉勰著，范文瀾注：《文心雕龍注》，上冊，卷二，《詮賦》，頁134。
② 同上，頁136。

爲以巧藝爲題材之《釣賦》,兹就其内容分述如次:

1.《東武館賦》

《東武館賦》約寫於晉惠帝元康元年(291)以後。時潘尼官漸顯貴,同氣連枝,物以類聚,官場朋輩相知同道者,東武陽侯一也。東武陽侯,史佚其名,久居京華,浮沈於波譎雲湧間,知處遠避禍之理,乃有遷居以終老之舉,然自覺雖身處於幽林之下而心存魏闕之上,乃告潘尼而邀爲之賦。賦序云:

> 東武館者,蓋東武陽侯之館也。俄而遷居,謂余曰:"吾將老焉,故有終焉之心,而無移易之志,子且爲我賦之。"

潘尼所處情勢與東武陽侯無異,東武陽侯能移居而遠離政治鬥爭,尼不免欣羨難免。賦云:

> 嘉大雅之洪操,美明哲之保身。懲都邑之迫險,厭里巷之囂塵。

此言嘉美東武陽侯幽雅之情操,能明哲保身。戒懼於都邑之迫險,煩厭於里巷之囂塵。"迫險"、"囂塵"無乃暗示仕途崎嶇,邪諂蔽明也。東武陽侯能移居遠禍,急流勇退,尼以此嘉之美之也。

至於移居之地,東武陽侯慎而卜之,賦文云:

> 慕古公之胥宇,羡孟氏之審鄰。將遷居于爽塏,乃投迹於里仁。

此以東武陽侯比之古公亶父與孟軻之母。古公亶父爲古代周族領袖,傳爲后稷十二代孫,周文王之祖父。古公原居於豳,因戎、狄侵逼,乃率族人遷於岐山(今陝西)之下,建城郭,設官吏,墾荒地,戮力生產,使周得以強盛。周人尊爲太公王。"胥宇"者,相視屋宇也。孟子之爲大儒也,幼受慈母三遷之教。此孟母審鄰之功也。

潘尼羨慕東武陽侯胥宇審鄰,遷居之地明亮乾燥,其鄰里遍居仁者,風俗淳厚,乃述之以辭也。

言及東武館所處之位置,賦云:

> 前則行旅四湊,通衢交會,水泛輕舟,陸方羽蓋;後則崇山崔嵬,茂林幽藹。彌望遠覽,滉瀁夷泰。表裏山河,出入襟帶。

此言東武館交通便利,行旅往來,輕舟羽蓋,交會於此。前臨水波蕩漾,一望舒夷;後靠崇山茂林,清幽可人。山河爲之屏障,出入襟帶小路,地點至佳。曹道衡以"表裏山河"一語推想東武陽侯新居約在洛陽以北,或在黃河北岸①,足資參考。

若論東武館周遭環境,賦云:

> 若乃潛流旁注,飛渠脉散,芙蓉映渚,靈芝蔽岸。

此言東武館周圍水道縱橫,花木茂盛。風景如斯,自足醉人矣。

然則生活於此,自亦有此處生活之特色也,賦云:

> 於是逍遙靈沼,遊豫華林。彎弓撫彈,娛志蕩心。栝不空縱,綸不苟沈。遊鱗雙躍,落羽相尋。

此言樂山樂水,逍遙自得。彎弓撫彈,引鈎垂釣,所獲豐美,實足娛志蕩心矣。

獵獲既多,賦文接曰:

> 膳夫進俎,虞人獻鮮。春醴九醞,嘉豆百籩。隨波溯流,乍往乍旋。

此謂膳夫虞人,進獻所獲,烹製佳肴,以助酒筵。貴遊所至,莫不如此。隨波溯流,尋幽探勝,往旋隨心,令人欣羨。

---

① 見章滄授:《歷代山水名勝賦鑒賞辭典》,頁138。

全篇先敘東武陽侯遷居之由,擇居之意;繼寫居所之交通環境;後敘生活狀況。連序文短短二百零九字,能包含如許內容,實所難能。

2.《釣賦》

《釣賦》之寫作年份不詳,或爲潘尼早年之作。全篇一百八十二字,敘垂釣之樂事也。賦首云:

> 抗余志於浮雲,樂余身於蓬廬。尋渭濱之遠跡,且游釣以自娛。

此謂志於浮雲爲高,寄身茅舍爲樂。遠尋呂尚隱老渭濱之跡,欲效其游釣以自娛也。

《後漢書·仲長統傳》引長統詩云:

> 抗志山栖,游心海左。[1]

《論語·述而》記孔子自謂:

> 不義而富且貴,於我如浮雲。[2]

應爲“抗余志於浮雲”句之思想來源。潘尼既視富貴如浮雲,則無憂於簞食瓢飲,遂樂居蓬廬也。閑來垂釣,上想呂尚,或未真尋其隱老渭濱之跡。《史記·齊太公世家》載:

> 太公望呂尚者……(中略)……本姓姜氏,從其封姓,故曰呂尚。呂尚蓋嘗窮困,年老矣,以漁釣奸周西伯。西伯將出

---

[1]　范曄撰,李賢等注:《後漢書》(北京:中華書局,1973 年),卷四十九,《王充王符仲長統列傳第三十九》,頁 1646。

[2]　何晏注,邢昺疏:《論語注疏》(《十三經注疏》,第 8 冊),卷七,《述而第七》,頁 62 下。

> 獵，卜之，曰"所獲非龍非彲，非虎非羆；所獲霸王之輔"。於是
> 周西伯獵，果遇太公於渭之陽。與語大說，曰："自吾先君太公
> 曰'當有聖人適周，周以興'。子真是邪？吾太公望子久矣。"
> 故號之曰"太公望"，載與俱歸，立爲師。①

豈非潘尼未仕之時，含明夷待訪之思也。

賦文繼述垂釣之經過，曰：

> 左援脩竹，右縱飛綸。金鈎屬鉅，甘餌垂芬。衆鯤奔涌，
> 游鱗橫集。觸餌見擒，值鈎被執。長繳繽紛，輕竿翕熠。雲往
> 飈馳，光飛電入。曜靈未及驚策，蓋已獲其數十。

"脩竹"、"飛綸"、"金鈎"，釣具也；以"甘餌"爲誘，則"衆鯤"、"游鱗"
無所逃。轉瞬之間，雲往飈馳，光飛電入，太陽尤未驚策西下，已得
魚數十耳。

既得如斯豐獲，自想大快朵頤，賦云：

> 且夫燔炙之鮮，煎熬之味。百品千變，殊芳異氣。隨心適
> 好，不可勝紀。

此言烹調之法，燔、炙、煎、熬，鮮味百品，變化萬千。芳氣各異，乃
隨心適好，實不可勝記也。而潘尼如何處理魚獲，賦云：

> 乃命宰夫，膾此潛鯉。名工習巧，飛刀逞伎。電剖星流，
> 芒散縷解。隨風離鍔，連翩雪累。西戎之蒜，南夷之薑，醎酸
> 調適，齊和有方。紅麵之飯，糅以菰粱。五味道洽，餘氣芬芳。
> 和神安體，易思難忘。

此言品魚之法，非燔、炙、煎、熬，乃切片魚生也。宰夫運刀如飛，膾
藝精湛，魚肉一如雪片，連翩累疊。再以西戎之蒜、南夷之薑予以
調適齊和，使醎酸可口。配以菰粱紅麵之飯，則五味道洽，餘氣芬

---

① 司馬遷：《史記》，卷三十二，《齊太公世家第二》，頁 1477—1478。

芳矣。末以"和神安體,易思難忘"總說飯後感受。讀之不覺神往意移,垂涎書案也。

　　全篇以釣魚起,食魚終,內容單純而情意率真,如品清泉,如賞朗月,屬餘味曲包之作也。

第三節　抒　情　賦

　　潘尼抒情之賦計有三篇,一以地理爲題材之《惡道賦》,一以懷思爲題材之《懷退賦》,一以天象爲題材之《苦雨賦》,其內容分說如下:

1.《惡道賦》

　　《惡道賦》約作於惠帝永康元年(300)前後,極言道路險阻,至令行人困敝,馬牛力竭。賦首云:

　　　　異山河之岨陒,倦關谷之盤紆。車低佪於潛軌,馬侘傺於險塗。

此言詫異山河險阻,亦困倦關谷之迂迴曲折,車則徘徊於潛軌,馬則失意於險塗也。

　　惡道之實況如何? 賦文續云:

　　　　狗肘還勾,羊角互戾。蓲窟連投,十數億計。石子之澗,坎埳之穴,支體爲之危竦,形骸爲之疲曳。此亦行者之艱難,羈旅之困敝。

此言惡道也,彎曲較之狗肘還勾,盤紆猶似旋風並至。羊角,旋風也。《莊子‧逍遙遊》云:

> 搏扶搖羊角而上者九萬里。①

成玄英疏云：

> 旋風曲戾，猶如羊角。②

似此惡道，惟狡捷之兔能寄身而無礙，故沿途兔（賦文“菟”，應爲“兔”之誤）窟極多。至於行者羈旅，面對亂石之澗，坎埳之穴，跋前躓後，履危顛仆，“支體爲之危竦，形骸爲之疲曳”，故謂艱難困敝也。

賦文續云：

> 若其名坂，則羊腸美人，成皋黃馬。迴波激浪，飛沙飄瓦。

此言惡道上之山坡而具名者，若羊腸美人，成皋黃馬，則更爲險惡，除陡峭不復言外，又兼風沙蔽目，危機重重，偶一不慎，下跌激濤迴波，則後果堪虞矣。

賦文又云：

> 馬則頓躓狼傍，虺頹玄黃；牛則體疲力竭，損食喪膚，尵蹄穿領，摩髖脫軀。

此言負重之牛馬敗筋傷骨，體疲力竭，或帶病前行，或跌倒道旁，其“尵蹄穿領，摩髖脫軀”者，令人慘不忍睹。

《惡道賦》另有佚文四句，云：

> 道深地狹，坂峭軌長。輪輿顛覆，人馬仆僵。

前二句述道之惡，後二句說道之害也。

全賦連佚文現存一百三十七字，應尚有脫文，未能盡窺全豹，惜哉！然就現存賦文蠡測，賦篇寄寓深遠。惡道者，隱喻政局不

---

①　郭慶藩輯：《莊子集釋》（《諸子集成》，第 3 冊），《內篇·逍遙遊第一》，頁 8。
②　同上。

明,仕途凶險也。小人狡捷如兔者,鑽營有術,洞窟無數,道惡反增其利。而君子則踐危歷險,殺機重重。再如負重牛馬,或喻百姓,無不害病傷殘。此道不成道、國不成國之象。潘尼憫此,憂憤不能直言,乃寓言賦篇,含詩人托物比興之義也。

2.《懷退賦》

《懷退賦》約作於永康二年(301)前後。時小人當道,正直之士慘罹禍酷,潘尼百感填膺,乃作賦自勵。全賦一百五十六字,始云:

> 伊疇昔之懷憤,思天飛以遠迹。望循塗而投軌,溯翔風以理翮。冀雲霧之可憑,希天路之開闢。何時願之多違,奄就羈以服役。困吳坂之峻岨,畏鹽車之嚴策。

此言往日懷思蓄憤,欲一飛衝天。盼能循塗而投軌,逆翔風以理翮。希冀雲霧可資憑藉,天路暢順無阻。奈何時願多違,久羈處於下役。困敝於吳坂之高峻險岨,畏懼服鹽車以就死之嚴策。

世之事與願違者十之八九,潘尼本擬高衢馳騁,天路翱翔,惜現實多磨,困處下僚,深恐前路多艱,難服鹽車之酷。《戰國策·楚策》載:

> 夫驥之齒至矣,服鹽車而上大行,蹄申膝折,尾湛胕潰,漉汁灑地,白汗交流,中阪遷延,負轅不能上。伯樂遭之,下車攀而哭之,解紵衣以冪之。①

夫驥馬之至死猶有伯樂惜之,而尼恐至死而罹禍重深,友朋避而莫敢存問矣。

---

① 劉向集錄:《戰國策》(上海:上海古籍出版社,1985年),卷十七,《楚四·汗明見春申君》,頁573。

賦文續云：

> 嗟遊處之弗遇，羌鬱悒之難任。背宇宙之寥廓，羅網罟之重深。常屏氣以斂迹，焉遊豫以娛心。

此言嗟嘆遊宦多時，不遇賞識，何其鬱悒於心而難當。作爲知識分子，承受歷史時代之重責，背負宇宙之寥廓。此時也，動輒得咎，網罟重深。爲保性命，唯韜光養晦，屏氣斂迹。如斯生活，豈能遊豫娛心？

賦文接云：

> 傅釋板以亮殷，望投竿而相姬。窮獨善以全質，達兼利以濟時。聃安志於柱史，由抗迹於嵩箕。理殊塗而同歸，雖百慮其何思？敢因虛以託談，遂逡巡而造辭。

此言傅說板築以供食，殷高宗(武丁，爲商代第二十二位君主，在位五十九年)得之以爲相；太公望(呂尚)竿釣於渭濱，周文王得之以爲相。二人也，窮則獨善其身，全質保性，達則兼利天下，濟時安民。老聃大才，安志於柱史之職；許由高操，隱迹於嵩箕之山。人生之理多端，要之殊塗而同歸，雖則百慮苦思，已無多益矣。敢此憑虛爲說，逡巡遲迴，屬辭成賦也。

至於《北堂書鈔》引錄賦文四句云：

> 豈遁世之獨立兮，庶北門之在茲。歸幽巖之潛穴兮，托峻岳之重基。[1]

此言志士人才豈願遁世而獨立，實由仕不得志所致。於是歸隱於幽巖潛穴，託身於峻岳重基矣。內容意深而婉，耐人細味。北門，喻懷才不遇也，原爲《詩經·邶風》篇名，《毛詩·序》云：

---

① 虞世南編，孔廣陶校注：《北堂書鈔》，卷一百五十八，《地部二·穴篇十三》，頁394下。

《北門》，刺仕不得志也。言衛之忠臣，不得其志爾。①

《世說新語‧言語》載：

> 李弘度(充)常歎不被遇，殷揚州(浩)知其家貧，問：“君能
> 屈志百里不？”李答曰：“北門之歎，久已上聞；窮猿奔林，豈暇
> 擇木？”遂授剡縣。②

是以北門喻不得志也，與本賦意同。

　　綜而言之，潘尼撫今而嘆，追昔自解，歷數傅說、呂尚、老聃、許
由之窮達異命，苟能懷退以安身，後之得遇明主或未可知。此安身
立命之理，雖復百慮而無所增益矣。辭賦內容而說理及此，置之上
品可也。

3. 《苦雨賦》

　　《苦雨賦》作於惠帝永寧二年(302)秋七月，抒寫大雨成災之
感。賦文一百三十六字，始述苦雨之由，曰：

> 氣觸石而結蒸兮，雲膚合而仰浮；雨紛射而下注兮，潦波
> 湧而橫流。

此言水氣遇石而凝結蒸騰，再聚合成雲而仰浮天際，繼之雨點紛紛
傾注而下，終至雨水汹湧，四處橫流矣。《公羊傳‧僖公三十一
年》載：

> 觸石而出，膚寸而合，不崇朝而遍雨乎天下者，唯泰

---

① 毛亨傳，鄭玄箋，孔穎達疏：《毛詩注疏》(《十三經注疏》，第 2 冊)，卷二，頁
103 上。

② 劉義慶撰，劉孝標注：《世說新語》(《諸子集成》，第 8 冊)，卷一，《言語第二》，
頁 33。

山𡮂。①

此潘尼賦文之取材矣。

賦文續言大雨滂沱、久而不止之情況,曰:

> 豈信宿之云多,乃踰月而成霖。瞻中唐之浩汗,聽長霤之淙淙。始濛瀎而徐墜,終滂沛而難禁。悲列宿之匿景,悼太陽之幽沈。

先取《詩經·豳·九罭》"於女信宿"意,言豈能稱連宿兩晚爲多,今大雨成霖,竟至踰月不停。瞻彼塘中積水之廣大形貌,聽彼屋上雨水長流而下之淙淙聲響。其始也,小雨濛濛,徐徐飄灑,終至大雨滂沱而難以禁阻。悲乎衆星匿景,悼乎太陽之幽沈也。

賦文轉寫流潦縱橫之景,曰:

> 雲暫披而驟合,雨乍息而巫零。旦溞溞以達暮,夜淋淋以極明。黿鼉遊於門閭,蛙蝦嬉乎中庭。

此言雨勢不止,日夜不息,終至流潦縱橫,黿、鼉、蛙、蝦竟遊嬉於門閭中庭矣。

暴雨橫施踰月,休止無期,潘尼悲憫民生多艱,賦文曰:

> 懼二源之并合,畏黔首之爲魚。處者含瘁於窮巷,行者歎息於長衢。

史稱永寧二年(302)秋七月,兗、豫、徐、冀四州大水。故二源者,黃河、淮水也。潘尼深懼二河并合,百姓慘遭水淹矣。大水影響生計,往來受阻,故居者含瘁於窮巷,行者歎息於長路也。

全篇述雨之形成與造成水患之經過,而抒發悲天憫人之情懷。"懼"、"畏"二字,流露回天乏力之無奈心境,撩人沈思不已。

① 公羊壽傳,何休解詁,徐彥疏:《春秋公羊傳注疏》(《十三經注疏》,第7冊),卷十二,頁158上。

第四節　詠物賦

潘尼詠物之賦計九篇。有以天象爲題材之《火賦》，有以珍寶爲題材之《琉璃椀賦》、《玳瑁椀賦》，有以器用爲題材之《扇賦》，有以花果爲題材之《安石榴賦》、《芙蓉賦》、《秋菊賦》，有以農桑爲題材之《桑樹賦》及以鱗介爲題材之《鼈賦》。題材多樣，較諸敘事、抒情賦爲多。大抵詠物之作，先因物類觸興生情，復因情會物，遂比擬形容，寫物圖貌。及其窮物之情，盡物之態，然後側附以理，斯爲得之。《文心雕龍・詮賦》云：

> 至於草區禽族，庶品雜類，則觸興致情，因變取會。擬諸形容，則言務纖密；象其物宜，則理貴側附；斯又小制之區畛，奇巧之機要也。①

兹就各篇詠物賦內容，論說如次：

1.《火賦》

《火賦》作於惠帝元康元年(291)，全篇四百一十四字，自屬小制，然內容豐贍，謂之濃縮簡略之大賦可也。賦文起始云：

> 覽天人之至周，嘉火德之爲貴。

此破題之法，謂觀覽天人之極遍，最值讚揚者爲"火德"。"火德"二字叫起下文。賦云：

> 含太陽之靈暉，體淳剛之正氣。先聖仰觀，通神悟靈。窮物盡數，研幾至精。形生於未兆，聲發於無象，尋之不得其根，

---

① 劉勰著，范文瀾注：《文心雕龍注》，上冊，卷二，《詮賦》，頁135。

聽之不聞其響。來則莫見其跡,去則不知其往。似大道之未
離,而元氣之灝瀁。

此言火之特性與形態。先聖仰觀天象,通悟神靈,洞察火所蘊含之
太陽靈輝;俯首沈思,窮研物數之理,而入於精微之境,乃知火依淳
剛之正氣。論其形,則生於未見;論其聲,則發於無象。視之未得
尋其根,聽之不能聞其響,可謂來無蹤,去無跡者也;其虛緲之態,
仿如天地尚未分離之際,元氣渾融,浩茫無邊也。

　　又云:

故能博瞻群生,資育萬類。盛而不暴,施而不費。其變無
方,其用不匱。

此言火能廣養群生,資育萬品,雖猛盛而不暴烈,施予而不耗費,變
化多端,功用不乏矣。

　　究火之功用若何? 用之於飲食烹飪一也。賦云:

鑽燧造火,陶冶群形。協和五味,革變羶腥。酒醴烹飪,
于斯獲成。爾乃狄牙典膳,百品既陳。和羹茞醳,旨酒釀醇。
烹黿煮鼉,灼龜臛鱗。

此謂古之鑽燧取火,陶冶飲食之器,乃得盛酒載物,復用火調和辛、
酸、鹹、苦、甘五味,辟除羶腥,於是釀酒烹飪,於此獲致成功矣。狄
牙(即易牙)以善於烹調得寵於齊桓公(姜小白,前? —前 643,前
685—前 643 在位),其調味也,酸則沃之以水,淡則加之以鹹①,經
火調製,於是豐餚美食,旨酒醇醪,一應俱全矣。

　　火能用之於軍事,二也,用之於農耕三也。賦云:

若乃流金化石,鑠鐵融銅,造制戎器,以戒不恭。砥鍊兵
械,整飭軍容。四海康乂,邊境無寇,韜弓戢劍,解甲釋冑。銷

---

① 　王充:《論衡》(《諸子集成》,第 7 冊),《譴告篇》,頁 145。

鏑爲耒，鑄戈爲耡。戰士反於耕農，戎馬放乎外廐。

此謂火能熔化金屬礦石，用之以銷鐵融銅，鑄造軍器，並砥礪鍛鍊軍械物品，壯大軍容，旨在警戒不恭之敵。及至四海昇平，邊境無寇之時，則可整束弓劍，軍士卸甲歸田。火又能將軍器熔鑄爲耒爲耡，協助農耕，而戰馬則飼養安放於外廐矣。

既述火之功用者三，轉寫火之燎原，極言其威也。賦云：

> 及至焚野燎原，一火赫曦。林木摧拉，沙粒並糜。騰光絕覽，雲散電披。遂及衝風激揚，炎光奔逸。玄煙四合，雲蒸霧萃。山林爲之崩弛，川澤爲之涌沸。去若風驅，疾如電逝。芬綸紆轉，倏忽橫屬。蕭條長空，野無孑遺。無隰不灰，無坰不爇。震響達乎八冥，流光燭乎四裔。

此言大火燎原之威猛。熊熊烈焰，林木沙粒摧拉並糜。其騰發之光芒，使人無視他物；其飛揚之力勢，足令雲散電披，復乘勢因風，激揚而起，炎光逸奔，威壯之勢，無與倫比。此時也，黑煙四合，熱氣騰騰而令雲霧蒸乾殆盡，山陵爲之崩弛，川澤爲之涌沸。火勢蔓延之速，若風驅，如電逝，行無常軌，紆曲回轉，瞬間橫施凌厲。上望長空蕭條，平視原野凋零，一切生靈生態盡皆摧毀矣。總言之，烈火燎原，威猛無倫，震響遠聞，流光遠照，四邊八冥之地，猶可聽見也。

大火過後情況如何？賦云：

> 榛蕪既除，九野謐清，蕩枝瘁於凜秋，候來春而改生。

此謂榛蕪雜物經火而清除，由是九州之野呈現靜謐清景，林木枝條歷深秋而枯瘁，靜候來春重新生長。

敘述“火德”既明，賦文予以總結云：

> 其揚聲發怒，則雷電之威也；明照遠鑒，則日月之暉也，甄陶品物，則造化之制也；濟育群生，則天地之惠也。是以上聖

> 人擬火以制禮，鄭僑據猛以立政，功用關乎古今，勳績著乎
> 百姓。

此分二節，"其揚聲發怒……則天地之惠也"爲第一節，總述火德兼
有雷霆之威、日月之暉、造化之制及天地之惠也。"是以上聖人擬
火以制禮……勳績著乎百姓"爲第二節，揭櫫題旨，述上古聖人能
從火而獲啓發，據其功用特質以制訂諸種禮制，彰顯火德，古今同
受其益也；而鄭國子產(公孫僑)則能依據火之威猛特性大事改革，
由是勳績昭著，獲百姓感戴。

　　綜觀《火賦》全篇，内容豐富，流露強烈儒家思想。始以"火德"
破題，繼述火之特性、形態，又敘火之功用：用之於飲食烹飪，則醇
醪百品俱全；用於軍事止戈，則造制戎器，整飭軍容；用之於農事器
具，則耒耜等物，得而耕作。諸種制度，爲下文上聖人擬火以制禮
鋪墊。再明火德之威猛，刻畫大火燎原之壯觀，使人如在目前，驚
慄震懾。大火過後，則九野謐清，萬物俟來春復甦。乃知火德威
猛，有除穢興革之功，爲下文鄭僑據猛以立政伏筆。最後總論火德
内涵，兼有"威"、"暉"、"制"、"惠"，然後揭櫫題旨，鼓勵愍懷太子效
聖人擬火以制禮，仿鄭僑據猛以立政，則光昭今古，勳著百姓矣。

2.《琉璃椀賦》

　　《琉璃椀賦》約作於惠帝元康元年(291)至懷帝永嘉五年(311)
期間，以琉璃椀爲詠，全賦一百九十六字，首云：

> 覽方貢之彼珍，瑋兹椀之獨奇。濟流沙之絕險，越葱嶺之
> 峻危。

此言觀覽四方上貢之珍品，欣賞此椀之最爲奇特。此椀自極遠之
西方運來，曾渡大漠流沙之絕險，高越葱嶺(新疆省西南嶺)之
峻危。

此物既來自極遠之地,其製椀之材更屬難得,賦云:

> 其由來也阻遠,其所託也幽深。據重巒之億仞,臨洪溪之萬尋,接玉樹以瓊瑤,鄰沙棠與碧林。瞻閶風之崔嵬,顧玄圃之蕭森。

先以"其由來也阻遠"承上,後以"其所託也幽深"啓下,言琉璃椀之由來阻遠,然椀材蘊藏之地亦極幽深。或據億仞重巒之上,或臨萬尋大溪之下,或連接玉樹與瓊瑤之間,或鄰近於崑崙山上之沙棠木與碧玉林。高瞻閶風山之崔嵬,下顧玄圃山之蕭森。

琉璃此物託之幽深,探採之難自可想見。既得之,必待良工製成器用。賦云:

> 於是遊西極,望大蒙,歷鍾山,闚燭龍,覿王母,訪仙童。取琉璃之攸華,詔曠世之良工。纂玄儀以取象,准三辰以定容。

此分二節,"於是遊西極……取琉璃之攸華"爲第一節,述取探琉璃之經過:遍遊西極,望見日所入處大蒙,歷過鍾山,闚視其神燭龍①,覿見西王母,尋訪仙童。"取琉璃之攸華……准工辰以定容"爲第二節,述製椀之經過:取得琉璃之華美者後,詔令曠世之良工,繪畫玄妙之樣式以取定形象,依據日、月、星三辰以確定容色。

既爲此精密準備,成器之特色如何?尼舉色澤與剛硬二者。賦云:

> 光映日曜,圓盛月盈。纖瑕罔麗,飛塵靡停。灼爍旁燭,表裏相形。凝霜不足方其潔,澄水不能喻其清。剛過金石,勁

---

① 《山海經第八·海外北經》云:"鍾山之神,名曰燭陰。"郭璞注云:"燭龍也,是燭九陰,因名云。"近人袁珂案:"《大荒北經》云:'西北海之外,赤水之北,有章尾山。有神,人面蛇身而赤,直目正乘。其瞑乃晦,其視乃明。不食,不寢,不息,風雨是謁。是燭九陰,是謂燭龍。'燭龍之稱燭陰,蓋以此矣;章、鍾則一聲之轉也。"(參袁珂:《山海經校注》[上海:上海古籍出版社,1980年],頁230—231。)

勵瓊玉。磨之不磷，涅之不濁。

此言琉璃椀之光澤映出太陽之輝，其通體圓極，狀如盈滿之月。任何纖細瑕疵皆無附著，任何飛塵不能停留。光采旁照，表裏輝映。凝結之霜未足喻其潔，澄淨之水莫能比其清。剛硬之體賽過金石、瓊玉，磨之不減其鮮，污之莫使其濁也。

琉璃椀之色澤既美，本體既剛，如斯珍寶，功用何有？賦文云：

> 舉茲椀以酬賓，榮密坐之曲宴。流景炯晃以內澈，清醴瑤琰而外見。

此謂舉此琉璃椀用於宮中私宴，或以酬酢賓客，或以款接友朋。琉璃椀內，明淨中泛出光明流景；琉璃椀外，望見美玉一般之清酒。

綜觀《琉璃椀賦》全篇，內容豐富，想像雄奇，頗具游仙色彩。首言琉璃椀以方貢之物，其由來阻遠。繼述琉璃之蘊藏，託處崑崙。踏遍名山，終以覲王母、訪仙童然後得之。再寫製成器物之經過，取象定容均所講究。然後極言琉璃椀之色澤與剛堅，末述茲椀酬酢賓榮，功用匪淺。如以椀喻人，內蘊遙深，讀者細賞，當自得之。

3.《玳瑁椀賦》

《玳瑁椀賦》或與《琉璃椀賦》同時而作。全篇一百四十二字，緊扣主題立言。始言玳瑁之形貌，曰：

> 有玳瑁之奇寶，亦同旅于介蟲。下法川以矩夷，上擬乾而規隆。

此言有玳瑁之一種奇寶，亦同屬野生之甲殼蟲豸。其腹效法平川大地生得平坦而具溝紋，其背則上仿天穹而高隆而起。

賦文繼述玳瑁之習性，曰：

　　　　或步趾於清源，或掉尾於泥中，隨陰陽以潛躍，與龜龍乎
　　齊風。

此言玳瑁之生活也，或游動於清源，或搖尾於泥沼。隨陰陽雨晴之
變化潛藏顯躍，與龜、龍等物同其習性也。
　　賦文接寫玳瑁之特色，曰：

　　　　包神藏智，備體兼才。高下斯處，水陸皆能。文若綺波，
　　背負蓬萊。

此言玳瑁暗藏神靈智慧，具備各方才能。其能居於高低之地，棲息
於水陸之中。身上文采若綺麗之波濤，背上形態仿如背負蓬萊
仙山。
　　賦文轉入主題，寫玳瑁椀之由來，曰：

　　　　爾乃遐夷效珍，越裳貢職。橫海萬里，踰嶺千億。挺璞荒
　　巒，擒藻辰極。光曜炫晃，昭爛煽妲。

此言遠方諸夷如越裳等以玳瑁爲椀，報效奇珍，進獻天朝，以表輸
誠之職。由是玳瑁椀橫海萬里，越嶺千億。仿如荒山玉璞之進獻，
終在朝廷之上散發異彩，妲紅之色鮮艷奪目，令人神醉。
　　賦末頌贊斯物，曰：

　　　　嘉斯寶之兼美，料衆珍而靡對。文不煩於錯鏤，采不假乎
　　藻繢。豈翡翠之足儷，胡犀象之能逮。

此言嘉彼玳瑁之兼具衆美，料量其他珍寶莫能相比。其文采不勞
煩於交錯之雕鏤，亦不憑藉於華美之刺繡。如此，翡翠豈足相比，
犀角、象牙未能及也。
　　全篇辭采華美，緊扣玳瑁椀發揮，先述玳瑁之形貌、習性與特
色，繼明成器之遠來，末頌斯寶之兼美珍奇。內容稍嫌簡單平淡。
可見應酬之作，感之未深而強爲之詞，唯以雕采刻鏤以掩情志之不
足也。

4.《扇賦》

《扇賦》約作於惠帝元康元年(291)或以後,全篇五十七字,首尾一貫,内容亦完整。賦始云:

> 夫器有經(按:"輕"之誤也)粗,用有疏密。

此以議論發端,謂器物有分輕巧與粗糙,用之有疏離與親密之别。

繼言製扇之經過,其形狀、材料、製法悉皆明矣。賦云:

> 安衆以方爲體,五明以圓爲質。或託形於竹素,或取固於膠漆。方圓應於規矩,制度由於繩墨。

"安衆"、"五明"者,古扇之名也。此言安衆以方爲體,五明以圓爲質,形狀各異。有以竹子、白絹造爲形器,有以膠以漆予以黏合。總之其方其圓者,皆應於規矩,曲直制度者,必因於繩墨也。

安衆方而五明圓,早見於陸機《羽扇賦》,賦云:

> 安衆方而氣散,五明圓而風煩。[1]

安衆之由來不可考矣;五明,傳爲帝舜所爲,崔豹《古今注·輿服》載:

> 五明扇,舜作也。既受堯禪,廣開視聽,求賢人以自輔,故作五明扇也。漢公卿士大夫皆得用之,晉非乘輿不得用也。[2]

賦末以扇之流傳爲結,其云:

> 始顯用於荒蠻,終表奇于上國。

---

[1]　張溥輯:《漢魏六朝百三家集》,第 2 冊,卷四十八,《晉陸機集》,頁 376 上。

[2]　唐鴻學輯:《怡蘭堂叢書》(藝文印書館原刻景印),第 2 冊,《崔豹古今注三卷》,上卷,《輿服第一》,頁 5。

扇之爲用也，納涼而已。然實用之後，必求之以精奇。潘尼於朝廷
所見者，應屬精工巧製，故以"顯用於荒蠻"，終至"表奇于上國"
作結。

全篇短小精悍，體物多方，或以扇喻己，餘味不盡矣。

5.《安石榴賦》

《安石榴賦》約作於武帝咸寧四年(273)以後。全篇二百一十
四字，先述作賦之由，曰：

> 安石榴者，天下之奇樹，九州之名果。是以屬文之士，或
> 敍而賦之，蓋感時而騁思，睹物而興辭。

此言安石榴者，乃天下九州之奇樹名果，源出西域，漢時傳入中土。
張華《博物志》云：

> 張騫使大夏，得石榴。①

於是屬文之士，有敍而賦之者，乃感於時而騁妙思，睹乎物而興文
辭也。

文士如潘尼者，既睹物而興辭。然安石榴生於何地？見之感
受若何？賦文云：

> 余遷舊宇，爰造新居。前臨曠澤，卻背清渠。實有斯樹，
> 植于堂隅。華實並麗，滋味亦殊。可以樂志，可以充虛。

此謂潘尼遷移舊宅，建造新居。新居前臨空曠之澤，後背清澈之

---

① 　張華撰，范寧校證：《博物志校證》(北京：中華書局，1980年)，《佚文·昭明文
選李善注引》，頁 121。《文選》錄潘岳《閑居賦》，中有"石榴蒲陶之珍"句，李善引張華
《博物志》釋石榴之來源。《太平御覽》引陸機《與弟雲書》曰："張騫爲漢使外國十八年，
得塗林安石榴也。"(見李昉等：《太平御覽》，卷九百七十，《果部七·石榴》，頁 4320 下
至 4321 上。)

渠。堂室一隅,植有斯樹,花與果並麗。觀賞之時,滋味亦殊,足可樂乎心意,其爲食也,亦足增氣充虛。

賦文接而描繪花開之狀,曰:

> 朱芳赫奕,紅萼參差。含英吐秀,乍合乍披。遙而望之,煥若隋珠耀重川;詳而察之,灼若列宿出雲間。

此言石榴花紅光昭顯,茂盛參差。英華秀麗,驟合驟開,美態怡人也。遠而望之,炳煥若隋侯珠之照耀深川;詳而察之,明亮似衆星之出現雲間。

本茲樹之美,潘尼乃駿發神思,極想像之能,賦曰:

> 湘涯二后,漢川遊女,携類命疇,逍遙避暑。託斯樹以栖遲,溯祥風而容與。爾乃擢纖手兮舒皓腕,羅袖靡兮流芳散。披綠葉於脩條,綴朱華兮弱幹。豈金翠之足珍,寔茲葩之可翫。

此言湘水二后(娥皇、女英)、漢水神女,相携同類,逍遙避暑,托此樹而遊息,迎風納爽,安逸自得。衆女抽出纖纖玉手,舒展雪白手腕,一時間,羅袖飄香。但見其自脩條間撥開綠葉,於弱幹中掇採朱花。豈如黃金翠玉之珍貴,實乃茲花可堪把玩也。

石榴花描畫既盡,轉寫石榴之實,賦曰:

> 商秋授氣,收華斂實。千房同蒂,十子如一。繽紛磊落,垂光耀質。滋味浸液,馨香流溢。

此言秋天授與肅殺之氣,使石榴收花斂實。如毬之果實“千房同蒂,十子如一”,色彩繽紛,錯落分明。其肉質鮮明而有光澤,食之滋味無窮,液汁豐富,馨香流溢。

全篇純以客觀詠物,巧似形構,極盡細微。以述安石榴之生長環境起,繼述石榴花之美,末述石榴果之鮮,其間穿插豐富想像,雖無側附以情理,亦屬詠物精品也。

6.《桑樹賦》

《桑樹賦》作於惠帝元康元年(291),賦文一百三十八字,先述初見桑樹之情狀,曰:

> 從明儲以省膳,憩便房以偃息。觀茲樹之特偉,感先皇之攸植。蔚蕭森以四射,邈洪傭而端直。

此謂隨從愍懷太子省膳後,休憩於便房稍作卧息。因而能觀賞生長特茂之桑樹,感嘆此乃先皇武帝所手植也。其樹也,枝葉錯落,聳立茂盛而向外四散;軀幹渺遠,粗大平均而端正。

遠觀茲樹,所得如此,於是近前細察,所得者自不同矣。賦云:

> 爾乃徘徊周覽,俯仰逍遙。俛睨靈根,上眺脩條。洞芳泉於九壤,含溢露於清霄。倚增城之飛觀,拂綺窗之疏寮。

此言徘徊樹下,繞樹以觀。俯仰之間,但覺逍遙快樂。俯視桑樹靈根,乃深入九州之壤汲取水份;上眺修長枝條,似向虛空啜含清露,甚且高入雲霄,倚傍崑崙增城之飛觀,拂弄觀內綺麗之大小窗戶。增城者,神話中之地名也。屈原《天問》云:

> 增城九重,其高幾里?[①]

《淮南子·墬形訓》云:

> 掘昆侖虛以下地,中有增城九重,其高萬一千里百一十四步二尺六寸。[②]

夸飾而細緻若此,令人驚嘆不已。

---

①　洪興祖:《楚辭補注》(北京:中華書局,1983 年),卷三,《天問章句第三》,頁 92。

②　劉安等撰,高誘注:《淮南子》(《諸子集成》,第 7 冊),卷四,《墬形訓》,頁 56。

賦文續云：

> 下迢遞以極望，上扶疏而參差。匪衆鳥之攸萃，相皇鸞之羽儀。理有微而至顯，道有隱而應期。豈皇晉之貞瑞，兆先見而啓兹。起尋抱於纖毫，崇萬簣於始基。

此分三節，“下迢遞以極望，上扶疏而參差”爲第一節，承上而來。言往下能極望深遠之地，往上則見茂盛枝葉分披復相連也。“匪衆鳥之攸萃……兆先見而啓兹”爲第二節，述所見所感。言見有鳥聚集桑樹之間，察之非比尋常，乃鳳凰鸞鳥也。道理從微至顯，自隱而現，依時而相應。此鳳凰鸞鳥之出現，無乃瑞應大晉之興盛也。“起尋抱於纖毫，崇萬簣於始基”爲第三節，以議論作結。言物之尋（高度單位，八尺一尋）抱（能環繞合抱），起於纖毫之細；萬簣之崇山，始於基礎之平坦也。

賦文有否脱文未可知。以現存文字言，先述觀樹之由，繼寫靈根脩條，接述皇鸞應瑞，末論功成始基。短小精悍，爲富艷精工之作也。

7.《芙蓉賦》

《芙蓉賦》作於惠帝元康元年（291）。賦文散佚，現存僅得四句，二十四字。曰：

> 或擢莖以高立，似彫輦之翠蓋。或委波而布體，擬連璧之攢會。

此描繪芙蓉之生長形態，有以長莖高立水面，翠綠荷葉似輦輿上之車蓋；有以委身平波之上，匯聚之荷葉仿似相連之璧玉。

似此寥寥數句，模擬傳神。擎雨之蓋，迎風傲立；水面清圓，平鋪波上，讀之不覺神旺氣和。周邦彥《蘇幕遮》詞：

葉上初陽乾宿雨，水面清圓，一一風荷舉。①

寫盡荷花之態，稱譽翰林，殊未知潘尼導夫先路矣。

8.《鼈賦》有序

《鼈賦》作於惠帝元康元年(291)至四年(294)間。全篇連序文九十三字。賦序寫作賦之由，曰：

> 皇太子遊於玄圃，遂命釣魚。有得鼈而獻之者。令侍臣賦之。

此言愍懷太子與侍臣遊於玄圃園②，興之所至，遂命釣魚。有意外得鼈而上獻者，太子令侍臣賦之。

賦文首述鼈被補捉之情狀，曰：

> 翩銜釣以振掉，吁駭人而可惡。既顛墜於巖岸，方盤跚而雅步。或延首以鶴顧，或頓足而鷹距；或曳尾於塗中，或縮頭於殼裏。

此言鼈被捉離水面之時，乃銜著釣鉤而不斷振動，發出之聲響駭人可惡。或仆倒於巖岸之間，蹣跚緩步；或伸直頭頸如鶴鳥之顧盼，或停步而舉足有如雄鷹舉爪，或搖曳尾巴於泥水中，或縮頭藏於殼裏。

此所謂體物爲妙也。賦文末曰：

> 若乃秋水暴駭，百川沸流。有東海之巨鼈，乃負山而吞舟。

---

① 毛晉輯：《宋六十名家詞》(上海：上海古籍出版社，1989 年)，《片玉詞》，頁180。

② 陸機有《皇太子宴玄圃宣猷堂有令賦詩》。《文選》李善注云："楊佺期《洛陽記》曰：'東宮之北曰玄圃園。'"

此言若秋雨暴駭,百川泛濫。則東海將有巨鼈,背能負山,口能
吞舟。

賦篇或有佚文。然就現有文字觀之,亦覺潘尼體物有方,觀察
細微,且能馴致繹辭,描摹準確,又以夸飾增其美,效果至佳。

9.《秋菊賦》

《秋菊賦》寫作年份不詳。賦文六十二字,首曰:

> 垂采煒於芙蓉,流芳越乎蘭林。①

此言秋菊之色彩較之芙蓉爲美,流播之芬芳超逾蘭林也。

突出主題而後,又側寫秋菊秀美,曰:

> 遊女望榮而巧笑,鶵鷚遙集而弄音。②

此言出遊之女望見秋菊而露出嫣然動人之笑容,鶵鷚之鳥遙集而
觀,發出悅耳之音聲。

繼寫秋菊之功能,曰:

> 若乃真人採其實,王母接其葩。或克虛而養氣,或增妖而
> 揚娥。既延期以永壽,又蠲疾而弭痾。③

此言得道真人與仙人王母採摘菊花以爲食,或能充虛增氣,或能輕
身嬌美。既可延年益壽,又可消除疾病。

菊之用也,《藝文類聚》卷八十一引《風俗通》云:

> 南陽酈縣,有甘谷。谷水甘美,云其山上大有菊,水從山
> 上流下,得其滋液。谷中有三十餘家,不復穿井,悉飲此水。

---

① 張溥輯:《漢魏六朝百三家集》,第2冊,卷四十五,《晉潘岳集》,頁297上。
② 同上。
③ 同上。

上壽百二三十，中百餘。下七八十者，名之大夭。菊華輕身益
氣故也。司空王暢、太尉劉寬、太尉袁隗爲南陽太守，聞有此
事，令酈縣月送水二十斛，用之飲食，諸公多患風眩，皆
得瘳。①

可爲證焉。

短短賦篇，先寫秋菊之姿態，繼述其吸引力，又明其效用，內容
完整，層次分明，許爲上佳小品可也。

潘尼詠物賦九篇之內容已如上述，一言以蔽之，曰：詠物精
工，內容豐美也。

至於《武庫賦》與《朝菌賦》，或脫文甚多，或僅得其序。《武庫
賦》傳世四句，得二十四字，曰：

　　若夫大刀寶劍，曠世絕殊。煉質於昆吾之竈，定形於薛燭
　之鑪。

言大刀寶劍，舉世無倫，煉質於昆吾山上之竈，定形於薛燭家中
之鑪。

昆吾，出名刀之地也。《山海經‧中山經》云：

　　又西二百里曰昆吾之山，其上多赤銅。②

郭璞注曰：

　　此山出名銅，色赤如火，以之作刀，切玉如割泥也。③

薛燭，春秋時越國人也，善於鑑別寶劍。《越絕書》卷十一云：

　　昔者，越王勾踐有寶劍五，聞於天下。客有能相劍者，名

①　歐陽詢撰，汪紹楹校：《藝文類聚》，卷八十一，《藥香草部上‧菊》，頁1390—
1391。
②　郭璞注，郝懿行箋疏：《山海經箋疏》（臺北：中華書局，1969年），《山海經第
五‧中山經》，頁5。
③　同上。

薛燭。王召而問之，曰：「吾有寶劍五，請以示之。」①

《朝菌賦》賦文已佚，其序云：

> 朝菌者，蓋朝華而暮落，世謂之木槿。或謂之日及。詩人以爲舜華，宣尼以爲朝菌。其物向晨而結，建明而布，見陽而盛，終日而殞。不以其異乎，何名之多也。

此述朝菌者，一物而異名者甚多，又述其生長特色。賦文或據此發揮，然憑空穿鑿無益，不復贅說也。

第五節　小　結

潘尼賦作十六篇，題材多樣，包括室宇、巧藝、地理、懷思、天象、珍寶、器用、花果、農桑及鱗介等，要之歸納爲敘事、抒情及詠物三類。

敘事之賦兩篇：《東武館賦》述東武陽侯明哲保身，處遠避禍，卜宅而居。其地環境清幽，交通便捷，生活其中，優遊自在也。《釣賦》敘垂釣始末，以釣魚起，食魚終，其樂無窮也。

抒情之賦三篇：《惡道賦》藉惡道之艱難險阻抒發憂憤之感；《懷退賦》撫今追昔，抒發退以安身之思；《苦雨賦》寫苦雨成災，流露悲天憫人之情懷。

詠物之賦九篇：《火賦》詠火之特性、形態與功用，勉太子擬火以制禮，據猛以立政；《琉璃椀賦》寫茲椀之由來特色與功用；《玳瑁椀賦》詠玳瑁之形貌、習性與特色；《扇賦》述扇之製作與功用；《安石榴賦》寫石榴之生長，述其花，敘其果，描繪細膩；《桑樹賦》敘寫

桑樹靈根脩條,祥鳥應瑞之狀;《芙蓉賦》詠芙蓉之生長形態;《鱉賦》寫得鱉之過程,並細述其物之行動特色;《秋菊賦》詠菊之秀美與功效。

　　至如未能歸類者兩篇:《武庫賦》佚文寫大刀寶劍之煉就;《朝菌賦》僅得其序,內容無所考矣。

第五章　潘尼賦之修辭

第一節　小　　引

夫綴文屬辭，實吐納情意。情志之能感人者唯誠，言辭之能動聽者惟巧。故情文互待，誠巧相須，方能悅顏動衆也。古聖昔賢，論之多矣。《易・乾》云：

> 子曰：……脩辭立其誠，所以居業也。[1]

又《尚書・畢命》云：

> 辭尚體要，不惟好異。[2]

又《左傳・襄公二十五年》云：

> 仲尼曰：「志有之，言以足志，文以足言，不言誰知其志？言之不文，行而不遠。」[3]

又《禮記・少儀》云：

> 言語之美，穆穆皇皇。[4]

---

[1] 王弼、韓康伯注，孔穎達疏：《周易注疏》（《十三經注疏》，第 1 冊），卷一，頁 14 上。

[2] 孔安國傳，孔穎達疏：《尚書注疏》（《十三經注疏》，第 1 冊），卷十九，《畢命第二十六》，頁 291 下。

[3] 左丘明傳，杜預注，孔穎達疏：《春秋左傳注疏》（《十三經注疏》，第 6 冊），卷三十六，頁 623 下。

[4] 鄭玄注，孔穎達疏：《禮記注疏》（《十三經注疏》，第 5 冊），《少儀第十七》，卷三十五，頁 631 上。

又《論語・衞靈公》云：

> 辭達而已矣。①

又陸機《文賦》云：

> 要辭達而理舉，故無取乎冗長。②

又摯虞《文章流別論・賦》云：

> 夫假象過大，則與類相遠；逸辭過壯，則與事相違；辯言過
> 理，則與義相失；麗靡過美，則與情相悖。③

賦之爲體，鋪采摛文，修辭最爲講究。若論潘尼賦篇之修辭，可從
篇章、句式、詞語、聲律及修辭格五者，剖析如下。

第二節　篇　章　修　辭

(一) 命意設情

謀篇之道，命意爲先。意得而後摛辭，此爲文者不可踰越之序
也。范曄《獄中與諸甥姪書》云：

> 常謂情志所託，故當以意爲主，以文傳意。以意爲主，則
> 其旨必見；以文傳意，則其詞不流。④

---

① 何晏注，刑昺疏：《論語注疏》(《十三經注疏》，第 8 冊)，《衞靈公第十五》，卷十五，頁 141 下。

② 張溥輯：《漢魏六朝百三家集》，第 2 冊，卷四十八，《晉陸機集》，《文賦》，頁 365 上。

③ 同上，卷四十二，《晉摯虞集》，《文章流別論・賦》，頁 244 上。

④ 沈約：《宋書》(北京：中華書局，1974 年)，卷六十九，列傳第二十九，《范曄》，頁 1830。

劉勰《文心雕龍·養氣》云：

> 意得則舒懷以命筆。①

杜牧《答莊充書》云：

> 凡爲文以意爲主，氣爲輔，以辭彩章句爲之兵衛，未有主強盛而輔不飄逸者，兵衛不華赫而莊嚴者。四者高下圓折，步驟隨主所指，如鳥隨鳳，魚隨龍，師衆隨湯、武，騰天潛泉，橫裂天下，無不如意。苟意不先立，止以文彩辭句，繞前捧後，是言愈多而理愈亂，如入闤闠，紛紛然莫知其誰，暮散而已。②

張裕釗《答吳至甫書》亦云：

> 古之論文者曰，文以意爲主，而辭欲能副其意，氣欲能舉其辭。譬之車然，意爲之御，辭爲之載，而氣則所以行也。③

凡此前修所論，其意相同。夫意不立而有可成之章者，未之見也。強而爲之者，勢必散亂無章，不堪卒讀矣。

若潘尼賦篇者，基於寫作動機不同而命意隨之而異，概而言之，可作三類言之：

其一，醞釀已久，蓄於心而未發，藉其人、其物、其時而徹底發露之者，其命意有深而婉，有激而切者也。

1. 深而婉

《東武館賦》贊東武陽侯具大雅之洪操，能明哲保身，遷居避

---

① 劉勰著，范文瀾注：《文心雕龍注》，下冊，卷九，《養氣》，頁647。
② 杜牧：《樊川文集》（上海：上海古籍出版社，1978年），卷十三，《答莊充書》，頁194—195。
③ 張裕釗：《答吳至甫書》，載《明清八家文鈔》（北京：北京市中國書店，出版年份缺），第二函，第7冊，《張廉卿先生文鈔》，頁35。

禍。賦中愈寫遷移後居里環境秀麗與生活之閒適,愈能表達命意所在也。

《火賦》表侍臣之忠、愛國之誠。詠火德之"威"、"暉"、"制"、"惠",而勸說太子效聖人擬火以制禮,仿鄭僑據猛以立政。其命意之忠誠,貫徹全篇也。

2. 激而切

《惡道賦》以"惡"命意,極言道之險阻難行。雖曰隱喻仕途,寄意深遠,然情志、事義皆流於激越切要也。

《懷退賦》以"退"命意,或實寫"退"之由,或虛寫"退"之往,或比喻,或舉證,無非依命意而發。情愈激而事愈切,作者無可奈何之情懷,躍然紙上矣。

其二,觸物起興,情往似贈,興來如答。命意所由斯物生,或純以欣賞而無注入感情、客觀詠物者,或體物而後寫心、即物寄情者也。

1. 客觀詠物

《安石榴賦》以細膩及富想像之筆觸描寫石榴花果之形貌與特色,並無借物抒情說理,命意之單純可見。魏晉南北朝之詠物賦篇大多如此,豈非當時流行之寫作特色歟?

《琉璃椀賦》詠珍寶之物,述其來源,說其製造過程與形貌特色,其間摻入游仙想像,命意尚稱新穎。然作者未注入主觀情感,則同於前賦也。

《玳瑁椀賦》以華美的辭藻寫玳瑁之形貌、習性與特色,復明器物之遠來與珍奇。此酬酢之作,命意浮淺。真情實感闕如也。

《扇賦》述斯物之特性與製造,篇幅短小,命意平凡,或爲率爾操觚，庸事未能孕出新意也。

《秋菊賦》詠物工巧，寫菊之特色與效用，想像雄奇，命意新巧而客觀詠物，没有注入主觀情感也。

2. 即物寄情

《釣賦》敘垂釣與烹食魚獲之情景，寄寓淡泊名利、優游生活之情。

《苦雨賦》敘大雨成災之經過與情景，寄寓哀民生多艱之嘆。

其三，貴遊雅會，或受命摛翰，或同題競作，意多頌揚，文重雕飾也。

《桑樹賦》敘從太子憩於便房，見桑樹而後賦。說先帝之所植，於今靈根脩條，皇鸞應瑞，論起尋抱於纖毫，寄以崇萬簀於始基，善頌善禱，命意如此而已。

《鼈賦》敘隨太子遊於玄圃，受命與同僚競作，體物描摹，辭有可觀。然賦文有脱，命意或存於篇末，或頌揚作結未可知也。

至於《武庫賦》、《芙蓉賦》，賦文只存數句，而《朝菌賦》僅得其序，爲免穿鑿揣測之譏，姑予從略。

（二）章法組織

謀篇之道，命意而後，乃論章法組織。劉熙載《藝概‧賦概》云：

> 賦家主意定則群意生，試觀屈子辭中，忌己者如黨人，憫己者如女嬃，靈氛、巫咸以及漁父別有崇尚，詹尹不置是非，皆由屈子先有主意，是以相形相對者，皆若沓然偕來，拱向注射

之耳。①

意有主次，其次者"拱向注射"與主意"相形相對"，彌綸變化之妙，深此道者乃能言之。劉勰《文心雕龍·鎔裁》云：

> 凡思緒初發，辭采苦雜，心非權衡，勢必輕重。是以草創鴻筆，先標三準：履端於始，則設情以位體；舉正於中，則酌事以取類；歸餘於終，則撮辭以舉要。然後舒華布實，獻替節文，繩墨以外，美材既斷。故能首尾圓合，條貫統序。若術不素定，而委心逐辭，異端叢至，駢贅必多。②

劉氏高標"三準"之說，第一準"履端於始，則設情以位體"屬命意設情範圍，已如上述；餘二準"舉正於中，則酌事以取類"及"歸餘於終，則撮辭以舉要"則屬彌綸之術，涉及章法組織矣。《文心雕龍·附會》云：

> 凡大體文章，類多枝派。整派者依源，理枝者循幹，是以附辭會義，務總綱領，驅萬塗於同歸，貞百慮於一致。使衆理雖繁，而無倒置之乖；群言雖多，而無棼絲之亂。扶陽而出條，順陰而藏跡。首尾周密，表裏一體。此附會之術也。③

所論至爲精闢。至若賦體之組織，《文心雕龍·詮賦》云：

> 既履端於倡序，亦歸餘於總亂。序以建言，首引情本；亂以理篇，迭致文契。④

由是知賦體除正文外，前有"序"述作賦之由，所謂"首引情本"也；後有"亂"總理全篇旨意，所謂"迭致文契"也。

---

① 劉熙載著，何沛雄校點：《賦概》。見何沛雄：《賦話六種（增訂本）》（香港：三聯書店，1982 年），頁 43—44。
② 劉勰著，范文瀾注：《文心雕龍注》，下冊，卷七，《鎔裁》，頁 532。
③ 同上，卷九，《附會》，頁 650—651。
④ 同上，上冊，卷二，《詮賦》，頁 135。

　　然考之歷代賦篇，"序"、"亂"俱全者不多見，有"亂"無"序"者亦少，單有"序"者則較多。至若潘尼傳世賦篇，庶幾輯自類書，有否因節錄而刪除"序"、"亂"，未可確知。就今所見之十六篇，殆可分爲兩類：賦文前有序者一類，計有《東武館賦》、《鼈賦》及《朝菌賦》三篇而已；僅存賦文者一類，餘十三篇皆是。

　　就賦文而言，其殘缺不全者自當別論，《東武館賦》、《懷退賦》、《釣賦》、《火賦》、《苦雨賦》、《琉璃椀賦》、《玘珸椀賦》、《扇賦》、《安石榴賦》、《桑樹賦》等皆布局謹嚴，章法有序。茲舉《火賦》爲例，餘可舉一反三矣。

　　《火賦》以"火德"爲寫作中心，此"履端於始，則設情以位體"，並"總綱領"之法也。究"火德"如何？潘尼從火之"形貌特性"與"功用"分而述之，此得"舉正於中，則酌事以取類"，"驅萬塗於同歸，貞百慮於一致"之效也。分述"火德"既畢，遂以火德所含之"威"、"暉"、"制"、"惠"收結前文，此"歸餘於終，則撮辭以舉要"之術也。最後以高步邁出，神龍結穴之法揭櫫題旨："是以上聖人擬火以制禮，鄭僑據猛以立政，功用關乎古今，勳績著乎百姓。"隱含諷諭，使"首尾圓合，條貫統序"，"表裏一體"。若從"火賦"上獻愍懷太子言，則屬"扶陽而出條，順陰而藏跡"矣。其布局之謹嚴，章法之有序，後進銳筆，必資參照。

第三節　句式修辭

（一）四六句式

　　綜觀潘尼賦篇之句式，有三言、四言、五言、六言、七言、九言及十言句，錯落參差，變化頗多，詳見下表：

三言句	望大蒙;歷鍾山;闚燭龍;覲王母;訪仙童。(以上《琉璃椀賦》)
四言句	通衢交會;水泛輕舟;陸方羽蓋;茂林幽藹;彌望遠覽;混瀁夷泰;表裏山河;出入襟帶;飛渠脉散;芙蓉映渚;靈芝蔽岸;遊像華林;彎弓撫彈;娛志蕩心;梏不空縱;綸不苟沈;遊鱗雙躍;落羽相尋;膳夫進俎;虞人獻鮮;春醴九醞;嘉豆百籩;隨波溯流;乍往乍旋。(以上《東武館賦》) 狗肘還勾;羊角互戾;菇窟連投;十數億計;石子之澗;坎坷之穴;若其名坂;成皋黃馬;迴波激浪;飛沙飄瓦;虺頹玄黃;損食喪膚;馗蹄穿領;摩韉脫軀;道深地狹;坂峭軌長;輪輿顛覆;人馬仆僵;反宂倒駕;閑戴從莊;觸壁屈軸;詰坑低昂。(以上《惡道賦》) 曠世絕殊。(以上《武庫賦》) 左援脩竹;右縱飛綸;金鈎厲鉅;甘餌垂芬;衆鯤奔涌;游鱗橫集;觸餌見擒;值鈎被執;長繳繽紛;輕竿翕熠;雲往颻馳;光飛電入;煎熬之味;百品千變;殊芳異氣;隨心適好;不可勝紀;乃命宰夫;膾此潛鯉;名工習巧;飛刀逞伎;電剖星流;芒散縷解;隨風離鍔;連翩雪累;西戎之蒜;南夷之薑;醶酸調適;齊和有方;紅麵之飯;糅以菰粱;五味道洽;餘氣芬芳;和神安體;易思難忘。(以上《釣賦》) 先聖仰觀;通神悟靈;窮物盡數;研幾至精;資育萬類;盛而不暴;施而不費;其變無方;其用不匱;鑽燧造火;陶冶群形;協和五味;革變羶腥;酒醴烹飪;於斯獲成;百品既陳;和羹酋醳;旨酒釀醇;烹黿煮鼉;灼龜膢鱗;鑠鐵融銅;造制戎器;以戒不恭;砥鍊兵械;整飭軍容;四海康乂;邊境無寇;韜弓戢劍;解甲釋胄;銷鏑爲耒;鑄戈爲耨;一火赫曦;林木摧拉;沙粒並糜;騰光絕覽;雲散電披;炎光奔逸;玄煙四合;雲蒸霧萃;去若風驅;疾如電逝;芬綸紆轉;倏忽橫厲;蕭條長空;野無孑遺;無隙不灰;無坰不爇;榛蕪既除;九野謐清;明照遠鑒;甄陶品物;濟育群生。(以上《火賦》) 光映日曜;圓盛月盈;纖瑕罔麗;飛塵靡停;灼爍旁燭;表裏相形;剛過金石;勁勵瓊玉;磨之不磷;涅之不濁。(以上《琉璃椀賦》) 包神藏智;備體兼才;高下斯處;水陸皆能;文若綺波;背負蓬萊;越裳貢職;橫海萬里;踰嶺千億;挺璞荒巒;摛藻辰極;光曜炫晃;昭爛減艷。(以上《玟瑰椀賦》) 用有疏密。(以上《扇賦》) 安石榴者;余遷舊宇;爰造新居;前臨曠澤;卻背清渠;實有斯樹;植于堂隅;華實並麗;滋味亦殊;可以樂志;可以充虛;朱芳赫奕;紅蕚參差;含英吐秀;乍合乍披;遙而望之;詳而察之;湘涯二后;

四言句	漢川遊女;携類命疇;逍遙避暑;商秋授氣;收華斂實;千房同蔕;十子如一;繽紛磊落;垂光耀質;滋味浸液;馨香流溢。(以上《安石榴賦》) 俯仰逍遙。俛睨靈根,上眺脩條。(以上《桑樹賦》) 百川沸流。(以上《鼈賦》) 馨達幽遠;光燭隰原;招仙致靈;儀鳳舞鸞;飛莖散葉;倚靡相尋。(以上《秋菊賦》)
五言句	羈旅之困斃;則羊腸美人。(以上《惡道賦》) 形生於未兆;聲發於無象;其揚聲發怒。(以上《火賦》) 於是遊西極。(以上《琉璃椀賦》) 夫器有輕粗。(以上《扇賦》) 天下之奇樹;九州之名果;或敘而賦之;睹物而興辭。(以上《安石榴賦》) 王母接其葩。(以上《秋菊賦》)
六言句	嘉大雅之洪操;美明哲之保身;懲都邑之迫隘;厭里巷之囂塵;慕古公之胥宇;羨孟氏之審鄰;將遷居于爽塏;乃投迹於里仁;前則行旅四湊;後則崇山崔嵬;若乃潛流旁注;於是逍遙靈沼;飛甘瓜于浚水;投素奈于青渠。(以上《東武館賦》) 異山河之岨陁;倦關谷之盤紆;車低個於潛軌;馬佗儝於險塗;支體爲之危竦;形骸爲之疲曳;馬則頓躓狼僺;牛則體疲力竭。(以上《惡道賦》) 伊疇昔之懷憤;思天飛以遠迹;望循塗而投軌;溯翔風以理翮;冀雲霧之可憑;希天路之開闢;何時願之多違;奄就羈以服役;困吳坂之峻岨;畏鹽車之嚴策;嗟遊處之弗遇;奚鬱悒之難任;背宇宙之寥廓;羅網罟之重深;常屏氣以斂迹;焉遊豫以娛心;傅釋板以亮殷;望投竿而相姬;窮獨善以全質;達兼利以濟時;聊安志於柱史;由抗迹於嵩箕;理殊塗而同歸;雖百慮其何思;敢因虛以託談;遂逡巡而造辭;庶北門之在茲;託峻岳之重基。(以上《懷退賦》) 若夫大刀寶劍。(以上《武庫賦》) 抗余志於浮雲;樂余身於蓬廬;尋渭濱之遠跡;且游釣以自娛;曜靈未及驚策;蓋已獲其數十;且夫燔炙之鮮。(以上《釣賦》) 覽天人之至周;嘉火德之爲貴;含太陽之靈暉;體淳剛之正氣;盡之不得其根;聽之不聞其響;來則莫見其跡;去則不知其往;似大道之未離;而元氣之灝瀁;故能博贍群生;爾乃狄牙典膳;若乃流

六言句	金化石;戰士反於耕農;戎馬放乎外廐;乃至焚野燎原;遂及衝風激揚;山陵爲之崩弛;川澤爲之涌沸;震響達乎八冥;流光燭乎四裔;蕩枝瘁於凜秋;候來春而改生;則雷電之威也;則日月之暉也;則造化之制也;則天地之惠也;功用關乎古今;勳績著乎百姓。(以上《火賦》) 雲膚合而仰浮;潦波湧而橫流;豈信宿之云多;乃踰月而成霖;瞻中唐之浩汗;聽長霤之涔涔;始濛瀎而徐墜;終滂沛而難禁;悲列宿之匿景;悼太陽之幽沈;雲暫披而驟合;雨乍息而亟零;且淰淰以達暮;夜淋淋以極明;黿鼉遊於門闥;蛙蝦嬉乎中庭;懼二源之并合;畏黔首之爲魚;收絳蜺于漢陰。(以上《苦雨賦》) 覽方貢之彼珍;瑋茲椀之獨奇;濟流沙之絕險;越葱嶺之峻危;其由來也阻遠;其所托也幽深;據重巒之億仞;臨洪溪之萬尋;接玉樹之瓊瑤;鄰沙棠與碧林;瞻閬風之崔嵬;顧玄圃之蕭森;取琉璃之攸華;詔曠世之良工;纂玄儀以取象;准三辰以定容;舉茲椀以酬賓;榮密坐之曲宴。(以上《琉璃椀賦》) 有玟瑁之奇寶;亦同旅于介蟲;下法川以矩夷;上擬乾而規隆;或步趾於清源;或掉尾於泥中;隨陰陽以潛躍;與龜龍乎齊風;爾乃遐夷效珍;嘉斯寶之兼美;料衆珍而靡對;文不煩於錯鏤;采不假乎藻繢;豈翡翠之足儷;胡犀象之能逮。(以上《玟瑁椀賦》) 安衆以方爲體;五明以圓爲質;或託形於竹素;或取固於膠漆;方圓應於規矩;制度由於繩墨;始顯用於荒蠻;終表奇于上國。(以上《扇賦》) 是以屬文之士;蓋感時而騁思;託斯樹以栖遲;溯祥風而容與;披綠葉於脩條;綴朱華兮弱幹;豈金翠之足珍;寔茲葩之可翫。(以上《安石榴賦》) 從明儲以省膳;憩便房以偃息;觀茲樹之特偉;感先皇之攸植;蔚蕭森以四射;遞洪傭而端直;爾乃徘徊周覽;洞芳泉於九壤;含溢露於清霄;倚增城之飛觀;拂綺窗之疏寮;下遐遰以極望;上扶疏而參差;匪衆鳥之攸萃;相皇鸞之羽儀;理有微而至顯;道有隱而應期;豈皇晉之貞瑞;兆先見而啓茲;起尋抱於纖毫;崇萬簀於始基。(以上《桑樹賦》) 或擢莖以高立;似彫輦之翠蓋;或委波而布體;擬連璧之攢會。(以上《芙蓉賦》) 翩衡釣以振棹;吁駭人而可惡;既顛墜於巖岸;方盤跚而雅步;或延首以鶴顧;或頓足而鷹距;或曳尾於塗中;或縮頭於殼裏;若乃秋水暴駭;有東海之巨鼈;乃負山而吞舟。(以上《鼈賦》) 垂采煒於芙蓉;流芳越乎蘭林;或克虛而養氣;或增妖而揚娥;既延期以永壽;又蠲疾而弭痾。(以上《秋菊賦》)

七言句	此亦行者之艱難。(以上《惡道賦》) 豈遁世之獨立兮;歸幽巖之潛穴兮。(以上《懷退賦》) 鄭僑據猛以立政。(以上《火賦》) 氣觸石而結蒸兮;雨紛射而下注兮;處者含瘁於窮巷;行者歎息於長衢。(以上《苦雨賦》) 凝霜不足方其潔;澄水不能喻其清;流景炯晃以內澈;清醴瑤琰而外見。(以上《琉璃椀賦》) 煥若隋珠耀重川;灼若列宿出雲間;羅袖靡兮流芳散。(以上《安石榴賦》) 遊女望榮而巧笑,鶵雛遙集而弄音;若乃真人採其實。(以上《秋菊賦》) 煉質於昆吾之竈,定形於薛燭之鑪。(以上《武庫賦》)
九言句	爾乃擢纖手兮舒皓腕。(以上《安石榴賦》)
十言句	是以上聖人擬火以制禮。(以上《火賦》)

又依上表整理,得以下"潘尼賦句式統計表":

賦目 ＼ 句數 ＼ 句式	三言句	四言句	五言句	六言句	七言句	九言句	十言句
《東武館賦》	0	24	0	14	0	0	0
《惡道賦》	0	22	2	8	1	0	0
《懷退賦》	0	0	0	28	2	0	0
《武庫賦》	0	1	0	1	2	0	0
《釣　賦》	0	35	0	7	0	0	0
《火　賦》	0	52	3	29	1	0	1
《苦雨賦》	0	0	0	19	4	0	0
《琉璃椀賦》	5	10	1	18	4	0	0
《玳瑁椀賦》	0	13	0	15	0	0	0

续　表

句式 赋目　　句数	三言句	四言句	五言句	六言句	七言句	九言句	十言句
《扇　賦》	0	1	1	8	0	0	0
《安石榴賦》	0	29	4	8	3	1	0
《桑樹賦》	0	3	0	21	0	0	0
《芙蓉賦》	0	0	0	4	0	0	0
《鼈　賦》	0	1	0	11	0	0	0
《秋菊賦》	0	6	1	6	3	0	0
總計	5	197	12	197	20	1	1
百分比	1.2%	45.5%	2.8%	45.5%	4.6%	0.2%	0.2%

《文心雕龍·章句》云：

> 若夫筆句無常，而字有條數。四字密而不促，六字格而非緩，或變之以三五，蓋應機之權節也。[1]

晉賦與駢文發展，關係至密，四言、六言之大量運用，乃屬當時趨勢。

總觀潘尼各賦四言、六言句之運用，佔全部九成之強，中間夾入諸種句式，整齊中亦見錯落之美。如《琉璃椀賦》，整篇四言 10 句、六言 18 句，中間插入五言 1 句、三言 5 句及七言 4 句，誦之抑揚生動，流轉自然，此句式靈活變化有以致之。

（二）警策之言

警策者，又稱"警句"、"精警"。凡篇中語簡言奇，含意精切，奪

---

[1]　劉勰著，范文瀾注：《文心雕龍注》，下冊，卷七，《章句》，頁 571。

人眼目,逗人深思之句,謂之警策。陸機《文賦》云:

> 立片言以居要,乃一篇之警策,雖衆辭之有條,必待兹而
> 效績。[1]

此明警策在篇中之作用也。

《惡道賦》云:

> 此亦行者之艱難,羈旅之困敝。

一語而切中惡道之害,此片言居要之謂也。

又《懷退賦》云:

> 窮獨善以全質,達兼利以濟時。

窮達非能自我主宰耳,是以君子處世,龍飛豹隱,莫不適時而已。窮而強進,必功不成而身損命危,故曰"獨善以全質";達而龜縮,必惹人譏而爲萬世笑,故曰"兼利以濟時"。儒門亞聖之理,一經勾勒,自爲警句,奪人眼目,開人心扉也。

又《釣賦》云:

> 和神安體,易思難忘。

"和神"者應釣魚之樂也;"安體"者,接食魚之快也。此有跡可尋,理自如此。然既曰"易思",何以云"難忘",乍看矛盾若不可解,然細心推究,即成妙語。夫游釣自娛,當能協和精神;巧食魚生,自能充安體氣,此淺顯之理,自然易於思考,無有窒礙,故曰"易思"。凡人識見,亦當如此。然凡人所以爲凡人者,止於此而已,無復深思也。若聖人賢人者,從生活中體驗,能近譬遠。不義而富且貴,聖人所不爲也。於是寄身蓬廬而不改其樂,此精神平和乃能致之。垂釣於江邊,全性保質以待時,關鍵在於強身安體。故自生活體驗

---

① 張溥輯:《漢魏六朝百三家集》,第 2 冊,卷四十八,《晉陸機集》,《文賦》,頁 365 上、下。

中昇華以求安身立命之理者，非靜思而後篤行不能得之，既得之矣，安有輕易忘懷之理，故曰"難忘"。是以"和神安體，易思難忘"句，意象宏大，道理遙深，乃屬一篇之警策也。

又《火賦》云：

> 功用關乎古今，勳績著乎百姓。

賦文頌讚火德之"威"、"暉"、"制"、"惠"，勸勉愍懷太子上擬聖人，效法子產，最後以上二句作結全篇。"功用關乎古今"扣"火"，"勳績著乎百姓"應"人"，兩句並寫，天（象）人（事）合一，發聾啓聵，餘味無窮。賦文得此句，可謂畫龍點睛矣。

又《桑樹賦》云：

> 起尋抱於纖毫，崇萬簪於始基。

二句言簡意賅，富啓迪意義，猶黑夜沈沈，皓月在空；大江浩浩，明珠在底也。

第四節　詞語修辭

立文之本，鍊字修詞爲先，然後乃得因字生句，積句爲章，累章成篇矣。陳望道《修辭學發凡》列詞語之修辭十一種①，徐芹庭《修辭學發微》擴爲二十七種②，洋洋大觀矣。潘尼賦之詞語修辭，可得而述者，包括其中"摹狀法"、"片語法"、"雙聲法"、"疊韻法"、"雙聲疊韻錯綜法"、"拼字法"、"類字法"、"疊字法"、"節稱法"、"警策法"、"轉詞法"及"同義法"十二種，"警策法"屬句式修辭，已於上節

---

① 陳望道：《修辭學發凡》（香港：大光出版社，1962 年），第七篇，《積極修辭三》，頁 148—197。

② 徐芹庭：《修辭學發微》（臺北：臺灣中華書局，1971 年），第五章，《詞語之修辭法》，頁 179—245。

析述,餘十一種關乎聲韻音律者三種移於下節論說,本節討論其中
八種外,另加承接法一種:

1. 摹狀法

凡摹寫事物之顏色、聲音情狀者,謂之摹狀。用此法也,既可
渲染氣氛,增強描繪事物之鮮明性及真實感,又易於感染讀者,取
得良好效果。《文心雕龍·情采》云。

> 立文之道,其理有三:一曰形文,五色是也;二曰聲文,五
> 音是也;三曰情文,五性是也。五色雜而成黼黻,五音比而成
> 《韶》《夏》,五情發而為辭章,神理之數也。①

賦之為體,體物瀏亮,摹狀手法之運用極其普遍,潘尼賦自無外也。

(1) 摹色

金鈎屬鉅,甘餌垂芬。(《釣賦》)

紅麵之飯,糅以菰粱。(同上)

玄煙四合,雲蒸霧萃。(《火賦》)

接玉樹以瓊瑤,鄰沙棠與碧林。(《琉璃椀賦》)

朱芳赫奕,紅萼參差。(《安石榴賦》)

煥若隋珠耀重川。(同上)

灼若列宿出雲間。(同上)

爾乃擢纖手兮舒皓腕。(同上)

披綠葉於脩條,綴朱華兮弱幹。(同上)

尼賦狀物而用摹色之詞不多,或與行文風格有關,然其設色修辭,
下字準確,物之色彩憬然赴目。《文心雕龍·物色》云:

---

① 劉勰著,范文瀾注:《文心雕龍注》,下冊,卷七,《情采》,頁 537。

凡摛表五色，貴在時見，若青黃屢出，則繁而不珍。①

則尼賦摛表五色，至合劉勰要求。

（2）擬聲

震響達乎八冥。（《火賦》）

聽長雷之渗渗。（《苦雨賦》）

旦潨潨以達暮，夜淋淋以極明。（同上）

吓駭人而可惡。（《鼈賦》）

此擬天象、動物之聲。同爲雨聲，且有"渗渗"、"潨潨"、"淋淋"之別，具見潘尼狀聲之巧。

（3）繪形

後則崇山崔嵬，茂林幽藹。（《東武館賦》）

彌望遠覽，滉瀁夷泰。（同上）

異山河之岨陁，倦關谷之盤紆。（《惡道賦》）

車低個於潛軌，馬佗傺於險塗。（同上）

支體爲之危竦，形骸爲之疲曳。（同上）

馬則頓躓狼傍，虺頽玄黃。（同上）

輪輿顛覆，人馬仆僵。（同上）

困吴坂之峻岨，畏鹽車之嚴策。（《懷退賦》）

背宇宙之寥廓，羅網罟之重深。（同上）

敢因虛以託談，遂逡巡而造辭。（同上）

長繳繽紛，輕竿翁熠。（《釣賦》）

五味道洽，餘氣芬芳。（同上）

似大道之未離，而元氣之灝瀁。（《火賦》）

和羹苢醳，旨酒釀醇。（同上）

四海康乂，邊境無寇。（同上）

及至焚野燎原，一火赫曦。（同上）

---

① 劉勰著，范文瀾注：《文心雕龍注》，下冊，卷十，《物色》，頁694。

芬綸紆轉,倏忽橫屬。(同上)

蕭條長空,野無孑遺。(同上)

瞻中唐之浩汗。(《苦雨賦》)

始瀎瀎而徐墜,終滂沛而難禁。(同上)

瞻閶風之崔嵬,顧玄圃之蕭森。(《琉璃椀賦》)

灼爍旁燭,表裏相形。(同上)

流景炯晃以內澈,清醴瑤琰而外見。(同上)

光曜炫晃;昭爛煽艷。(《玟瑁椀賦》)

朱芳赫奕,紅萼參差。(《安石榴賦》)

託斯樹以栖遲,溯祥風而容與。(同上)

繽紛磊落,垂光耀質。(同上)

蔚蕭森以四射,遒洪傭而端直。(《桑樹賦》)

爾乃徘徊周覽。(同上)

下迢遞以極望,上扶疏而參差。(同上)

既顛墜於巖岸,方蹣跚而雅步。(《鱉賦》)

上述諸詞,模範山水物象,不啻增加真實美感。千載而下,細味斯語,猶覺栩栩欲活。

(4) 切情

逍遙靈沼,遊豫華林。(《東武館賦》)

此亦行者之艱難,羇旅之困敝。(《惡道賦》)

嗟遊處之弗遇,奚鬱悒之難任。(《懷退賦》)

攜類命疇,逍遙避暑。(《安石榴賦》)

俯仰逍遙。(《桑樹賦》)

切喜樂之情,則"逍遙"、"遊豫",狀愁苦之意,則"艱難"、"困敝"、"鬱悒",此同中有異,雖復思量再三,亦難改動矣。

2. 片語法

凡以數字積成一語而表示一整體觀念者,謂之片語。徐芹

庭謂:

> 片語爲文句中最美之詞語。多用之,可使文章華美,文氣莊雅。[1]

賦　目	片　語
《東武館賦》	大雅之洪操;明哲之保身;都邑之迫險;里巷之囂塵;古公之胥宇;孟氏之審鄰。
《惡道賦》	山河之岨阨;關谷之盤紆;石子之澗;坎埳之穴;行者之艱難;羈旅之困敝。
《懷退賦》	疇昔之懷憤;天路之開闔;時願之多違;吳坂之峻岨;鹽車之嚴策;遊處之弗遇;鬱悒之難任;宇宙之寥廓;網罟之重深;北門之在茲;峻岳之重基。
《武庫賦》	昆吾之竈;薛燭之鑪。
《釣賦》	渭濱之遠跡;燔炙之鮮;煎熬之味;西戎之蒜;南夷之薑;紅麴之飯。
《火賦》	天人之至周;火德之爲貴;太陽之靈暉;淳剛之正氣;雷電之威;日月之暉;造化之制;天地之惠。
《苦雨賦》	信宿之云多;中唐之浩汗;長霤之涔涔;列宿之匿景;太陽之幽沈;二源之并合;黔首之爲魚。
《琉璃椀賦》	方貢之彼珍;茲椀之獨奇;流沙之絕險;葱嶺之峻危;重巒之億仞;洪溪之萬尋;閶風之崔嵬;玄圃之蕭森;琉璃之攸華;曠世之良工;密坐之曲宴。
《玭瑁椀賦》	玭瑁之奇寶;斯寶之兼美;翡翠之足儷;犀象之能逮。
《安石榴賦》	天下之奇樹;九州之名果;屬文之士;金翠之足珍;茲葩之可翫。

---

① 　徐芹庭:《修辭學發微》,第五章,《詞語之修辭法》,頁186。

賦　　目	片　　語
《桑樹賦》	先皇之攸植;增城之飛觀;綺窗之疏寮;衆鳥之攸萃;皇鸞之羽儀;皇晉之貞瑞。
《芙蓉賦》	彤藟之翠蓋;連璧之攢會。
《鱉賦》	東海之巨鱉。

潘尼賦文共四百三十三句,所用片語凡七十六,豈非其一大特色歟?

3. 拼字法(或稱鑲嵌法)

爲加強文字的表現力,或使語氣舒緩、音節和諧,或顯示文字之鄭重及加強語意,於是添加字詞以拼成之。

殊芳異氣。(《釣賦》)

通神悟靈。(《火賦》)

窮物盡數。(同上)

備體兼才。(《玩瑇椀賦》)

收花斂實。(同上)

招仙致靈。[①](《秋菊賦》)

此法潘尼所用不多,然就上述數例言之,運用拼字而後,表現尤爲警醒矣。

4. 類字法

凡文句中,用同一類字以表達文意思想者,謂之類字。用此法也,可以壯文勢,廣文義。潘尼賦中用此法之句有:

---

① 　徐堅等:《初學記》,卷二十七,《菊第十二》,頁 666。

嘉大雅之洪操，美明哲之保身。懲都邑之迫隘，厭里巷之囂塵。慕古公之胥宇，美孟氏之審鄰。(《東武館賦》)

困吳坂之峻岨，畏鹽車之嚴策。嗟遊處之弗遇，羡鬱悒之難任。背宇宙之寥廓，羅網罟之重深。(《懷退賦》)

覽天人之至周，嘉火德之爲貴。含太陽之靈暉，體淳剛之正氣。(《火賦》)

其揚聲發怒，則雷電之威也；明照遠鑒，則日月之暉也；甄陶品物，則造化之制也；濟育群生，則天地之惠也。(同上)

氣觸石而結蒸兮，雲膚合而仰浮，雨紛射而下注兮，潦波湧而橫流。(《苦雨賦》)

覽方貢之彼珍，瑋玆椀之獨奇。濟流沙之絕險，越蔥嶺之峻危。(《琉璃椀賦》)

或延首以鶴顧，或頓足而鷹距；或曳尾於塗中，或縮頭於殼裏。(《鼈賦》)

所用類字“之”、“則”、“也”、“而”、“或”等，確能於句中發揮壯彼文勢，廣彼文義之效。

5. 疊字法

重疊使用二字或以上之字，稱爲疊字。其法能使聲調鏗鏘，音律優美及語氣紆緩。潘尼賦中用此法者，僅三次而已。

聽長霤之涔涔。(《苦雨賦》)

旦澱澱以達暮。(同上)

夜淋淋以極明。(同上)

三句讀之聲調鏗鏘，雨聲異狀，彷彿隔窗聽之。

6. 節稱法

凡將姓名、書名、字號、官名、諡號等節短以求語文之整齊者，

謂之節稱。錢大昕《十駕齋養新錄》云:

> 漢魏以降,文尚駢儷,詩嚴聲病;所引用古人姓名,任意割
> 省,當時不以爲非。①

潘尼承漢魏以來風氣,所作賦篇,亦用節稱,如:

慕古公之胥宇,美孟氏之審鄰。(《東武館賦》)

傅釋板以亮殷,望投竿而相姬。(《懷退賦》)

聃安志於柱史,由抗迹於嵩箕。(同上)

此以古公亶父節短爲古公,孟母仉氏爲孟氏,傅說爲傅,呂望爲望,老聃爲聃及許由爲由也。觀乎上舉三句,除一出對偶所需以取整齊外,文句亦見簡鍊矣。

7. 轉詞法

凡活用詞性者,謂之轉詞法。尼賦中此例甚多,舉如:

(1) 方

齊和有方。(《釣賦》)

覽方貢之彼珍。(《琉璃椀賦》)

前爲名詞,指方法;後則爲形容詞,指遠方也。

(2) 足

豈翡翠之足儷。(《玳瑁椀賦》)

或頓足而鷹距。(《鱉賦》)

前爲副詞,解足以;後爲名詞,指腳也。

(3) 金

金鈎屬鉅。(《釣賦》)

流金化石。(《火賦》)

---

① 錢大昕:《十駕齋養新錄》(臺北:世界書局,1963 年),卷十二,《古人姓名割裂》,頁 288。

前爲形容詞,形容“鈎”乃“金”所製也;後爲名詞,指金屬也。

(4) 珍

爾乃遐夷效珍。(《玳瑁椀賦》)

豈金翠之足珍。(《安石榴賦》)

前屬名詞,指珍寶;後屬動詞,指珍愛也。

(5) 流

若乃潛流旁注。(《東武館賦》)

流金化石。(《火賦》)

流光燭乎四裔。(同上)

前爲名詞,流水也;中爲動詞,鎔化也;後爲形容詞,形容火光流動也。

(6) 高

高下斯處。(《玳瑁椀賦》)

或擢莖以高立。(《芙蓉賦》)

前爲名詞,指高地;後爲形容詞,形容聳立之態高也。

(7) 宿

豈信宿之云多。(《苦雨賦》)

灼若列宿出雲間。(《安石榴賦》)

兩者皆屬名詞,前指夜晚,後指星宿也。

(8) 實

華實並麗。(《安石榴賦》)

寔(實)茲葩之可翫。(同上)

前爲名詞,果實也;後爲副詞,實在也,用以修飾“茲葩”。

(9) 窮

窮物盡數。(《火賦》)

處者含瘁於窮巷。(《苦雨賦》)

前爲動詞,指窮力探究也;後爲形容詞,形容屋巷之貧窮也。

(10) 觀

觀茲樹之特偉。(《桑樹賦》)

倚增城之飛觀。

前爲動詞,觀賞也;後爲名詞,指館觀。

8. 同義法

凡同一意義之詞,同時出現同一詞句之中者,謂之同義法。尼賦中用此法者頗多,無非求整齊對稱之美,增強文勢、語氣以感染讀者也。

嘉大雅之洪操。(《東武館賦》)

懲都邑之迫隘。(同上)

厭里巷之囂塵。(同上)

通衢交會。(同上)

彌望遠覽。(同上)

滉瀁夷泰。(同上)

支體爲之危竦。(《惡道賦》)

形骸爲之疲曳。(同上)

此亦行者之艱難。(同上)

羈旅之困斃。(同上)

迴波激浪。(同上)

飛沙飄瓦。(同上)

馬則頓躓狼傍。(同上)

奚鬱悒之難任。(《懷退賦》)

背宇宙之寥廓。(同上)

羅綱罟之重深。(同上)

常屏氣以斂迹。(同上)

曠世絕殊。(《武庫賦》)

且夫燔炙之鮮。(《釣賦》)

煎熬之味。(同上)

殊芳異氣。(同上)

電剖星流,芒散縷解。(同上)

餘氣芬芳。(同上)

通神悟靈。(《火賦》)

窮物盡數。(同上)

陶冶群形。(同上)

革變羶腥。(同上)

酒醴烹飪。(同上)

流金化石,鑠鐵融銅。(同上)

砥鍊兵械。(同上)

整飾軍容。(同上)

四海康乂。(同上)

邊境無寇。(同上)

韜弓戢劍,解甲釋冑。(同上)

及至焚野燎原。(同上)

雲散電披。(同上)

衝風激揚。(同上)

炎光奔逸。(同上)

於是遊西極,望大蒙,歷鍾山,闚燭龍。(《琉璃椀賦》)

灼爍旁燭。(同上)

流景炳晃以內澈。(同上)

清醴瑤琰而外見。(同上)

包神藏智,備體兼才。(《玳瑁椀賦》)

光曜炫晃,昭爛燴艷。(同上)

收花斂實。(《安石榴賦》)

遨洪傭而端直。(《桑樹賦》)

又蹢疾而弭痾。①（《秋菊賦》）

9. 承接法

文章能開闔抑揚，入神爲妙，最要在筋節處運用連詞。尼賦於此頗足稱述焉。連詞就其所表示之關係可分平列、遞進、選擇、順承、轉折、因果、假設、讓步、比較等類。尼賦中末三類未有發現，茲分列前六類：

(1) 平列

似大道之未離，而元氣之灝澟。（《火賦》）

玉樹以瓊瑤，鄰沙棠與碧林。（《琉璃椀賦》）

(2) 遞進

將遷居于爽塏，乃投迹於里仁。（《東武館賦》）

伊疇昔之懷憤，思天飛以遠迹。望循塗而投軌，溯翔風以理翮。（《懷退賦》）

何時願之多違，奄就羈以服役。（同上）

傅釋板以亮殷，望投竿而相姬。窮獨善以全質，達兼利以濟時。（同上）

敢因虛以託談，遂逡巡而造辭。（同上）

尋渭濱之遠跡，且游鈞以自娛。（《鈞賦》）

曜靈未及驚策，蓋已獲其數十。且夫燔炙之鮮，煎熬之味。（同上）

酒醴烹飪，于斯獲成。爾乃狄牙典膳，百品既陳。（《火賦》）

豈信宿之云多，乃踰月而成霖。（《苦雨賦》）

文若綺波，背負蓬萊。爾乃遐夷效珍，越裳貢職。（《玳瑁椀賦》）

託斯樹以栖遲，溯祥風而容與。爾乃擢纖手兮舒皓腕，羅袖靡

---

① 張溥輯：《漢魏六朝百三家集》，第2册，卷四十五，《晉潘岳集》，頁297上。

分流芳散。(《安石榴賦》)

　　邈洪傭而端直。爾乃徘徊周覽,俯仰逍遙。(《桑樹賦》)

　　(3) 選擇

　　或步趾於清源,或掉尾於泥中。(《玳瑁椀賦》)

　　或延首以鶴顧,或頓足而鷹距,或曳尾於塗中,或縮頭於殼裏。
(《鼈賦》)

　　(4) 順承

　　芙蓉映渚,靈芝蔽岸。於是逍遙靈沼,遊豫華林。(《東武館賦》)

　　若其名坂,則羊腸美人。(《惡道賦》)

　　馬則頓躓狼傍,虺頹玄黃;牛則體疲力竭,損食喪膚。(同上)

　　敢因虛以託談,遂逡巡而造辭。(《懷退賦》)

　　且游釣以自娛。(《釣賦》)

　　隨心適好,不可勝紀。乃命宰夫,膾此潛鯉。(同上)

　　來則莫見其跡,去則不知其往。(《火賦》)

　　騰光絕覽,雲散電披。遂及衝風激揚,炎光奔逸。(同上)

　　氣觸石而結蒸兮,雲膚合而仰浮,雨紛射而下注兮,潦波湧而
橫流。(《苦雨賦》)

　　始濛濛而徐墜,終滂沛而難禁。(同上)

　　雲暫披而驟合,雨乍息而亟零。旦溢溢以達暮,夜淋淋以極
明。(同上)

　　顧玄圃之蕭森。於是遊西極,望大蒙。(《琉璃椀賦》)

　　纂玄儀以取象,准三辰以定容。(同上)

　　舉茲椀以酬賓,榮密坐之曲宴。流景炯晃以內澈,清醴瑤琰而
外見。(同上)

　　下法川而矩夷,上擬乾而規隆。(《玳瑁椀賦》)

　　隨陰陽而潛躍。(同上)

　　料眾珍而靡對。(同上)

　　或敘而賦之,蓋感時而騁思,睹物而興辭。(《安石榴賦》)

遙而望之,煥若隋珠耀重川;詳而察之,灼若列宿出雲間。
(同上)

託斯樹以栖遲,溯祥風而容與。(同上)

從明儲以省膳,憩便房以偃息。(《桑樹賦》)

蔚蕭森以四射,遒洪備而端直。(同上)

下迢遞以極望,上扶疏而參差。(同上)

理有微而至顯,道有隱而應期。豈皇晉之貞瑞,兆先見而啓
茲。(同上)

或擢莖以高立,似彤輦之翠蓋。或委波而布體,擬連璧之攢
會。(《芙蓉賦》)

翩銜鈎以振掉,吁駭人而可惡。既顛墜於巖岸,方盤跚而雅
步。(《鼈賦》)

遊女望榮而巧笑,鵃雛遙集而弄音。[1](《秋菊賦》)

或克虛而養氣,或增妖而揚娥。既延期以永壽,又蠲疾而弭
痾。(同上)

(5) 轉折

表裏山河,出入襟帶。若乃潛流旁注,飛渠脈散。(《東武
館賦》)

若其名坂,則羊腸美人。(《惡道賦》)

盛而不暴,施而不費。(《火賦》)

及至焚野燎原,一火赫曦。(同上)

前臨曠澤,卻背清渠。(《安石榴賦》)

若乃秋水暴駭,百川沸流。有東海之巨鼈,乃負山而吞舟。
(《鼈賦》)

若乃真人採其實,王母接其葩。[2](《秋菊賦》)

---

① 張溥輯:《漢魏六朝百三家集》,第2冊,卷四十五,《晉潘岳集》,頁297上。
② 同上。

（6）因果

似大道之未離，而元氣之灝瀁。故能博贍群生，資育萬類。
（《火賦》）

是以上聖人擬火以制禮，鄭僑據猛以立政。（同上）

是以屬文之士，或敘而賦之。（《安石榴賦》）

既顛墜於巖岸，方盤跚而雅步。（《鼈賦》）

既延期以永壽。①（《秋菊賦》）

第五節　聲律修辭

中國聲律理論之提出，早見於《尚書》、《荀子》，然俱屬於萌芽
階段，其後《毛詩·序》及陸機《文賦》之有關言論，對促成南北朝聲
律論之成爲專門學問，關係至大。劉宋時范曄於其《獄中與諸甥侄
書》云：

> 性別宮商，識清濁，斯自然也。觀古今文人，多不全了此
> 處，縱有會此者，不必從根本中來。言之皆有實證，非爲空談，
> 年少中，謝莊最有其分，手筆差易，文不拘韻故也。②

范氏謂“古今文人，多不全了此處”，可知其所謂宮商、清濁，當非古
代樂律中之宮商也③。至於詳細情況如何，范氏未有解說。嗣齊
梁之世，沈約、謝朓、王融等昌言聲律，前後影從，一時蔚爲風氣。
《南史·陸厥傳》云：

> 時盛爲文章，吳與沈約、陳郡謝朓、琅琊王融以氣類相推

---

① 張溥輯：《漢魏六朝百三家集》，第 2 冊，卷四十五，《晉潘岳集》，頁 297 上。

② 沈約：《宋書》，卷六十九，《范曄傳》，頁 1830。

③ 鍾嶸《詩品》云：“齊有王元長者，嘗謂余云：宮商與二儀俱生，自古詞人不知
之，惟顏憲子乃云律呂音調，而其實大謬。惟見范曄、謝莊頗識之耳。”可爲佐證。

轂,汝南周顒善識聲韻。約等文皆用宮商,將平上去入四聲,以此制韻,有平頭、上尾、蜂腰、鶴膝。五字之中,音韻悉異,兩句之內,角徵不同,不可增減。世呼爲"永明體"。[1]

《文鏡秘府論》亦云:

> 顒、約已降,兢、融以往,聲譜之論鬱起,病犯之名勃興;家制格式,人談疾累。[2]

據《隋書·經籍志》所載,當時音韻之書十有餘種[3],惜全部亡佚,內容如何不復得知。今從《宋書·謝靈運傳論》中略窺沈約之聲律理論:

> 夫五色相宣,八音協暢,由於玄黃律呂,各適物宜。欲使宮羽相變,低昂互節,若前有浮聲,則後須切響。一簡之內,音韻盡殊;兩句之中,輕重悉異。妙達此旨,始可言文。[4]

是知沈氏之論,語焉未詳。若從劉勰撰《文心雕龍》取定於沈約,約大重之,謂深得文理,常陳几案之事實觀之,《文心雕龍·聲律篇》所載論點,必能闡發沈氏之旨也。劉勰云:

> 凡聲有飛沈,響有雙疊,雙聲隔字而每舛,疊韻雜句而必睽;沈則響發而斷,飛則聲颺不還,並轆轤交往,逆鱗相比。[5]

---

① 李延壽:《南史》(北京:中華書局,1975年),卷四十八,《陸厥傳》,頁1195。

② [日]弘法大師著,王利器校注:《文鏡秘府論·西卷·論病》(北京:中國社會科學出版社,1983年),頁396。

③ 據《隋書·經籍志》所載,六朝韻書之作包括周研撰《音書考源》一卷、《聲韻》四十一卷、李登撰《聲類》十卷、呂靜撰《韻集》十卷、張諒撰《四聲韻林》二十八卷、段弘撰《韻集》八卷、王該撰《群玉典韻》五卷、《五音韻》五卷、陽休之撰《韻略》一卷、李徇撰《續音韻決疑》四十卷與《音譜》四卷、劉善經撰《四聲指歸》一卷、沈約撰《四聲》(《梁書》本傳作《四聲譜》)一卷、夏侯詠撰《四聲韻略》十三卷、釋靜洪撰《韻英》三卷等。

④ 沈約:《宋書》,卷六十七,《謝靈運傳》,頁1779。

⑤ 劉勰著,范文瀾注:《文心雕龍注》,下冊,卷七,《聲律》,頁552—553。

此明聲律中平仄、雙聲疊韻之調配也。"聲有飛沈",即聲調有平仄也,由於仄聲"響發而斷",平聲"聲颺不還",因此綴詞屬句,務求平仄和諧相間,如"轆轤交往,逆鱗相比"。

劉勰繼言聲律中之"和"、"韻"云:

> 是以聲畫妍蚩,寄在吟詠,吟詠滋味,流於字句。氣力窮於和韻。異音相從謂之和,同聲相應謂之韻。韻氣一定,故餘聲易遣,和體抑揚,故遺響難契。屬筆易巧,選和至難,綴文難精,而作韻甚易,雖纖意曲變,非可縷言,然振其大綱,不出茲論。[①]

"和",即"和諧"之意。劉勰云"異音相從謂之和",乃指詩歌語言形式由不同音調節而成之抑揚和諧美。"韻",意謂"調和"、"相協"也。依近代聲韻學拼音字母解說,凡韻母相同者,則稱同韻字。劉勰云"同聲相應謂之韻",乃指詩歌語言形式由同韻字相押而成之協和回環美。"和"與"韻"就詩歌寫作言,二者實相輔相成,旨以構成詩歌之音樂美。

賦體介於詩歌與散文二者之間,音律理論之醞釀與發展自當影響賦之創作。潘尼處西晉之世,音律理論尚未成熟,平仄和諧相間尚未應用於賦作之中,舉如《火賦》一節之平仄如下:

仄仄仄仄　平仄平平　仄平仄仄　仄仄平平　仄仄平仄
鑽燧造火,陶冶群形。協和五味,革變羶腥。酒醴烹飪,
平平仄平,　仄仄仄平仄仄　仄仄仄平　平平平仄　仄仄平平
于斯獲成。爾乃狄牙典膳,百品既陳。和羹苜醳,旨酒釀醇。
平平仄平　仄平仄平
烹黿煮鼈,灼龜朣鱗。

又如《安石榴賦》一節之平仄如下:

---

① 劉勰著,范文瀾注:《文心雕龍注》,下冊,卷七,《聲律》,頁553。

平平仄仄　平仄平平　平平仄仄　仄仄仄平　平平仄平
朱芳赫奕，紅蕚參差。含英吐秀，乍合乍披。遙而望之，

仄仄平平仄平平　平平仄平　仄仄仄仄仄平　平平仄仄
煥若隋珠耀重川；詳而察之，灼若列宿出雲間。湘涯二后，

仄平平仄　平仄仄平　平平仄仄　仄平仄平平　仄平平平平仄
漢川遊女，携類命疇，逍遙避暑。託斯樹以栖遲，溯祥風而容與。

其中偶有平仄相間者，當屬偶然爲之，決非有意識而作也。

　　至於雙聲疊韻及押韻之安排，自漢魏以降，賦家多用以增加聲律之美，潘尼亦然。

1. 雙聲

　　凡兩字之詞語其聲母相同者，謂之雙聲。若用之以狀聲狀貌，有助辭章聲律之美。潘賦中運用雙聲之句如下：

後則崇山崔嵬。(《東武館賦》)

遊豫華林。(同上)

膳夫進俎。(同上)

嘉豆百籩。(同上)

馬侘傺於險塗。(《惡道賦》)

馬則頓躓狼傍，虺隤玄黃。(同上)

困吳坂之峻岨。(《懷退賦》)

奚鬱悒之難任。(同上)

焉遊豫以娛心。(同上)

餘氣芬芳。(《鈞賦》)

覽天人之至周。(《火賦》)

和羹苦醳。(同上)

一火赫曦。(同上)

瞻中唐之浩汗。(《苦雨賦》)

始濛溦而徐墜。(同上)

終滂沛而難禁。(同上)

顧玄圃之蕭森。(《琉璃椀賦》)

紅蕚參差。(《安石榴賦》)

託斯樹以栖遲。(同上)

溯祥風而容與。(同上)

繽紛磊落。(《桑樹賦》)

從明儲以省膳。(同上)

蔚蕭森以四射。(同上)

下迢遞以極望。(同上)

上扶疏而參差。(同上)

流芳越乎蘭林。[1](《秋菊賦》)

其中"崇山"、"遊豫"、"進俎"、"百邊"、"侘傺"、"頓躓"、"玄黃"、"峻岨"、"鬱悒"、"芬芳"、"至周"、"酋醳"、"赫曦"、"浩汗"、"濛溦"、"滂沛"、"蕭森"、"參差"、"栖遲"、"容與"、"磊落"、"省膳"、"迢遞"及"蘭林"等俱爲雙聲詞。

2. 疊韻

凡兩字之詞語其韻母相同者,謂之疊韻。其與雙聲同,用之以增辭章聲律之美。潘賦中運用疊韻之句如下:

後則崇山崔嵬。(《東武館賦》)

滉瀁夷泰。(同上)

---

[1]　張溥輯:《漢魏六朝百三家集》,第 2 冊,卷四十五,《晉潘岳集》,頁 297 上。

於是逍遙靈沼。(同上)

栝不空縱。(同上)

虞人獻鮮。(同上)

此亦行者之艱難。(《惡道賦》)

則羊腸美人。(同上)

馬則頓躓狼傍。(同上)

虺頹玄黃。(同上)

遂逡巡而造辭。(《懷退賦》)

長繳繽紛。(《釣賦》)

百品千變。(同上)

殊芳異氣。(同上)

嘉火德之爲貴。(《火賦》)

似大道之未離。(同上)

鑠鐵融銅。(同上)

蕭條長空。(同上)

功用關乎古今。(同上)

始濛瀁而徐墜。(《苦雨賦》)

瞻閶風之崔嵬。(《琉璃椀賦》)

灼爍旁燭。(同上)

朱芳赫奕。(《安石榴賦》)

逍遙避暑。(同上)

繽紛磊落。(同上)

逴洪傭而端直。(《桑樹賦》)

爾乃徘徊周覽。(同上)

俯仰逍遙。(同上)

崇萬簣於始基。(同上)

方盤跚而雅步。(《鼈賦》)

其中"崔嵬"、"溾濊"、"逍遙"、"空縱"、"獻鮮"、"艱難"、"羊腸"、"狼傍"、"呬頮"、"逡巡"、"繽紛"、"千變"、"異氣"、"爲貴"、"未離"、"融銅"、"蕭條"、"功用"、"徐墜"、"灼爍"、"赫奕"、"洪傭"、"徘徊"、"始基"及"盤跚"等爲疊韻詞。

至於《惡道賦》中"坎坥之穴"及《釣賦》中之"輕竿翁熠"兩句，"坎"、"坥"及"翁"、"熠"聲韻均同，故詞既爲"雙聲"，亦爲"疊韻"也。

3. 雙聲疊韻錯綜

凡雙聲疊韻同時出現於句中或上下二句之間者,謂之雙聲疊韻錯綜。尼賦中運用此法之句如下:

於是逍遙靈沼,遊豫華林。(《東武館賦》)

膳夫進俎,虞人獻鮮。(同上)

石子之澗,坎坥之穴。(《惡道賦》)

馬則頓躓狼傍,呬頮玄黃。(同上)

長繳繽紛,輕竿翁熠。(《釣賦》)

覽天人之至周,嘉火德之爲貴。(《火賦》)

始濛濊而徐墜,終滂沛而難禁。(《苦雨賦》)

瞻閶風之崔嵬,顧玄圃之蕭森。(《琉璃椀賦》)

朱芳赫奕,紅萼參差。(《安石榴賦》)

蔚蕭森以四射,邈洪傭而端直。(《桑樹賦》)

雙聲與疊韻詞之錯綜運用,讀之聲律甚協也。

4. 押韻

賦體用韻,較之詩歌變化亦多,有一韻到底,有兩三韻而轉,有四韻或以上乃轉,端視作家意之所之也。而轉韻之時,有隨篇意而轉,此韻轉意轉也,亦有不隨篇意而轉,此韻轉意不轉也。總之,大家製作,會於心、流諸口而下筆淋漓,若無法而法在其中,若依法而超然於法也。考潘尼賦用韻之法可得而述者如下:

(1) 偶句末字押韻

現存潘尼各賦幾全用此法,舉如《東武館賦》云:

> 嘉大雅之洪操,美明哲之保身。懲都邑之迫隘,厭里巷之囂塵,慕古公之胥宇,美孟氏之審鄰。將遷居于爽塏,乃投迹於里仁。

其中第二、四、六、八句之"身"、"塵"、"鄰"、"仁"皆屬上平聲"十七真"韻。

又如《懷退賦》云:

> 傅釋板以亮殷,望投竿而相姬。窮獨善以全質,達兼利以濟時。聊安志於柱史,由抗迹於嵩箕。理殊塗而同歸,雖百慮其何思? 敢因虛以託談,遂逡巡而造辭。

其中第二、四、六、八、十句之"姬"、"時"、"箕"、"思"、"辭"皆屬上平聲"七之"韻。

又如《玭珸椀賦》云:

> 有玭珸之奇寶,亦同旅于介蟲。下法川以矩夷,上擬乾而規隆。或步趾於清源,或掉尾於泥中,隨陰陽以潛躍,與龜龍乎齊風。

其中第二、四、六、八句之"蟲"、"隆"、"中"、"風"皆屬上平聲"一東"韻。

(2) 偶句末前一字押韻

潘尼賦中僅得一例。《火賦》云:

其揚聲發怒,則雷電之威也;明照遠鑒,則日月之暉也,甄陶品物,則造化之制也;濟育群生,則天地之惠也。

其中第二、四句"也"字前之"威"、"暉"屬上平聲"八微"韻;第六、八句"也"字前之"制"、"惠"分別屬去聲"十二霽"及"十三祭"韻通押。

(3) 平韻轉平韻

《東武館賦》云:

於是逍遙靈沼,遊豫華林。彎弓撫彈,娛志蕩心。栝不空縱,綸不苟沈;遊鱗雙躍,落羽相尋。膳夫進俎,虞人獻鮮,春醴九醞,嘉豆百籩。隨波溯流,乍往乍旋。

賦文中"林"、"心"、"沈"、"尋"屬下平聲"二十一侵"韻;"鮮"、"籩"、"旋"屬下平聲"一先"與"二仙"韻通押。可見由平聲"侵"韻轉平聲"先"、"仙"韻也。

又《桑樹賦》云:

爾乃徘徊周覽,俯仰逍遙。俛睨靈根,上眺脩條。洞芳泉於九壤,含溢露於清宵。倚增城之飛觀,拂綺窗之疏寮。下迢遞以極望,上扶疏而參差。匪衆鳥之攸萃,相皇鸞之羽儀。理有微而至顯,道有隱而應期。豈皇晉之貞瑞,兆先見而啓兹。起尋抱於纖毫,崇萬簣於始基。

賦文中"遙"、"條"、"宵"、"寮"屬下平聲"三蕭"與"四宵"韻通押;"差"、"儀"、"期"、"兹"、"基"屬上平聲"五支"與"七之"韻通押。可見由平聲"蕭"、"宵"韻轉平聲"支"、"之"韻也。

(4) 平韻轉仄韻

《琉璃椀賦》云:

光映日曜,圓盛月盈。纖瑕罔麗,飛塵靡停。灼爍旁燭,

表裏相形。凝霜不足方其潔,澄水不能喻其清。剛過金石,勁
勵瓊玉,磨之不磷,涅之不濁。

賦文中"盈"、"停"、"形"、"清"屬下平聲"十四清"與"十五青"韻通
押;"玉"、"濁"屬入聲"三燭"與"四覺"韻通押。此即由平聲"清"、
"青"韻轉仄聲"燭"、"覺"韻也。

又《安石榴賦》云:

　　　　遙而望之,煥若隋珠耀重川;詳而察之,灼若列宿出雲間。
湘涯二后,漢川遊女,攜類命疇,逍遙避暑。託斯樹以栖遲,溯
祥風而容與。

賦文中"川"、"間"屬上平聲"二十八山"與下平聲"二仙"通押;
"女"、"暑"、"與"屬上聲"八語"韻。此即由平聲"山"、"仙"韻轉仄
聲"語"韻也。

(5) 仄韻轉仄韻

《扇賦》云:

　　　　夫器有經粗,用有疏密。安衆以方爲體,五明以圓爲質。
或託形於竹素,或取固於膠漆。方圓應於規矩,制度由於繩
墨。始顯用於荒蠻,終表奇于上國。

賦文中"密"、"質"、"漆"屬入聲"五質"韻;"墨"、"國"屬入聲"二十
五德"韻。此即由仄聲"質"韻轉仄聲"德"韻也。

又《安石榴賦》云:

　　　　爾乃擢纖手兮舒皓腕,羅袖靡兮流芳散。披綠葉於脩條,
綴朱華兮弱幹。豈金翠之足珍,寔茲葩之可翫。商秋授氣,收
華斂實。千房同蒂,十子如一。繽紛磊落,垂光耀質。滋味浸
液,馨香流溢。

賦文中“散”、“幹”、“翫”屬去聲“二十八翰”與“二十九換”韻通押；“實”、“一”、“質”、“溢”屬入聲“五質”韻。此即由仄聲“翰”、“換”韻轉仄聲“質”韻也。

(6) 仄韻轉平韻

《東武館賦》云：

> 若乃潛流旁注，飛渠脉散，芙蓉映渚，靈芝蔽岸。於是逍遙靈沼，遊豫華林。彎弓撫彈，娛志蕩心。栝不空縱，綸不苟沈；遊鱗雙躍，落羽相尋。

賦文中“散”、“岸”屬去聲“二十八翰”韻；“林”、“心”、“沈”、“尋”屬下平聲“二十一侵”韻。此即由仄聲“翰”韻轉平聲“侵”韻也。

又《懷退賦》云：

> 伊疇昔之懷憤，思天飛以遠迹。望循塗而投軌，溯翔風以理翮。冀雲霧之可憑，希天路之開闢。何時願之多違，奄就羈以服役。困吴坂之峻岨，畏鹽車之嚴策。嗟遊處之弗遇，奚鬱悒之難任。背宇宙之寥廓，羅網罟之重深。常屏氣以斂迹，焉遊豫以娛心。

賦文中“迹”、“翮”、“闢”、“役”、“策”屬入聲“二十一麥”與“二十二昔”韻通押；“任”、“深”、“心”屬下平聲“二十一侵”韻。此即由仄聲“麥”、“昔”韻轉平聲“侵”韻也。

《火賦》爲潘尼賦存世篇幅最長者，兹表列其押韻之變化，餘可舉一反三矣：

句數(押韻句)	押　韻　字	《廣韻》韻部
1至4(2、4)	貴、氣	去聲八未
5至8(6、8)	靈、精	下平聲十四清、十五青通押
9至16(10、12、14、16)	象、響、往、瀁	上聲三十六養

续　表

句數(押韻句)	押　韻　字	《廣韻》韻部
17 至 22(18、20、22)	類、費、匱	去聲六至
23 至 28(24、26、28)	形、腥、成	下平聲十四清、十五青通押
29 至 34(30、32、34)	陳、醇、鱗	上平聲十七真、十八諄通押
35 至 40(36、38、40)	銅、恭、容	上平聲一冬、三鍾通押
41 至 48(42、44、46、48)	寇、冑、耨、廄	去聲四十九宥、五十候通押
49 至 54(50、52、54)	曦、靡、披	上平聲五支
55 至 60(56、58、60)	逸、萃、沸	入聲五質、八物通押
61 至 70 (62、64、66、68、70)	逝、厲、遺、斃、裔	去聲六至、十三祭通押
71 至 74(72、74)	清、生	下平聲十五庚、十四清通押
75 至 78(76、78)	威、暉	上平聲八微
79 至 82(80、82)	制、惠	去聲十二霽、十三祭通押
83 至 86(84、86)	政、姓	去聲四十五勁

依上表分析,《火賦》用韻變化繁複,有兩韻而轉、三韻而轉、四韻而轉及五韻而轉四種;而轉韻自由,有仄韻轉平韻、有平韻轉仄韻、有平韻轉平韻及仄韻轉仄韻四種。押韻全在偶句,除第 76、78、80、82 句在句末"也"字前外,全在句末出現。

第六節　修　辭　格

修辭諸格,名目繁多,用諸賦體而蔚爲特色者,尤以夸飾、用典、對偶爲最,潘尼賦亦然,兹就三者分論如下。

(一) 夸　飾

發言屬文,鋪張揚厲,超越其實者,夸飾之謂也。大抵人皆好奇,天性使然,說者不患言過其實,聽者聞而稱快矣。《莊子·人間世》云:

> 夫兩喜必多溢美之言,兩怒必多溢惡之言。①

王充《論衡·藝增篇》亦云:

> 世俗所患,患言事增其實;著文垂辭,辭出溢其真,稱美過其善,進惡没其罪。何則? 俗人好奇,不奇,言不用也。故譽人不增其美,則聞者不快其意;毁人不益其惡,則聽者不愜於心。聞一增以爲十,見百益以爲千,使夫純樸之事,十剖百判;審然之語,千反萬眸。②

至於夸飾之言,多從物象之聲音體貌入手,劉勰《文心雕龍·夸飾》云:

> 夫形而上者謂之道,形而下者謂之器。神道難摹,精言不能追其極;形器易寫,壯辭可得喻其真。才非短長,理自難易耳,故自天地以降,豫入聲貌,文辭所被,夸飾恒存。③

既言"文辭所被,夸飾恒存"也,潘尼賦篇當無外於是,今就直接夸飾與融合夸飾二者分別言之。

1. 直接夸飾

凡不以其他修辭方式結合,僅用描寫手法進行夸飾以突出事

---

① 王先謙:《莊子集解》(《諸子集成》,第 3 冊),卷一,《人間世第四》,頁 25。
② 王充:《論衡》(《諸子集成,第 7 冊》),《藝增篇》,頁 83。
③ 劉勰著,范文瀾注:《文心雕龍注》,下冊,卷八,《夸飾》,頁 608。

物特徵者,謂之直接夸飾。尼賦中所用此法甚多,《東武館賦》云:

> 彎弓撫彈,娛志蕩心。栝不空縱,綸不苟沈;遊鱗雙躍,落羽相尋。

此夸飾漁獵之輕易,以突顯生活之逍遙遊豫也。又《惡道賦》云:

> 迴波激浪,飛沙飄瓦。馬則頓躓狼傍,呭顙玄黃;牛則體疲力竭,損食喪膚,㸬蹄穿領,摩髖脫軀。

此夸飾牛、馬傷病慘死之狀,以突顯惡道之險也。又《釣賦》云:

> 左援脩竹,右縱飛綸。金鉤屬鉅,甘餌垂芬。眾鯤奔涌,游鱗橫集。觸餌見擒,值鉤被執。

此夸飾捕魚之速,以突顯垂釣之樂也。又《琉璃椀賦》云:

> 據重巒之億仞,臨洪溪之萬尋,接玉樹以瓊瑤,鄰沙棠與碧林。瞻閶風之崔嵬,顧玄圃之蕭森。於是遊西極,望大蒙,歷鍾山,闚燭龍,覲王母,訪仙童。

此段文字夸飾琉璃之蘊藏與探取之艱難,以突顯器物之珍貴也。又《桑樹賦》云:

> 俛睋靈根,上眺脩條。洞芳泉於九壤,含溢露於清霄,倚增城之飛觀,拂綺窗之疏寮。

此夸飾桑樹之特偉也。至於篇幅最長之《火賦》,夸飾之能,更顯高明,其云:

> 先聖仰觀,通神悟靈。窮物盡數,研幾至精。

此夸飾先聖之洞察與分析力也。又云:

> 形生於未兆,聲發於無象。盡之不得其根,聽之不聞其響。來則莫見其跡,去則不知其往。

此夸飾火之形態特性也。又云：

> 故能博贍群生，資育萬類。盛而不暴，施而不費。

此夸飾火之功用也。又云：

> 林木摧拉，沙粒並糜。騰光絕覽，雲散電披。遂及衝風激
> 揚，炎光奔逸。玄煙四合，雲蒸霧萃。山陵爲之崩弛，川澤爲
> 之涌沸。去若風驅，疾如電逝。芬綸紆轉，倏忽橫屬。蕭條長
> 空，野無孑遺。無隙不灰，無垌不㸦。震響達乎八冥，流光燭
> 乎四裔。

此段文字充分表現夸飾之效能：大火燎原壯觀之勢、破壞之力、震響之巨、流光之強直令讀者目瞪口呆，其景如在目前，其聲如在耳際，實可發蘊而飛滯，披瞽而駴聾矣。

2. 融合夸飾

凡以比喻、用典等修辭方式融合以進行夸飾者，謂之融合夸飾。尼賦中此類手法亦復不少，《懷退賦》云：

> 傅釋板以亮殷，望投竿而相姬。窮獨善以全質，達兼利以
> 濟時。聃安志於柱史，由抗迹於嵩箕。理殊塗而同歸，雖百慮
> 其何思？

此融合用典以夸飾也。傅說、呂望、老聃、許由四人背景不同，行事各異，上文籠圈爲一而表進退之理，非夸飾若何？又《釣賦》云：

> 乃命宰夫，膾此潛鯉。名工習巧，飛刀逞伎。電剖星流，
> 芒散縷解。隨風離鍔，連翩雪累。

此融合比喻以夸飾也。宰夫膾鯉，速度之快，竟如電剖、星流、芒散、縷解，形象之鮮明，實逗人心目。又《琉璃椀賦》云：

> 灼爍旁燭，表裏相形。凝霜不足方其潔，澄水不能喻其
> 清。剛過金石，勁勵瓊玉。

此亦融合比喻以夸飾也。琉璃椀之潔淨剛堅，通過"凝霜"、"澄
水"、"金石"、"瓊玉"作比，突顯無遺矣。又《安石榴賦》云：

> 遙而望之，煥若隋珠耀重川；詳而察之，灼若列宿出雲間。

此亦融合比喻以夸飾也。石榴花之鮮艷奪目，通過"隋珠"、"列宿"
作喻，欲活眼前矣。

（二）用　　典

凡借用古事成辭，表達當前思想情感，或引證、比喻當前實況
者，謂之用典，古之稱爲"事類"者也。用典者，要能以片言數語，闡
明繁複或隱微寓意，加強一己言論之說明力爲佳。

古人據事以類義，援古以證今，能用人若已爲貴。初以援引古
事，不取成辭，自漢代以降，文人辭家用典繁富，徵引成風，古事成
辭俱大量援引。得當者文增典贍，不當者徒惹掉書袋之譏矣。《文
心雕龍·事類》云：

> 觀乎屈宋屬篇，號依詩人，雖引古事而莫取舊辭。唯賈誼
> 《鵩賦》，始用《鶡冠》之說；相如《上林》，撮引李斯之書；此萬分
> 之一會也。及揚雄《百官箴》，頗酌於《詩》《書》；劉歆《遂初
> 賦》，歷敘於紀傳；漸漸綜採矣。至於崔、班、張、蔡，遂捃摭經
> 史，華實布濩，因書立功，皆後人之範式也。①

潘尼賦篇，瑰麗典雅，古事、成辭俱所援引，茲分述之：

---

① 劉勰著，范文瀾注：《文心雕龍注》，下冊，卷八，《事類》，頁615。

1. 古事

《東武館賦》云：

> 慕古公之胥宇，美孟氏之審鄰。

此正用古公亶父與孟母之典。《詩經・大雅・縣》云：

> 縣縣瓜瓞，民之初生。自土沮漆，古公亶父。陶復陶冗，未有家室。
>
> 古公亶父，來朝走馬。率西水滸，至于岐下。爰及姜女，聿來胥宇。①

《縣》九章，章六句，此首二章也。一章言在豳，二章言至岐。尼曰"慕古公之胥宇"者，本此也。又劉向《列女傳・母儀傳・鄒孟軻母》云：

> 鄒孟之母也，號孟母。其舍近墓。孟子之少也，嬉游爲墓間之事，踴躍築埋。孟母曰："此非吾所以居處子。"乃去。舍市傍，其嬉戲爲賈人衒賣之事。孟母又曰："此非吾所以居處子也。"復徙。舍學宮之傍，其嬉游乃設俎豆揖讓進退。孟母曰："真可以居吾子矣。"遂居之。②

又《懷退賦》云：

> 傅釋板以亮殷，望投竿而相姬。窮獨善以全質，達兼利以濟時。聊安志於柱史，由抗迹於嵩箕。理殊塗而同歸，雖百慮其何思？

---

① 毛亨傳，鄭玄箋，孔穎達疏：《毛詩注疏》(《十三經注疏》，第 2 冊)，卷十六，《大雅・縣》，頁 545 下—547 下。

② 劉向撰，劉曉東校點：《列女傳》(瀋陽：遼寧教育出版社，1998 年)，卷一，《母儀傳・鄒孟軻母》，頁 7。

此連用四典,以申明君子窮達進退之理。《史記·殷本紀》載:

> 帝小乙崩,子帝武丁立。帝武丁即位,思復興殷,而未得其佐。三年不言,政事決定於冢宰,以觀國風。武丁夜夢得聖人,名曰說。以夢所見視群臣百吏,皆非也。於是迺使百工營求之野,得說於傅險中。是時說爲胥靡,築於傅險。見於武丁,武丁曰是也。得而與之語,果聖人,舉以爲相,殷國大治。①

此"傅釋板以亮殷"所本也。《史記·齊太公世家》載:

> 呂尚蓋嘗窮困,年老矣,以漁釣奸周西伯。西伯將出獵,卜之,曰"所獲非龍非彲,非虎非羆;所獲霸王之輔"。於是周西伯獵,果遇太公於渭之陽。與語大說,曰:"自吾先君太公曰:'當有聖人適周,周以興。'子真是邪?吾太公望子久矣。"故號之曰"太公望",載與俱歸,立爲師。②

此"望投竿而相姬"所本也。《史記·老子韓非列傳》載:

> 老子者,楚苦縣厲鄉曲仁里人也,姓李氏,名耳,字聃,周守藏室之史也。孔子適周,將問禮於老子。老子曰:"子所言者,其人與骨皆已朽矣,獨其言在耳。且君子得其時則駕,不得其時則蓬累而行。吾聞之,良賈深藏若虛,君子盛德,容貌若愚。去子之驕氣與多欲,態色與淫志,是皆無益於子之身。吾所以告子,若是而已。"③

此"聃安志於柱史"所本也。《莊子·逍遙遊》云:

> 堯讓天下於許由,曰:"日月出矣,而爝火不息,其於光也,

---

① 司馬遷:《史記》卷三,《殷本紀第三》,頁102。
② 同上,卷三十二,《齊太公世家第二》,頁1477—1478。
③ 同上,卷六十三,《老子韓非列傳第三》,頁2139—2140。

不亦難乎！時雨降矣，而猶浸灌，其於澤也，不亦勞乎！夫子立，而天下治，而我猶尸之，吾自視缺然。請致天下。"①

成玄英疏曰：

> 許由，隱者也。姓許，名由，字仲武，潁川陽城人也，隱於箕山。

此"由抗迹於嵩箕"所本也。

又《武庫賦》云：

> 定形於薛燭之鑪。

《淮南子·氾論訓》云：

> 薛燭，庸子。見若孤甲於劍，而利鈍識矣。②

又《越絕書》卷十一云：

> 昔者，越王勾踐有寶劍五，聞於天下。客有能相劍者，名薛燭。王召而問之，曰："吾有寶劍五，請以示之。"③

是知潘尼引薛燭識劍事引申作鑄劍也。

又《火賦》云：

> 鄭僑據猛以立政。

子產相鄭，外則周旋於大國之間，不亢不卑；內則修明法度，惠及百姓。《左傳·昭公二十年》載：

> 鄭子產有疾，謂子大叔曰："我死，子必爲政。唯有德者能以寬服民，其次莫如猛。夫火烈，民望而畏之，故鮮死焉。水

---

① 郭慶藩輯：《莊子集釋》(《諸子集成》，第 3 冊)，《內篇·逍遙遊第一》，頁 12。
② 劉安等撰，高誘注：《淮南子》(《諸子集成》，第 7 冊)，卷十三，《氾論訓》，頁 227—228。
③ 李步嘉：《越絕書校釋》，卷十一，《越絕外傳記寶劍第十三》，頁 265。

懦弱，民狎而翫之，則多死焉。故寬難。"①

是知潘尼引子產相鄭之故事以證從火體驗施政之理。

又《安石榴賦》云：

遙而望之，煥若隋珠耀重川。

《淮南子·覽冥訓》云：

譬如隋侯之珠，和氏之璧，得之者富，乏之者貧。②

高誘注云：

隋侯，漢東之國，姬姓諸侯也。隋侯見大蛇傷斷，以藥傅
之。彼蛇於江中銜大珠以報之，因曰隋侯之珠，蓋明月
珠也。③

是知潘尼引隋侯所得珠爲喻，以明石榴花之鮮艷也。

上述各典皆明用古事，至於暗用、活用、反用、綜合、假設等法，
尼賦未見之也。

2. 成辭

《東武館賦》云：

厭里巷之囂塵……將遷居于爽塏。

《左傳·昭公三年》載：

初(齊)景公欲更晏子之宅，曰："子之宅近市，湫隘囂塵，

---

①　左丘明傳，杜預注，孔穎達疏：《春秋左傳注疏》(《十三經注疏》，第6冊)，卷四
十九，頁861下。
②　劉安等撰，高誘注：《淮南子》(《諸子集成》，第7冊)，卷六，《覽冥訓》，頁91。
③　同上。

不可以居，請更諸爽塏者。"①

是知潘尼摘借《左傳》成辭以明東武陽侯遷居原委也。

又《惡道賦》云：

馬則頓躓狼傍，虺頹玄黃。

《爾雅・釋詁下》云：

痡瘏虺頹，玄黃劬勞。②

是知潘尼摘借《爾雅》"虺頹"、"玄黃"成辭以明馬處惡道之困敝也。

又《懷退賦》云：

窮獨善以全質，達兼利以濟時。

《孟子・盡心上》云：

古之人得志，澤加於民；不得志，脩身見於世。窮則獨善其身，達則兼善天下。③

是知潘尼活用孟子成辭，並取其意以明君子進退之道也。

又《釣賦》云：

曜靈未入鶩策。

屈原《天問》云：

角宿未旦，曜靈安藏。④

是知潘尼摘借屈原成辭以明時光流逝也。

① 左丘明傳，杜預注，孔穎達疏：《春秋左傳注疏》(《十三經注疏》，第 6 冊)，卷四十九，頁 723 下。

② 郭璞注，邢昺疏：《爾雅注疏》(《十三經注疏》，第 8 冊)，卷二，《釋詁下》，頁 22 上。

③ 趙岐注，孫奭疏：《孟子注疏》(《十三經注疏》，第 8 冊)，卷十三，《盡心章句上》，頁 230 下。

④ 洪興祖：《楚辭補注》，卷三，《天問章句第三》，頁 89。

又《火賦》云：

> 是以上古聖人擬火以制禮。

《禮記‧禮運》云：

> 後聖有作，然後脩火之利，范金合土，以爲臺榭宮室牖戶。以炮以燔，以亨以炙。①

《周禮‧司爟》亦載：

> 司爟掌行火之政令，四時變國，火以救時疾。季春出火，民咸從之；季秋內火，民亦如之；時則施火令，凡祭祀則祭爟，凡國失火，野焚萊，則有刑罰焉。②

是知潘尼隱括《禮記》及《周禮》成辭以爲己意者也。

又《苦雨賦》云：

> 氣觸石而結蒸兮，雲膚合而仰浮。

《公羊傳‧僖公三十一》載：

> 觸石而出，膚寸而合，不崇朝而遍雨乎天下者，唯泰山爾。③

是知潘尼融化《公羊傳》成辭以寫雨之由來也。

又《琉璃椀賦》云：

> 瞻閶風之崔嵬。

屈原《離騷》云：

---

① 鄭玄注，孔穎達疏：《禮記注疏》(《十三經注疏》，第 5 冊)，《禮運第九》，頁 417 上。
② 鄭玄注，賈公彥疏：《周禮注疏》(《十三經注疏》，第 3 冊)，卷三十，《司爟》，頁 458 上、下。
③ 公羊壽傳，何休解詁，徐彥疏：《春秋公羊傳注疏》(《十三經注疏》，第 7 冊)，頁 158 上。

朝吾將濟於白水兮，登閬風而緤馬。①

是知潘尼摘引《離騷》成辭以形容琉璃之深藏也。

又《扇賦》云：

安衆以方爲體，五明以圓爲質。

陸機《羽扇賦》云：

安衆方而氣散，五明圓而風煩。②

是知潘尼摘引陸機成辭以明扇之形貌也。

又《安石榴賦》云：

可以樂志，可以充虛。

《墨子·辭過》云：

其爲食也，足以增氣充虛。③

是知潘尼摘引墨翟成辭以明啖食石榴之益也。

又《桑樹賦》云：

崇萬簣於始基。

《尚書·旅獒》云：

爲山九仞，功虧一簣。④

是知潘尼引《尚書》成辭而反用之也。

又《芙蓉賦》云：

①　洪興祖：《楚辭補注》，卷一，《離騷章句第一》，頁 30。

②　張溥輯：《漢魏六朝百三家集》，第 2 冊，卷四十八，《晉陸機集》，《文賦》，頁 376 上。

③　孫詒讓：《墨子閒詁》(《諸子集成》，第 4 冊)，卷一，《辭過第六》，頁 20。

④　孔安國傳，孔穎達疏：《尚書注疏》(《十三經注疏》，第 1 冊)，卷十三，《旅獒第七》，頁 185 上。

　　　　擬連璧之攢會。

《莊子·列禦寇》云：

　　　　以日月爲連璧，星辰爲璣珠。①

是知潘尼引莊子成辭以形容芙蓉之態也。

　　又《鼈賦》云：

　　　　若乃秋水暴駭，百川沸流。

《莊子·秋水》云：

　　　　秋水時至，百川灌河。②

是知潘尼引莊子成辭以寫巨鼈出現也。

　　又《秋菊賦》云：

　　　　游女望榮而巧笑。③

《詩經·周南·漢廣》云：

　　　　漢有游女，不可求思。④

《詩經·衛風·碩人》亦云：

　　　　巧笑倩兮，美目盼兮。⑤

是知潘尼摘引《詩經》成辭以側寫秋菊之美也。

　　潘尼學養湛深，所爲賦也，或援引古事，或摘取成辭，均順手拈來，行文妥貼，賦中例多不暇舉，各篇均舉一例而已。

──────────

　　①　郭慶藩輯：《莊子集釋》（《諸子集成》，第 3 冊），《雜篇·列禦寇第三十二》，頁 460。
　　②　同上，《外篇·秋水第十七》，頁 247。
　　③　張溥輯：《漢魏六朝百三家集》，第 2 冊，卷四十五，《晉潘岳集》，頁 297 上。
　　④　毛亨傳，鄭玄箋，孔穎達疏：《毛詩注疏》（《十三經注疏》，第 2 冊），卷一，《周南·漢廣》，頁 42 上。
　　⑤　同上，卷三，《衛風·碩人》，頁 129 下、130 上。

（三）對　偶

對偶，又稱麗辭。凡上下兩句，字數相等，文法相似者之謂也。中國文字獨體單音，故可奇可偶，《春秋》文句用奇，《易傳》文句用偶，聖人行文，兩體兼備矣。至於對偶之起，本乎自然。《文心雕龍・麗辭》云：

> 造化賦形，支體必雙，神理爲用，事不孤立。夫心生文辭，運裁百慮，高下相須，自然成對。[1]

漢代賦家，崇盛麗辭，至魏晉群才，析句彌密。至其名目，劉勰有四時之體，上官儀有六對之論，皎然有八對之說。日僧空海且衍爲二十九種。近人張仁青參酌衆說，舉列三十種，堪稱洋洋大觀矣，三十種之名曰：單句對、偶句對、長偶對、異類對、同類對、方位對、當句對、虛字對、實字對、有無對、疊字對、數字對、渾括對、彩色對、成語對、聯綿對、雙聲對、疊韻對、雙聲疊韻對、疊韻雙聲對、流水對、回文對、巧對、雙擬對、懸橋對、借對、假對、虛實對、蹉對及互文對等[2]。尼賦對偶紛陳滿目，除有無對、回文對、巧對、雙擬對、借對、蹉對及互文對外，餘廿三種均有發現，今舉說如次：

1. 單句對

表裏山河，出入襟帶。（《東武館賦》）
理有微而至顯，道有隱而應期。（《桑樹賦》）

---

① 劉勰著，范文瀾注：《文心雕龍注》，下冊，卷七，《麗辭》，頁588。
② 張仁青：《駢文學》（臺北：文史哲出版社，1984年），頁98—116。

2. 偶句對

氣觸石而結蒸兮,雲膚合而仰浮;
雨紛射而下注兮,潦波湧而橫流。(《苦雨賦》)
遙而望之,煥若隋珠耀重川;
詳而察之,灼若列宿出雲間。(《安石榴賦》)

3. 長偶對

前則行旅四湊,通衢交會,水泛輕舟,陸方羽蓋;
後則崇山崔嵬,茂林幽藹,彌望遠覽,滉瀁夷泰。(《東武館賦》)
遊西極,望大蒙,歷鍾山;
闚燭龍,覿王母,訪仙童。(《琉璃椀賦》)

4. 異類對

背宇宙之寥廓,羅網罟之重深。(《懷退賦》)
託斯樹以栖遲,溯祥風而容與。(《安石榴賦》)

5. 同類對

銷鏑爲耒,鑄戈爲櫡。(《火賦》)
或延首以鶴顧,或頓足而鷹距。(《鱉賦》)

6. 方位對

下迢遞以極望,上扶疏而參差。(《桑樹賦》)

或曳尾於塗中，或縮頭於殼裏。(《鱉賦》)

7. 當句對

迴波激浪，飛沙飄瓦。(《惡道賦》)

電剖星流，芒散縷解。(《釣賦》)

8. 虛字對

戰士反於耕農，戎馬放乎外廄。(《火賦》)

既延期以永壽，又蠲疾而弭痾。(《秋菊賦》)

9. 實字對

芙蓉映渚，靈芝蔽岸。(《東武館賦》)

傅釋板以亮殷，望投竿而相姬。(《懷退賦》)

10. 疊字對

旦溁溁以達暮，夜淋淋以極明。(《苦雨賦》)

11. 數字對

博贍群生，資育萬類。(《火賦》)

據重巒之億仞，臨洪溪之萬尋。(《琉璃椀賦》)

12. 渾括對

功用關乎古今，勳績著乎百姓。(《火賦》)
余遷舊宇，爰造新居。(《安石榴賦》)

13. 彩色對

朱芳赫奕，紅萼參差。(《安石榴賦》)
披綠葉於脩條，綴朱華兮弱幹。(同上)

14. 成語對

窮獨善以全質，達兼利以濟時。(《懷退賦》)
抗余志於浮雲，樂余身於蓬廬。(《釣賦》)

15. 聯綿對

瞻閶風之崔嵬，顧玄圃之蕭森。(《琉璃椀賦》)
下迢遞以極望，上扶疏而參差。(《桑樹賦》)

16. 雙聲對

始濛瀁而徐墜，終滂沛而難禁。(《苦雨賦》)
託斯樹以栖遲，溯祥風而容與。(《安石榴賦》)

17. 疊韻對

長繳繽紛，輕竿翕熠。(《釣賦》)

百品千變,殊芳異氣。(《釣賦》)

18. 雙聲疊韻對

膳夫進俎,虞人獻鮮。(《東武館賦》)
蔚蕭森以四射,邈洪傭而端直。(《桑樹賦》)

19. 疊韻雙聲對

逍遙靈沼,遊豫華林。(《東武館賦》)
朱芳赫奕,紅萼參差。(《安石榴賦》)

20. 流水對

始濛瀁而徐墜,終滂沛而難禁。(《苦雨賦》)
既顛墜於巖岸,方盤跚而雅步。(《鼈賦》)

21. 懸橋對(按:稱作"雙承對"更爲合適)

栝不空縱,綸不苟沈。
遊鱗雙躍,落羽相尋。(《東武館賦》)
(按正常句型爲:栝不空縱,落羽相尋;綸不苟沉,遊鱗相躍。)
倪睍靈根,上眺脩條。
洞芳泉於九壤,含溢露於清霄。(《桑樹賦》)
(按正常句型爲:倪睍靈根,洞芳泉於九壤;上眺脩條,含溢露於清霄。)

22. 假對

倚增城之飛觀,拂綺窗之疏寮。(《桑樹賦》)
(按:增城,地名也,對綺窗,因字面相對,故名假對。)
真人採其實,王母接其葩。(《秋菊賦》)
(按王母,人名也,對真人,亦因字面相對,故名假對。)

23. 虛實對

隨陰陽以潛躍,與龜龍乎齊風。(《玳瑁椀賦》)
千房同蒂,十子如一。(《安石榴賦》)
由上見尼賦對偶形式多樣,變化多端,對偶規格或未盡依後世嚴格
規則,然玉潤雙流,構思精巧,亦足稱羨翰林矣。

第七節　小　結

古聖昔賢,咸論修辭於文至關重要。潘尼賦篇存者不多,然論
其修辭技巧,亦足垂式後學,昭示來者。

其篇章修辭,從命意設情言:有深而婉、激而切者,有純客觀
詠物者,有即物寄情者,亦有因貴遊雅會而命筆者。又從章法組織
言,賦文前有序者三篇,餘皆但得賦文。其殘缺不全者無從評說
外,悉皆布局謹嚴,章法有序也。

其句式修辭,則靈活參差,變化多妙。其中以四言、六言爲主。
誦之抑揚頓挫,流轉自然。賦篇中亦多警策之句,含意精切。

其詞語修辭,則語多精鍊,使賦篇或描繪生動,或篇體華美,或
紆徐有致,或開闔有神也。

　　其聲律修辭,則音律和諧,押韻技巧,實臻純熟,非高手巨擘,何以致之。

　　其修辭諸格,夸飾效能顯著,用典切合適當,對偶則種類繁多,玉潤雙流,足堪稱羨也。

第六章　潘尼賦與諸家同題作品述論

第一節　小　　引

自漢及晉，賦篇之同題者頗多，而詠物賦尤甚也。究其原因約有數端：

一、賦家多爲侍從之臣，貴遊雅會，逞才情，抒翰藻，或承命而作，或擬題共賦。兩漢開風氣之先，魏晉繼之而盛，賦篇而同題者遂多。

二、賦重鋪陳，辭涉華艷，所謂賦家之心，包括宇宙，非學力者何？夫才童學文，必先雅製。啼聲初試，必從模擬始。是以後代作家，有步武前修賦題，意欲仿作，亦欲爭勝，是以同題作品見於異代者也。

三、文人雅會，擬題共賦者固有之，亦有不同時間而作也。何以言之？使若某家興來造作以示良朋，或寄諸好友。友朋和作以酬心，同題作品遂生也。

細考潘尼賦篇，與諸家同題者八篇，曰：《苦雨賦》、《安石榴賦》、《桑樹賦》、《鼈賦》、《扇賦》、《芙蓉賦》、《朝菌賦》及《秋菊賦》，然尼《朝菌賦》僅存序言，賦文無徵，未足與諸家較論，故下文論述，共計七篇而已。

第二節　《苦雨賦》

潘尼《苦雨賦》以"苦雨"名篇，前修後進，篇目相同者未之見也。然與"苦雨"同義之"愁霖"、"患雨"者多有,故取而論之。

考現存賦篇以"雨"爲詠者,始於東漢蔡邕,其《霖雨賦》云:

> 夫何季秋之淫雨兮,既彌日而成霖。瞻玄雲之晻晻兮,聽長雷之淋淋。中宵夜而歎息,起飾帶而撫琴。①

本賦作於何時未能考據,其内容則寫秋雨成霖,望則烏雲晻晻,聽則雨聲淋淋。作者感而歎息,徹夜無眠,乃起而撫琴以抒懷抱。通篇不著一"愁"字,而愁雨之懷貫徹全篇矣。論其修辭,則一派天籟出乎真情,餘味不匱也。

蔡邕以後,應瑒、曹丕及曹植皆作有《愁霖賦》。廖國棟以爲三賦作於建安十八年(213)至二十二年(217)之間,爲同時之作②。應瑒《愁霖賦》云:

> 聽屯雷之恒音兮,聞左右之歎聲。情慘憤而含欷兮,起披衣而游庭。三辰幽而重關,蒼曜隱而無形。雲曖曖而周馳,雨濛濛而霧零。排房帳而北入,振蓋服之沾衣。還空床而寢息,夢白日之餘暉。悵中寤而不效兮,意悽悢而增悲。③

賦文十四句,分三段。第一段由起首至"起披衣而游庭"四句,寫披衣遊庭之原因:雷聲大作,重以歎息之聲傳之左右,於是觸發慘憤之情,唏噓不已,乃起而披衣,遊乎庭園。二段由"三辰幽而重關"至"雨濛濛而霧零"四句,寫庭中所見:日、月、星被雲霧所蔽,隱曜

---

① 費振剛、胡雙寶、宗明華輯校:《全漢賦》(北京:北京大學出版社,1993 年),頁595。同頁校記一云:"本篇錄自《藝文類聚》卷二,署陳王曹植作,題爲《愁霖賦》。據《文選》張協《雜詩》、曹植《美女篇》李善注當作蔡邕作,並作今題。"

② 廖國棟曰:"魏代三篇《愁霖賦》殆爲同時之作。按曹丕賦有'將言旋乎鄴都'之語,考建安十八年操封魏公,定都於鄴,至黃初元年十二月,魏徙都洛陽。則丕賦當作於建安十八年至黃初元年之間,若應瑒之賦亦爲同題競采之作,考應瑒卒於建安二十二年,則此三賦作於建安十八年至二十二年之間。"(見廖著:《魏晉詠物賦研究》,第三章《魏晉天象類賦篇之分析》,頁 98。)

③ 張溥輯:《漢魏六朝百三家集》,第 1 冊,卷三十二,《魏應瑒集》,頁 777 下。

多時;大雨濛濛,雲曖霧零,氣氛慘怛。三段由"排房帳而北入"至末六句,寫回房寢息:挾失望之情,回房寢息,夢中得見白日餘暉,戒懼中醒來,卻知事與願違,益增悲悽。

曹丕《愁霖賦》則云:

> 脂余車而秣馬,將言旋乎鄴都。玄雲黯其四塞,雨濛濛而襲予。塗漸洳以流滯,潦淫衍而橫湍。豈在余之憚勞,哀行旅之艱難。仰皇天而太息,悲白日之不暘。思若木以照路,假龍燭之末光。①

賦文十二句,分三段。首段前四句,敘回車鄴都,烏雲滿布而四野昏黑,霖雨濛濛襲人之景象。二段由"塗漸洳以流滯"至"哀行旅之艱難"四句,寫路途泥濘,水潦縱橫之狀,行者甚感艱難也。三段由"仰望天而太息"至末四句,抒寫內心感受:太息皇天不愍,白日不暘,乃忽發奇想,欲借日入處之若木與燭龍神所銜之燭所發出之光芒以照路。

曹植《愁霖賦》則云:

> 迎朔風而爰邁兮,雨微微而逮行。悼朝陽之隱曜兮,怨北辰之潛精。車結轍以盤桓兮,馬蹢躅以悲鳴。攀扶桑而仰觀兮,假九日於天皇。瞻沈雲之泱漭兮,哀吾願之不將。②

賦文十句,分兩段。首段由起首至"馬蹢躅以悲鳴"六句,敘途中遇雨之狀:先寫在翔風微雨之中前行,朝則太陽隱曜,夜則北辰潛輝;繼言車盤桓於路上,馬蹢躅而悲鳴。二段末四句,抒發所感:前二句虛,幻想遠赴扶桑,向天皇借九日以朗照;後二句實,寫烏雲密布,哀嘆心願難成。

三賦各具特色,論情則纏綿悱惻,論意則通體一貫,論辭則采

---

① 張溥輯:《漢魏六朝百三家集》,第1冊,卷二十四,《魏文帝集》,頁588下。
② 同上,卷二十六,《魏曹植集》,頁646下。

麗風華。應瑒、曹植以"騷體"命篇,曹丕則以"散體"爲賦。瑒賦情深意婉,植賦情辭並茂矣。

爰及晉代,述苦雨爲患者五賦,計:成公綏之《陰霖賦》、傅咸之《患雨賦》、陸雲之《愁霖賦》、阮修之《患雨賦》及潘尼之《苦雨賦》。

阮修賦文已佚,僅存序文,無足稱述。成公綏《陰霖賦》只存殘句,曰:

> 百川汎濫,潢潦橫流。沈竈生蠅,中庭運舟。①

寫霖雨成災,形象頗爲鮮明。

至於傅咸《患雨賦》、陸雲《愁霖賦》與潘尼《苦雨賦》同作於晉惠帝永寧二年(302),論其寫作先後,陸雲賦作於六月中下旬,潘尼賦作於七月間,而傅咸賦作於九十月間也。

陸雲《愁霖賦》有序曰:

> 永寧三年夏六月,鄴都大霖,旬有奇日,稼穡沈湮,生民愁瘁。時文雅之士,煥然並作。同僚見命,乃作賦曰:②

所述永寧三年(303)應爲永寧二年(302)之訛。時鄴都(今河北省臨漳縣西南)大雨十餘日,"稼穡沈湮,生民愁瘁",復同僚見命,於是有所造作也。賦云:

> 在朱明之季月兮,反極陽於重陰。興介丘之膚寸兮,墜崩雲而洪沈。谷風扇而攸遂兮,苦雨播而成淫。天決澨以懷慘兮,民嚬蹙而愁霖。於是天地發揮,陰陽交烈,萬物混而同波兮,玄黃浩其無質。雷憑虛以振庭兮,電凌牖而輝室;雷鼎沸以駿奔兮,潦風驅而競疾。豈南山之暴隮兮,將冥海之整溢。隱隱填填,若降自天。高岸澳其無涯兮,平原蕩而爲淵;遵渚

---

① 張溥輯:《漢魏六朝百三家集》,第2冊,卷五十二,《晉成公綏集》,頁498下。
② 同上,第2冊,卷五十,《陸雲集》,頁430下。

回於凌河兮,黍稷仆於中田。匱多稼於億廩兮,虛凤敬於祈年。外薄郊甸,内荒都城,陰無晞景,雷無輟聲。纖波靡於前途兮,微津隔於峻庭。紛雲擾而霧塞兮,漫天頹而地盈。

於是愁陰比屋,歎發屢省,陽堂乏暉,朗室無景。望曾雲之萬仞兮,想白日之寸脛。感虛無而思深兮,對寂寞而言靖。毒甚雨之未晞兮,悲夏日之方永。瞻大辰以頹息兮,仰天衢而引領。愁情沉疾,明發哀吟,永言有懷,感物傷心。結南枝之舊思兮,詠莊舄之遺音。羨弁彼之歸飛兮,寄予思乎江陰。渺天末以流目兮,涕潺湲而沾襟。何人生之倏忽,痛存亡之無期。方千歲於天壤兮,吾固已陋夫靈龜。刻百年之促節兮,又莫登乎期頤。哀戚容之易感兮,悲懌顏之難怡。考傷懷於衆苦兮,愁豈霖之足悲。

雲曇曇而疊結兮,雨淫淫而未散。晞朱陽於崇朝兮,悲此日之屢晏。劾豐隆於岳陽兮,執赤松於神館。命雲師以藏用兮,絀乘龍於河漢。照濛汜之清暉兮,炳扶桑之始旦。考幽明於人神兮,妙萬物以達觀。①

賦文總分三段。首段由起首至“漫天頹而地盈”三十四句,敘霖雨之起與大雨成災之景象。下分二小節,第一節“在朱明之季月兮”至“民顑頷而愁霖”八句,述夏六月之時,陰陽失調,濃雲聚而沈降,苦雨成霖,百姓顰蹙也;第二節“于是天地發揮”至“漫天頹而地盈”二十六句,描繪雷振電凌,風狂雨疾,田野被淹,一片汪洋,民生遭困之景,繪形繪聲,扣人心弦。次段由“於是愁陰比屋”至“愁豈霖之足悲”三十二句,抒寫霖雨不止引發愁懷,由“感物傷心”而落入對人生倏忽、存亡無期之痛,又由個人之愁引出傷懷衆苦之悲。情感之曲折與深沈傾吐於文字之間,起蕩氣迴腸之效。第三段“雲曇曇而疊結兮”至末十二句,將情感昇華,呵天責神,幻想驅遣衆神,

① 張溥輯:《漢魏六朝百三家集》,第2冊,卷五十,《陸雲集》,頁430下、431上。

消除暴雨。此段想像雄奇，跌宕多姿，藝術手法仿效《離騷》，所謂異曲同工者也。

潘尼《苦雨賦》之內容已見本書第四章，不贅。至於傅咸《患雨賦》云：

> 夫何遠寓之多懷，患淫雨之有經。自流火以迄今，歷九旬而無寧。庶太清之垂曜，覯日月之光明。雲乍披而旋合，霽暫輟而復零。將收雷之要月，棄嘉穀於已成。前渴焉而不降，後患之而弗晴。惟二儀之神化，羑水旱之有并。湯亢陽於七載兮，堯洪況乎九齡。天道且猶若茲，況人事之不平。①

賦文十八句，一韻到底。從內容言之，可分三段。第一段前四句，敘遠寓多懷之原因，乃因淫雨不斷，自七月始雨，九旬仍未放晴故也。第二段由“庶太清之垂曜”至“棄嘉穀於已成”六句，述淫雨稍霽之狀與影響：淫雨稍霽，天色放晴，重睹日月之光輝，可奈“雲乍披而旋合，霽暫輟而復零”，秋收時節，深恐穀熟之期而未能收割矣。末段由“前渴焉而不降”至末八句，議論作結，明旱雨有并，天道不齊。天道若此，況乎人事哉？本賦熔抒情、寫景、敘事、議論於一爐，運意修辭，宜居上品可也。

綜而論之，三賦命意相同，陸雲之作基於“時文雅之士，煥然并作。同僚見命”也，爲文造情而令賦篇價減，若以藝術手法與夫修辭技巧言之，則勝於尼、咸二賦。尼作情真意切與悲天憫人之思流露文字之間，辭愈簡而情愈真，此其所以勝於雲作也。至於咸作，抒情而敘事、而寫景、而說理，逐步推進，三篇中文字最爲簡約，內涵至爲豐富，宜其居於前列，力壓二賢也。

---

① 張溥輯：《漢魏六朝百三家集》，第2冊，卷四十六，《晉傅咸集》，頁322下。

第三節　《安石榴賦》

安石榴自漢代傳入中土,而賦詠之篇始於晉代。《藝文類聚》載石榴賦十篇,其中九篇爲晉人之作,次序爲:潘尼《安石榴賦》、張載《安石榴賦》、張協《安石榴賦》、應貞《安石榴賦》、潘岳《河陽庭前安石榴賦》、夏侯湛《石榴賦》、傅玄《石榴賦》、庾儵《安石榴賦》及范堅《安石榴賦》等。另《太平御覽》亦收錄殷允《安石榴賦》、陳玢《石榴賦》及王倫妻羊氏《安石榴賦》三篇殘句。由是知晉人詠石榴之賦十二篇也。

各賦之寫作先後未能確知,概以作家年齒先後爲序分述如下:

應貞《安石榴賦》云:

> 余往日職在中書時,直廬前有安石榴樹,枝葉既盛,華實甚茂。故爲之作賦。

> 挹微露以鮮采,承輕風而動葩。南拂陰檐,北扇陽阿。其傍則有大廈崇房,重廊高廡。皇籍帝典,圖書之府。時移節變,大火西旋。月葩結秀,朱實星縣。膚折理阻,爛若珠騈。①

序文述作賦之由。賦文描繪石榴之生長情態與周遭環境。由花而實,體物細膩,詞采亦華也。

庾儵《安石榴賦》曰:

> 于時仲春垂澤,華葉甚茂。炎夏既戒,忽乎零落。是以君子居安思危,在盛思衰,可無懼哉! 乃作斯賦。

> 綠葉翠條,紛乎蔥青。丹華照爛,曄曄熒熒。遠而望之,粲若摛繢被山阿;迫而察之,赫若龍燭耀綠波。②

---

① 嚴可均輯:《全上古三代秦漢三國六朝文》,第 2 冊,《全晉文》,卷三十五,頁 1660 上。

② 同上,卷三十六,頁 1668 上。

序文言石榴之花葉於仲春時甚茂,經夏而忽乎零落,引發其"居安思危,在盛思衰"之思。賦文僅就花葉之形態予以描繪,由遠而近,形容逼真,然未能呼應序文,是知賦文有佚,未能一睹全豹也。

傅玄《石榴賦》云:

> 鳥宿中而纖條結,龍辰升而丹華繁。其在晨也,灼若旭日棲扶桑;其在昏也,爽若燭龍吐潛光。苞玄黃之列輝,緣煒曄而焜煌。發朱榮於綠葉,時從風而飈揚。①

此以華艷之詞,鋪寫石榴之美,至若對偶之妙用,於此尤爲特色。"其在晨也,灼若旭日棲扶桑;其在昏也,爽若燭龍吐潛光。"晨、昏對舉,石榴之形態各妙,重以融合比喻、事類以突顯其貌,讀之不覺神往意移。

夏侯湛《石榴賦》云:

> 覽華圃之嘉樹兮,美石榴之奇生。滋玄根於夷壤兮,擢繁榦於蘭庭。霑靈液之粹色兮,含渥霧以深榮。若乃時雨新稀,微風扇物。藹萋萋以鮮茂兮,紛扶輿以蓊鬱。枝摻稔以環柔兮,葉鱗次以周密。纖枝參差以窈窕兮,洪柯流離以相拂。於是乎青陽之末,朱明之初。翕微煥以摘采兮,的窟璨以揚敷。接翠萼於綠蔕兮,冒紅芽以丹鬚。艴然含菰,璀爾散珠。若乃叢紈始裹,聚葩方離。潛暉蜿豔,綠采未披。照灼攢列,熒熒玄垂。雪醒解餒,怡神實氣。冠百品以奇仰,邁衆菓而持貴。②

此並寫石榴之花果也,花之秀麗可供賞玩,果之奇特可供啖食。賦文短小而秀句競出之作也。

張載《安石榴賦》曰:

---

① 張溥輯:《漢魏六朝百三家集》,第 2 冊,卷三十九,《傅玄集》,頁 147 上。
② 同上,卷四十四,《晉夏侯湛集》,頁 263 下、264 上。

　　　有石榴之奇樹，肇結根於西海。仰青春以啓萌，睎希夏以
發采。揮光垂綠，擢幹曜鮮。煽若群翡俱栖，爛若百枝並然。
煥乎郁郁，焜乎煌煌。仰映清霄，俯燭蘭堂。似西極之若木，
譬東谷之扶桑。於是天迴節移，龍火西夕。流風晨激，行露朝
白。紫房既熟，頳膚自坼。剖之則珠散，含之則冰釋。①

此賦內容與夏侯湛所作大同，而鋪張揚厲與想像則稍勝之也。"揮
光垂綠"以下六句刻畫描摹，鮮艷欲奪，石榴之花若其有知，能不飄
飄者歟？

　　張協《安石榴賦》曰：

　　　玫草本於方志，覽華實於園疇。窮陸產於苞貢，嗟英奇於
石榴。耀靈葩於三春，綴霜滋於九秋。爾乃飛龍啓節，揚颮扇
埃。含和澤以滋生，鬱敷萌以挺栽。傾柯遠擢，沉根下盤。繁
莖篠密，豐幹林攢。揮長枝以揚綠，披翠葉以吐丹。流暉俯
散，迴葩仰照。爛若百枝並燃，爀如烽燧俱燎。皦如朝日，晃
若籠燭。睎絳綵於扶桑，接朱光於若木。爾乃頳蕚挺蔕，金牙
承蕤。蔭佳人之玄髻，發窈窕之素姿。遊女一顧傾城，無鹽化
爲南威。於是天漢西流，辰角南傾。芳實壘落，月滿虧盈。爰
採爰收，乃剖乃坼。內燦幽以含紫，外滴瀝以霞赤。柔膚冰
潔，凝光玉瑩。灌如冰碎，泫若珠迸。含清泠之溫潤，信和神
以理性。②

此亦逞辭抒藻，頌讚石榴之美者也。修辭之妙，高飛軒翥，一以功
力勝，亦憑觀察入微所致也。其刻畫石榴花之容色，"流暉俯散"以
下八句，四用比喻，如百枝並燃，如烽燧俱燎，如朝日，如籠燭，益以
睎絳綵於扶桑、接朱光於若木對照，則花色鮮明，勝於目前也。

---

①　張溥輯：《漢魏六朝百三家集》，第 2 冊，卷五十三，《晉張載集》，頁 509 上。
②　同上，卷五十四，《晉張協集》，頁 515 下、516 上。

潘岳《河陽庭前安石榴賦》曰:

> 石榴者,天下之奇樹,九州之名果也。是以屬文之士,敘而賦之。

> 仰天路而高睎,顧鄰國以相望。位莫微於宰邑,館莫陋于河陽。雖小縣陋館,可以遨遊,實有嘉木,曰安石榴。修條外暢,榮幹內楙。扶疏偃蹇,冉弱紛柔。於是暮春告謝,朱夏戒初。新葌擢潤,膏葉垂腴。曾華曄以先起,含榮鶗其方敷。丹暉綴於朱房,緗的點乎紅鬚。煌煌煒煒,熠爚委累。似琉璃之棲鄧林,若珊瑚之映綠水。光明燐爛,含丹耀紫。味滋芳神,色麗瓊蕤。遙而望之,煥若隋珠耀重淵;詳而察之,灼若列星出雲間。十房同模,千子如一。御渴療饑;解酲止疾。既乃攢乎狹庭,載阤載裲。土階無等,肩牆惟淺。壁衣蒼苔,瓦被駁蘚。處悴而榮,在幽彌顯。其華可玩,其實可珍。羞于王公,薦于鬼神。豈伊仄陋,用渝厥貞。菓猶如之,而況於人。①

本賦序文及部分文句與潘尼賦作相同,應爲誤輯也。賦文分三段。首段由"仰天路而高睎"至"曰安石榴"八句,點明所詠安石榴之所在,呼應篇目。第二段由"修條外暢"至"解酲止疾"二十八句,極寫石榴花實之特色。末段由"既乃攢乎狹庭"至末十六句,敘茲樹之奇,竟處居陋縣,"菓猶如之,而況於人",由花及人,題旨末發,寓懷才不遇之感,意在言外,餘味曲包也。

范堅《安石榴賦》曰:

> 紫紅根以磐峙,擢修幹而扶疏。萌應春以吐綠,蒞涉夏而揚朱。

> 膏凝玉潤,光猶瑩削,頳如丹砂,粲若銀礫。

> 縞隔區分,彤實綺錯。紅膚帖素,揉以紫的。

---

① 張溥輯:《漢魏六朝百三家集》,第 2 冊,卷四十五,《晉潘岳集》,頁 296 上、下。

> 紅鬚內豔，頳牙外標。似華燈之映翠幕，若丹瓊之列
> 碧瑤。①

賦文應有缺，就上述殘句言，對句工巧，誦之聲律亦諧。

殷允《安石榴賦》曰：

> 余以暇日，散愁翰林。覯潘張《石榴》二賦，雖有其美，猶
> 不盡善，客爲措辭，故聊爲之書之，賦曰：
> 或珠離于璃琬，或玉碎于雕觴。璘彬洒映，曄紫嬰緗。煥
> 若瑤英之攢鍾巘，粲若靈蚌之含珠璫。②

從賦序可知，殷氏意欲爭勝，然從賦文言，刻意賣弄，遜於潘岳、張
協多矣。

陳玢《石榴賦》曰：

> 惟木之珍，莫美石榴。擢鮮葩于青春，結芳實于素秋。③

以及王倫妻羊氏《安石榴賦》曰：

> 振綠葉于柔柯，垂肜子于纍房。④

各存殘句，未足評價也。

至若潘尼《安石榴賦》，寄情欣賞，觀察敏銳，設色摘辭，構想浪漫，
稍遜於潘岳、張協，並駕於張載，而勝於他人。《文心雕龍·知音》謂：

> 是以將閱文情，先標六觀：一觀位體，二觀置辭，三觀通
> 變，四觀奇正，五觀事義，六觀宮商。斯術既形，則優劣
> 見矣。⑤

---

① 嚴可均輯：《全上古三代秦漢三國六朝文》，第3冊，《全晉文》，卷一百二十四，
《范堅》，頁2173下。
② 同上，卷一百二十九，《殷允》，頁2200下。
③ 同上，卷一百四十四，《陳玢》，頁2291上。
④ 同上，卷一百四十四，《羊氏》，頁2293上。
⑤ 劉勰著，范文瀾注：《文心雕龍》，下冊，卷十，《知音》，頁715。

余以六觀之法評定各賦高下，豈敢自謂"知音"，信亦有據而說也。

第四節　《桑樹賦》

現存詠桑之賦自魏繁欽始，其《桑賦》曰：

> 上似華蓋，紫極北形。下象鳳闕，萬楠一楹。叢枝互出，乃錯乃并。暐暐隆暑，涼風自生。微條纖繞，隨風浮沈。陽螗鳴其南枝，寒蟬噪其北陰。秋風忽其將來，咸感節而悲吟。玩庇蔭之厚惠，情眷眷而愛深。①

賦文十六句，前八句爲第一段，寫桑樹之形貌與特色。一、二句寫其頂，謂似華蓋、紫極；三、四句寫其底，謂似宮殿之楹、楠；五、六句寫其中，謂枝丫競展，姿態萬千；七、八句轉寫特色，謂盛夏之時，處身桑樹之下，則涼風自生矣。後八句爲第二段，以螗、蟬棲息桑間，獲蔭庇而感愛之。前二句承上轉下；三、四句寫夏螗、秋蟬鳴噪桑樹之間；五、六句寫秋氣蕭索，蟬感而悲吟；末二句以桑恩作結。若繁欽以螗、蟬自喻，則寄寓深感君恩之情矣。

晉世詠桑之賦三篇，應在惠帝元康元年(291)同時並作，潘尼《桑樹賦》外，尚有傅咸《桑樹賦》及陸機《桑賦》。

傅咸《桑樹賦》云：

> 世祖昔爲中壘將軍，於直廬種桑一株，迄今三十餘年，其茂盛不衰。皇太子入朝，以此廬爲便坐。賦曰：
>
> 伊茲樹之僥倖，蒙生生之渥惠。降皇躬以斯植，遂弘茂於聖世。厥茂伊何，其大連尋。脩柯遠揚，洪條梢槮。布繁枝之沃若，播密葉以垂陰。蔭華寓而作涼，清隆暑之難任。以厥樹

---

① 嚴可均輯：《全上古三代秦漢三國六朝文》，第1冊，《全後漢文》，卷九十三，頁977上。

之巨偉，登九日於朝陽。且積小以高大，生合抱於毫芒。猶帝道之將升，亦累德以彌光。湯躬禱於斯林，用獲雨而興商。惟皇晉之基命，爰於斯而發祥。從皇儲於斯館，物無改於平生。心惻切以興思，思有感於聖明。步徬徨以周覽，庶髣髴於儀形。①

賦序言所詠桑樹乃司馬炎昔爲中壘將軍時手植，三十餘年茂盛不衰，今隨愍懷太子入朝，見而作賦也。賦文分四段，首段由起首至"遂弘茂於聖世"四句點題，謂桑樹僥倖蒙寵，乃皇帝手植也。次段由"厥茂伊何"至"清隆暑之難任"八句，敘桑樹之茂盛與作涼清暑之大用。三段由"以厥樹之巨偉"至"爰於斯而發祥"十句，敘桑樹由小而成高大合抱之巨樹，猶似帝道之升隆，累帝德而光輝彌顯，並以商湯禱雨於桑林事喻晉室亦受此桑徵兆而興。末段自"從皇儲於斯館"至末六句，敘從愍懷太子遊而得見此桑，睹物興思，有感先皇之明，不禁徬徨周覽，仿見先皇風儀形貌也。

陸機《桑賦》則云：

> 皇太子便坐，蓋本將軍直廬也。初世祖武皇帝爲中壘將軍，植桑一株，世更二代，年漸三紀。扶疏豐衍，抑有瑰異焉。
>
> 夫何佳樹之洪麗，超託居乎紫庭。羅萬根以下洞，矯千條而上征。豈民黎之能植，乃世武之所營。故其形瑰族類，體豔衆木。黃中爽理，滋榮煩縟。綠葉興而盈尺，崇條蔓而層尋。希太極以延峙，映承明而廣臨。革飛鵑之流響，想鳴鳥之遺音。唯歷數之有紀，恆依物以表德。豈神明之所相，將我皇之先識。誇百世而勿剪，超長年以永植。②

賦序交待桑樹之由來，大抵與傅咸所言相同。賦文分三段。首段

---

① 張溥輯：《漢魏六朝百三家集》，第2冊，卷四十六，《晉傅咸集》，頁326下。
② 同上，卷四十八，《晉陸機集》，頁376下。

"夫何佳樹之洪麗"以下六句,述玆樹之巨大美麗,非一般黎民所能種植,乃出自世祖武皇帝司馬炎之手也。次段由"故其形瑰族類"至"想鳴鳥之遺音"十句,從"洪麗"二字發揮,極言桑樹之形瑰體艷,中德在內,滋榮在外,綠葉盈尺,崇條層尋。延伸廣遠,能革變飛鴻之流響,逗想鳴鳥之遺音。三段由"唯歷數之有紀"至末六句,善頌善禱,寄以百世勿剪、長年永植之思。

三賦既同時而作,內容亦復相似,當在寫作之先,彼此欣賞談論此桑之故也。若潘尼之作,鋪陳頌揚中富想像力,傅咸之作則感情較豐,陸機之作,華辭滿目,辭愈巧而情愈淡矣。

第五節　《鱉賦》

鱉之爲賦也,晉人作有兩篇,皆同時命筆。潘尼之作外,尚有陸機也。

陸機《鱉賦》云:

> 皇太子幸于釣臺,漁人獻鱉,命侍臣作賦。
>
> 其狀也,窮脊運脅,玄甲四周。遁方圓於規矩,徒廣狹以妨循。盈尺而腳寸,又取具於指掌。鼻嘗氣而忌脂,耳無聽而受響。是以棲居多逼,出處寡便。尾不副首,足不運身。於是從容澤畔,肆志汪洋。朝戲蘭渚,夕息中塘。越高波以燕逸,竄洪流而潛藏。咀蕙蘭之芳荄,嚠華藕之垂房。[1]

"皇太子幸于釣臺"三句爲賦序,敍作賦之由。賦文分三段,首段由"其狀也"至"耳無聽而受響"九句,鋪陳鱉之狀貌,由大及小,先寫背甲,繼述腳、指掌、鼻、耳等,層層寫來,狀物清晰。二段由"是以

---

① 張溥輯:《漢魏六朝百三家集》,第 2 冊,卷四十八,《晉陸機集》,頁 377 上、下。

樓居多逼"至"足不運身"四句,述鼇之行動不便,爲下文鋪墊。末段由"於是從容澤畔"至末句,轉述處身異域,則"多逼"、"寡便",頓成"從容"、"肆志"也,此莊子"無用之用"之理也。

綜觀潘、陸二賦,俱屬貴遊雅會,皇太子命筆而作。爲文造情比之爲情造文者,已難并論,現二篇單純詠物,情志缺乏,徒逞辭藻,得一時談笑之資而已。若論二篇高下,以僅存文字言,應以陸賦爲佳,以其組織布局稍勝之也。

第六節 《扇賦》

漢魏及晉,以扇爲詠之賦甚多,計漢賦五篇、魏賦四篇、晉賦十二篇。

漢代扇賦五篇,包括:班固《竹扇賦》與《白綺扇賦》、傅毅《扇賦》、張衡《扇賦》、蔡邕《團扇賦》,茲述論如次:

班固《竹扇賦》云:

> 青青之竹形兆直,妙華長竿紛寔翼。杳篠叢生於水澤,疾風時時紛蕭颯。削爲扇翣成器美,託御君王供時有。度量異好有圓方,來風辟暑致清涼。安體定神達消息,百王傳之賴功力,壽考康寧累萬億。①

此客觀鋪陳,命意浮淺,較之《兩都賦》、《幽通賦》等相去甚遠。賦文十一句,狀似七言詩,計分兩段。首段由起首至"疾風時時紛蕭颯"四句,敘竹之形態與特色。二段由"削爲扇翣成器美"至末七句,寫竹扇之形貌與功用。班固另有《白綺扇賦》,賦文已佚。內容如何,未知之也。

---

① 張溥輯:《漢魏六朝百三家集》,第 1 册,卷十一,《漢班固集》,頁 266 下。

傅毅《扇賦》云：

> 背和暖于青春，踐朱夏之赫戲。搖輕篷以致涼，爰自尊以
> 暨卑。纖竹廓素，或規或矩。①

賦文六句，寫扇之爲用與形貌，僅此而耳。按韻腳推之，應有缺文也。

張衡《扇賦》云：

> 採茲竹以成扇，乃畫象而造儀。惟規上而矩下，和采爛以
> 雜施。②

賦文四句，首句寫造扇之材，二句述造扇過程，三句述其形，四句道其色，內容允稱充實，然情志闕如矣。

蔡邕《團扇賦》云：

> 裁帛制扇，陳象應矩。輕微妙好，其輶如羽。動角揚徵，
> 清風逐暑。春夏用事，秋冬潛處。③

賦文八句，首二句述製扇；三四句敘扇之輕妙；五句道揮扇之聲響與作用；七八句以扇之用事潛處作結。本賦大似四言詩，屬賦之詩化一大例證也。

魏代扇賦四篇，計有徐幹《圓扇賦》、曹植《九華扇賦》與《扇賦》、閔鴻《羽扇賦》等，亦析論如下：

徐幹《圓扇賦》云：

> 惟合歡之奇扇，肇伊洛之纖素。仰明月以取象，規圓體之

---

① 嚴可均輯：《全上古三代秦漢三國六朝文》，第 1 冊，《全後漢文》，卷四十三，頁706 上。
② 張溥輯：《漢魏六朝百三家集》，第 1 冊，卷十四，《張衡集》，頁 333 下。
③ 同上，卷十八，《漢蔡邕集》，頁 416 下。

儀度。①

賦文僅得四句,敍圓扇之取材與製作而耳。內容過簡,抑因脫文所致,未可知也。

曹植《九華扇賦》云:

　　昔吾先君常侍,得幸漢桓,帝賜尚方扇,不方不圓,其中結成文,曰九華。其辭曰:

　　有神區之名竹,生不周之高岑。對綠水之素波,背玄澗之重深。體虛暢以立幹,播翠葉以成林。形五離而九折,箋氅解而縷分。效虯龍之蜿蜒,法虹霓之氤氳。因形致好,不常厥儀。方不應矩,圓不中規。隨皓腕以徐轉,發惠風之微寒。時氣清以方屬,紛飄動兮綺紈。②

賦序言“先君”者,曹騰也,其爲中常侍時③,得幸於漢桓帝(劉志,132—167,147—167 在位),獲賜九華扇,植因此作賦。賦文十八句,分兩段。由起首至“播翠葉以成林”六句爲第一段,寫九華扇之取材。作者馳騁想像,虛擬環境,爲下文作有效之鋪墊。第二段十二句,由“形五離而九折”至末,鋪寫九華扇之製造、形狀及功用。層層寫來,詞采高麗,誠短篇佳作也。

曹植又作有《扇賦》,然僅存四句:

　　情駘蕩而外得,心悅豫而內安。增吳氏之姣好,發西子之玉顏。④

***

① 嚴可均輯:《全上古三代秦漢三國六朝文》,第 1 冊,《全後漢文》,卷九十三,頁975 下。

② 張溥輯:《漢魏六朝百三家集》,第 1 冊,卷二十六,《魏曹植集》,頁 647 上、下。

③ 陳壽:《三國志·魏志·武帝紀》云:“桓帝世,曹騰爲中常侍大長秋,封費亭侯。養子嵩嗣,官至太尉,莫能審其生出本末。嵩生太祖(操)。”是知賦序所言“先君”者,即曹騰也。

④ 嚴可均輯:《全上古三代秦漢三國六朝文》,第 2 冊,《全三國文》,卷十三,頁1128 上。

想由扇而及人,寫仕女之情態。然終究全篇内容如何? 未可知也。

閔鴻《羽扇賦》云:

> 惟羽扇之攸興,乃鳴鴻之嘉容。產九皋之中澤,邁雍喈之天聰。表高義于太易,著詩人之雅章。賴兹翮以内飛,曜羽儀於外揚。於時祝融持運,朱明發暉。奔陽衝布,飛炎赫曦。同煴隆於雲漢,咸慘毒於中懷。爾乃登爽塏,臨甘泉。漱清流,廕玄雲。運輕翮以容與,激清風於自然。披絺袑而入懷,飛羅纓之繽紛。眾坐侃以怡懌,咸拊節以齊懽。感蕙風之溫懷,詠棘心之所歎。於是暑氣云消,獻酬乃設。停神靜思,且以永日。妍羽詳迴,清風盈室。動靜揚暉,嘉好越逸。翩翩奕奕,飛景曜日。同皦素於凝霜,豈振鷺之能匹。①

賦文可分四段。首句至"曜羽儀於外揚"八句爲第一段,敘羽扇而聯想鳴鴻,寫其產地,說其鳴叫,於《易經·漸卦》表其高義②,於《詩經·大雅》擬其聲音③。然後歸結於"羽",謂飛鴻内飛外揚者端賴其"羽"也。"于時祝融持運"至"咸慘毒於中懷"六句爲第二段,極寫盛夏酷熱之狀:火神持運,夏日炎炎,人皆煴隆於天而慘毒於懷也。"爾乃登爽塏"至"詠棘心之所歎"十二句爲第三段,述登高臨流以避暑,其間揮動羽扇,激揚清風,心既怡懌,自然感詠歡歎也。"於是暑氣云消"至末十二句爲末段,敘暑氣消退,乃能靜思永日,時揮扇納涼,"妍羽詳迴,清風盈室。動靜揚暉,嘉好越逸",寫羽扇揮動之狀,刻畫入微。末用"凝霜"、"振鷺",構詞精巧,擬羽扇之白,亦與暑氣對比,讀之不覺清涼快感也。

晉代扇賦十二篇,包括:傅玄《圓扇賦》、傅咸《扇賦》、《羽扇

---

① 嚴可均輯:《全上古三代秦漢三國六朝文》,第 2 冊,《全三國文》,卷七十四,頁 1452 下。

② 《易經·漸卦》云:"上九,鴻漸于陸,其羽可用爲儀,吉。"

③ 《詩經·大雅·卷阿》云:"鳳皇鳴矣……雝雝喈喈。"

賦》、《狗脊扇賦》三篇、潘岳《扇賦》、陸機《羽扇賦》、嵇含《羽扇賦》、
潘尼《扇賦》、張載《羽扇賦》、司馬無忌《圓竹扇賦》、江逌《羽扇賦》、
袁崧《圓扇賦》等,兹述論如次:

傅玄《圓扇賦》云:

> 何皎月之纖素,擬皓日而軟貞。晞篳莆之芳烈,隨變體而
> 殊名。勁節剛以立質,象日月之定形。①

賦文或有脫文,以上存六句言,敘圓扇之製材與形態,純客觀詠物
之作也。

傅咸《扇賦》云:

> 天道行而不息,四節代以相尋。背青春之令月,踐朱夏於
> 斯今。熱融融以太甚,孰赫赫之可任。汗珠隕以外流,氣鬱結
> 而內沈。庶凱風之自南,競清嘯而啓衿。怨微飇之不興,恨喬
> 木之無陰。搖輕扇之苒弱,手繾動而慉心。心取慉於捲握,尚
> 何希乎北林。下濟億兆,上寧侯王。是曰安衆,清暑作涼。蒙
> 貴幸於斯時,無日夜而有忘,謂洪恩之可固,終靡斁於君旁。
> 火星忽以西流,悲風起乎金商。秋日淒淒,白露爲霜。體欻然
> 以思暖,御輕裘於溫房。狠棄我其若遺,去玉手而潛藏。君背
> 故而向新,非余身之無良。哀徒勞而靡報,獨懷怨於一方。②

賦文三十六句,分兩段。首段由起首至"尚何希乎北林"十六句,下
分三小節,第一節四句敘四季代序,春去夏來;第二節八句,寫暑熱
難任,冀望凱風自南,怎料微風不興,喬木無陰;第三節四句,述扇
搖風生,心內焦灼消解,自無求於北林以避暑也。末段由"下濟億
兆"至末二十句,下分二小節,第一節八句,敘扇之爲用,衆人共愛
也。暑熱之時,備受寵幸,日夜不忘,自以爲"洪恩之可固",獲君終

---

① 張溥輯:《漢魏六朝百三家集》,第 2 冊,卷三十九,《傅玄集》,頁 145 下。
② 同上,卷四十六,《晉傅咸集》,頁 324 下、325 上。

身不棄也。第二節十二句,寫秋風起,天氣轉涼,人無求於扇矣,遂捐棄若遺。扇自問非己無良,乃哀徒勞而不獲報,因而獨自懷怨矣。本賦內容,胎息自班婕妤《團扇》一詩,味深意遠,體分異域,情可共參矣。

傅咸又有《羽扇賦》,云:

> 吳人截鳥翼而搖風,既勝於方圓二扇,而中國莫有生意,滅吳之後,翕然貴之。其辭曰:
>
> 鳳凰于飛,翽翽其羽。況靈體以遐翔,匪六翮其焉舉。感扇揚之興風,宜收之以清暑。彼安衆之云妙,差剖篾於毫縷。體荏苒以輕弱,侔縞素於齊魯。此因資以為用,不假裁於規矩。雖靡飾於容好,亦差池而有序。上比列於南箕,下等美於菫菁。①

賦序述羽扇興於吳,而貴於晉。賦文先引《詩經・大雅・卷阿》“鳳皇于飛,翽翽其羽”②之典,寫飛鳥翱翔,因而聯想以鳥羽為扇,則可興風消暑。至云羽扇之為體,荏苒輕弱同於齊魯縞素,不求規矩以就方圓,毋須裝飾以增容好,自然之態,比之南箕、菫菁可也。

傅咸又有《狗脊扇賦》,云:

> 蓋卑以自居,君子之經。孤寡不穀,王侯修名。尚不媿狗脊之為號,亦焉顧九華之妙形。③

賦文或有佚,僅以存者觀之,則藉狗脊扇以明謙卑自居之理也。

潘岳《扇賦》云:

> 至若羽扇,靡雕靡刻。方圓不應於規矩,裁制不由於繩

---

① 張溥輯:《漢魏六朝百三家集》,第 2 冊,卷四十六,《晉傅咸集》,頁 325 上。
② 毛亨傳,鄭玄箋,孔穎達疏:《毛詩注疏》(《十三經注疏》,第 2 冊),卷十七,《大雅・卷阿》,頁 628 下。
③ 張溥輯:《漢魏六朝百三家集》,第 2 冊,卷四十六,《晉傅咸集》,頁 325 上。

墨。始顯用于荒蠻，終表奇于上國。①

賦文末二句與潘尼《扇賦》同，大抵誤輯故也。既題爲"扇賦"，起首即云"至若羽扇"，可知脫文甚多，原賦或詠諸扇，而殘存文句則詠"羽扇"也。

陸機《羽扇賦》云：

> 昔楚襄王會於章臺之上，山西與河右諸侯在焉。大夫宋玉、唐勒侍，皆操白鶴之羽以爲扇，諸侯掩塵尾而笑，襄王不悅。宋玉趨而進曰："敢問諸侯何笑？"諸侯曰："昔者武王玄覽，造扇於前。而五明安衆，庶繁於後，各有託於方圓，蓋受則於箑甫。舍茲器而不用，顧奚取於鳥羽？"宋玉曰："夫創始者恆樸，而飭終者必妍。是故烹飪起於熱石，玉輅基於椎輪。安衆方而氣散，五明圓而風煩。未若茲羽之爲麗，固體俊而用鮮。彼凌霄之偉鳥，播鮮輝之輕藉。隱九皋以鳳鳴，游芳田而龍見。醜靈龜而遠期，超長年而久眂。累懷璧於美羽，挫千載乎一箭。委曲體以受制，奏雙翅而爲扇。則其布翿也，差洪細，秩長短，稠不逼，稀不簡。於是鏤巨獸之齒，裁奇木之幹。憲靈樸於造化，審貞則而妙觀。移圓根於正體，因天秩乎舊貫。鳥不能別其是非，人莫敢分其真贋。翿姍姍以微振，風颾颾以垂婉。妙自然以爲言，故不積而能散。其執手也安，其應物也誠，其招風也利，其播氣也平。混貴賤而一節，風無往而不清。"諸侯曰："善。"宋玉遂言曰："伊茲羽之駿敏，似南箕之啓扉。垂皓曜之奕奕，含鮮風之微微。"襄王仰而拊節，諸侯伏而引非。皆委扇於楚庭，執鳥羽而言歸。屬唐勒而爲之辭曰："伊鮮禽之令羽，夫何翩翩與眇眇。反寒暑於一掌之末，迴八

---

① 虞世南編，孔廣陶校注：《北堂書鈔》，卷一百三十四，《服飾部三·扇二十四》，頁 230 下。

風乎六翮之杪。"①

本賦保留漢賦主客答問之特色,全篇可分三大段。首段由起首至"顧奚取於鳥羽",敍章臺之會上,山西與河右諸侯譏笑楚臣手持羽扇,引致楚襄王不悅。楚臣宋玉趨問諸侯何笑,諸侯答以扇之爲器,由來已久,"各有託於方圓,蓋受則於篗甫",以鳥羽爲扇,實所不取。第二段由"宋玉曰"至"諸侯曰:'善。'",此爲全賦中心,下分四小節:"宋玉曰"至"固體俊而用鮮"爲第一節,先敍後出轉精之理,以明羽扇後出而勝於安衆、五明也;"彼凌霄之偉鳥"至"奏雙翅而爲扇"爲第二節,敍羽扇之材料;"則其布翮也"至"故不積而能散"爲第三節,敍羽扇製造過程;"其執手也安"至"諸侯曰:'善。'"爲第四節,敍羽扇之特色,而以諸侯稱善作結。第三段由"宋玉遂言曰"至"執鳥羽而言歸",敍宋玉強調羽扇之駿敏,贏得襄王仰而拊節,諸侯拜服,並執羽扇而歸。第四段由"屬唐勒而爲之辭曰"至末,假借唐勒之言,頌讚羽扇,以起一唱三嘆之效。全賦組織細密,辭采豐贍,有步步進逼之勢,擬之浪濤拍岸,千態萬狀。重以寄意深厚,尤爲特出。前引傅咸《羽扇賦》,其序云:

　　　吳人截鳥翼而搖風,既勝於方圓二扇,而中國莫有生意,滅吳之後,翕然貴之。②

又嵇含《羽扇賦序》云:

　　　吳楚之士,多執鶴翼以爲扇。雖曰出自南鄙,而可以過陽隔暑。昔秦之兼趙,寫其冕服,以□侍臣,大晉附吳,亦遷其羽扇,御于上國。③

---

①　張溥輯:《漢魏六朝百三家集》,第2冊,卷四十八,《晉陸機集》,頁375下、376上。
②　同上,卷四十六,《晉傅咸集》,頁325上。
③　嚴可均輯:《全上古三代秦漢三國六朝文》,第2冊,《全晉文》,卷六十五,頁1830上。

由是知羽扇之製，始於吳地，晉滅吳，羽扇始流入中土而爲中原人士所輕。由物及人，陸機由吳入晉，其始也，高才不見用，甚且遭人譏笑。是以機爲此賦，託意奇高，諷刺力強。然爲免招排擠力壓，乃隱晦其詞，假諸宋玉之口，而所謂山西、河右諸侯者，乃自不言而喻者也。

稽含《羽扇賦》已佚，僅存其序見於前引。潘尼《扇賦》已於本書第四章論述，於此不贅。

張載《扇賦》云：

> 有翔雲之素鳥，體自然之至潔。飄縞羽於清霄，擬妙姿於白雪。俯濯素於河漢，仰晞光於日月。雙趾蹦而騰虛，六翮揮而風屬。於是傲世公子，倜儻踔躒。遺物獨出，樂此天爵。飛蒲氏之修蟮，縈子余之纖繳，弋翔冥之鷗雛，連王子之白鶴。裁輕翼以爲扇，發清風於勁翮。若乃搜奇選妙，絕色寡雙，鵠質皦鮮，元的點鋒。修短雖異，而光彩齊同。故易稱可以爲儀，詩美肅肅之容。是以停之如栖鵠，揮之如驚鴻。飄纓蕤於軒幌，發暉曜於群龍。夫裂素製圓，剖竹爲方。五明起於名都，九華興於上京。①

賦文應有缺，布局乃至不均。就現存文句言，由起首至"發暉曜於群龍"爲第一段，內容尚稱完整，詠寫羽扇也。下分三節："有翔雲之素鳥"至"六翮揮而風屬"爲第一節，寫飛鳥羽毛之潔白與飛騰之狀；"於是傲世公子"至"發清風於勁翮"爲第二節，寫製作羽扇之過程；"若乃搜奇選妙"至"發暉曜於群龍"爲第三節，敘羽扇之特色與功用。第二段由"夫裂素製圓"至末，敘團扇之製造與異名，僅存四句，未足評說也。

司馬無忌《圓竹扇賦》云：

---

① 張溥輯：《漢魏六朝百三家集》，第 2 冊，《晉張載集》，頁 508 下。

> 止若垂棘曜匣，遊若羲和朝征。靜無爲而虛寂，動感通而
> 風生。①

全賦未可窺見，獨此殘文四句，亦堪珍視，蓋描繪扇之止、遊、靜、
動，刻畫中流露道家色彩，引人深思也。

江逌《羽扇賦》云：

> 惟羽類之攸出，生東南之遐壖。育庶族于雲夢，散宗儔于
> 具區。色非一采，或素或玄。肌平理揚，瓊澤冰鮮。戢之則
> 藏，奮之則舉。舍之以寒，用之以暑。制舒疾于一掌，引長風
> 乎胸襟。蕩煩垢于體外，流妙氣于中心。②

又有殘句云：

> 在于鳥爲凌虛之翰，在于人爲揮風之羽。高下多少，隨人
> 所舉。③

賦文鋪敘羽扇之產地與流傳，又寫其色彩與功用，異乎前賦者，惟
修辭手法稍異而已。殘文四句頗具巧思，尤以前二句寫羽之在鳥、
在人，形態各殊而功用非一，讀之滋味濃郁也。

袁崧《圓扇賦》云：

> 飄擬融□□放，同類逸雲，輕風喟喟，羅袂紛紛。④

僅存殘句，未足評說也。

綜而論之，詠扇之賦二十一篇，多爲殘文佚句，論其內容，不離
客觀詠物，若扇之產地、材料、製作過程、形貌、特色、功用等，鋪陳
各異而旨趣大同矣。潘尼《扇賦》無出其右，未見特立也。若夫傅

---

① 嚴可均輯：《全上古三代秦漢三國六朝文》，第 2 冊，《全晉文》，卷十五，頁
1545 上。
② 同上，卷一百〇七，頁 2072 下、2073 上。
③ 同上，頁 2073 上。
④ 同上，卷五十六，頁 1783 上。

咸《扇賦》，流露君棄若遺、徒勞靡報之思，陸機《羽扇賦》借物託情，隱含諷諭，邁出當行，斯爲上品矣。

第七節 《芙蓉賦》

芙蓉、芙蕖、荷花、蓮花者，實一物而異名也。漢魏及晉，詠芙蓉之賦共九篇，論述如次。

漢張奐《扶蕖賦》爲衆作之始，云：

> 綠房翠蒂，紫飾紅敷。黃螺圓出，垂蕤散舒。纓以金牙，點以素珠。①

敘芙蓉之形態色彩，觀察細緻。"綠"、"紫"、"黃"、"金"、"素"，色彩斑斕，於此尤爲特色。

魏曹植《芙蓉賦》云：

> 覽百卉之英茂，無斯華之獨靈。結修根於重壤，泛清流而擢莖。其始榮也。皦若夜光尋扶桑。其揚暉也，晃若九陽出暘谷。芙蓉蹇產，菡萏星屬。絲條垂珠，丹榮吐綠。焜焜韡韡，爛若龍燭。觀者終朝，情猶未足。於是狡童媛女，相與同遊。擢素手於羅袖，接紅葩於中流。②

賦文可分三段。由起首至"泛清流而擢莖"爲第一段，頌讚芙蓉獨靈於百卉也。"其始榮也"至"情猶未足"爲第二段，鋪敘芙蓉之色彩、狀貌與可觀性，或白描，或比喻，手法高超。"於是狡童媛女"至末爲第三段，寫遊人採蓮，襯托芙蓉之吸引也。本賦短小精悍，組

---

① 嚴可均輯：《全上古三代秦漢三國六朝文》，第1冊，《全後漢文》，卷六十四，頁822上。

② 張溥輯：《漢魏六朝百三家集》，第1冊，《魏曹植集》，頁648下。

纖細密,運意摛辭,亦見工巧。

吳閔鴻《芙蓉賦并序》云:

> 川源清徹,美溢中塘。芙蓉豐植,彌被大澤。朱儀榮藻,有逸目之觀。
>
> 乃有芙蓉靈草,載育中川。竦脩幹以凌波,建綠葉之規圓。灼若夜光之在玄岫,赤若大陽之映朝雲。乃有陽文脩娿,傾城之色。揚桂枻而來遊,玩英華于水側。納嘉實兮傾筐,珥紅葩以爲飾。咸《桃夭》而歌詩,申《關雎》以自救。嗟留夷與蘭芷,聽鶗鴂而不鳴。嘉芙蓉之殊偉,託皇居以發英。①

賦序言芙蓉豐植,滿被大澤,色彩鮮艷,足可悅目而觀也。賦文分三段。首段由“乃有芙蓉靈草”至“赤若大陽之映朝雲”,敘芙蓉花葉之生長形態與色彩。二段由“乃有陽文脩娿”至“申關雎以自救”,敘仕女揚枻來遊,玩花採實,“桃之夭夭”、“關關雎鳩”,詠歌靡曼,情意悠長。三段由“嗟留夷與蘭芷”至末,重以蘭芷、鶗鴂襯托以嘉美芙蓉也。本賦內容與寫作手法大類曹植之作而風華過之矣。

晉賦五篇,夏侯湛《芙蓉賦》云:

> 臨清池以遊覽,觀芙蓉之麗華。潛靈藕於玄泉,擢修莖乎清波。煥然蔭沼,灼爾星羅。若乃迴紫外散,藋苟內離。的出豔發,葉恢花披。綠房翠蔕,紫飾紅敷。黃螺圓出,垂蕤散舒,纓以金牙,點以素珠。固陂池之麗觀,尊終世之特殊。爾乃採淳葩,摘圓質,析碧皮,食素實。味甘滋而清美,同嘉異乎橙橘。參嘉果以作珍,長充御乎口實。②

---

① 嚴可均輯:《全上古三代秦漢三國六朝文》,第2冊,卷七十四,頁1452下。
② 張溥輯:《漢魏六朝百三家集》,第2冊,《晉夏侯湛集》,頁263下。

賦文分三段。首段由起首至"灼爾星羅",敍臨池遊覽,得觀芙蓉之花、藕、長莖,爲下文描繪作鋪墊。次段由"若乃迴縈外散"至"尊終世之特殊",以華豔細膩之筆,刻鏤荷花外表之華容。其中"綠房翠蒂"六句同於張奐《芙蓉賦》,想爲誤輯之故,然終屬何人所作? 未可確知矣。三段由"爾乃採淳葩"至末句,轉寫芙蓉之實,讚美其質,所謂"味甘滋而清美"者,不覺令人垂涎也。

孫楚《蓮花賦》云:

> 有自然之麗草,育靈沼之清瀨。結根係於重壤,森蔓延以騰邁。爾乃紅花電發,暉光燁燁。仰曜朝霞,俯照綠水。潛緗房之奧密兮,含珍藕之甘腴。攢聚星列,纖離相扶。微若玄黎披幽夜,粲若鄧林飛鶵雛。①

賦文分三段。首段前四句,概述蓮花之生長特色。次段"爾乃紅花電發"四句,敍蓮花之色彩美態。三段"潛緗房之奧密兮"六句,敍蓮房、蓮藕與蓮子。全賦十四句,狀物清切,唯情志闕如也。

潘岳《蓮花賦》云:

> 偉玄澤之普衍,嘉植物之並敷。遊莫美于春臺,華莫盛于芙蕖。於是惠風動,沖氣和,晒清池,翫蓮花。舒綠葉,挺纖阿。結綠房,列紅葩。仰含清液,俯濯素波。修柯婀娜,柔莖苒蒻。流風徐轉,迴波微激。其望之也,曄若曒日燭崑山;其即之也,晃若盈尺映藍田。②

賦文分三段。第一段前四句,敍天澤普衍,植物遍敷,衆卉中以蓮花最美。次段由"於是惠風動"至"迴波微激",爲全賦中心,詠寫蓮花、蓮葉、蓮莖及蓮房生態,用字遣詞,摹寫傳神,"舒"、"挺"、"結"、"列",煉字得法,"婀娜"、"苒蒻",用詞恰當,可謂維妙維肖者也。

---

① 張溥輯:《漢魏六朝百三家集》,第 2 冊,卷四十一,《晉孫楚集》,頁 216 上。
② 同上,卷四十五,《晉潘岳集》,頁 296 下。

末段由"其望之也"至末四句,運用比喻、夸飾綜合修辭手法,有畫龍點睛之效。至若全篇 22 句,除轉折詞"於是"外,全爲對偶句,尤足稱述。

又潘岳《芙蓉賦》云:

> 蔭蘭池之豐沼,育沃野之上腴。課衆榮而比觀,煥卓犖而獨殊。狎獵雲布,窤咤星羅。光擬燭龍,色奪朝霞。丹輝拂紅,飛鬚垂的。紛披艶赫,散煥熠煜。流芬賦采,風靡雲旋。布濩磊落,蔓衍夭閑。發清陽而增媚,潤白玉而加鮮。①

賦文詞藻豐美,摹寫蓮花,色香俱備,然比之《蓮花賦》,則覺內涵稍遜,豈非華采奪質又一例歟?

潘尼《芙蓉賦》僅存殘句,早於本書第四章論述,於此不贅。

蘇彥《芙渠賦》云:

> 偉芙蓉之菡萏,燿煒煒之丹花。舒紅采于綠沼,映旳皪于朱霞。②

僅此四句,未足深描芙蓉,然"丹"、"紅"、"綠"、"朱",設色多采,亦具特色。

綜而論之,歷來詠芙蓉各賦,命意單純,俱爲客觀詠述,華詞滿紙,秀句屢出,各有千秋。就以潘尼《芙蓉賦》殘文佚句:

> 或擢莖以高立,似彫輦之翠蓋;或委波而布體,擬連璧之攢會。

亦足留采翰林,爲芙蓉知己矣。若論各賦高下,閔鴻《芙蓉賦》得浪漫之美,令人情靈搖蕩,夏侯湛《芙蓉賦》得渾圓之美,意無遺漏,潘岳《蓮花賦》得丰神之美,讀之不覺神旺意移。生臨池共賞、花在目

---

① 張溥輯:《漢魏六朝百三家集》,第 2 冊,卷四十五,《晉潘岳集》,頁 296 下。
② 嚴可均輯:《全上古三代秦漢三國六朝文》,第 3 冊,《全晉文》,卷一百三十八,頁 2255 上。

前之感,宜乎位居前列,制勝文場矣。

第八節　《秋菊賦》

詠菊之賦,始於魏代,迄晉而共得五篇。鍾會啓其始,傅玄、孫楚、潘尼、盧諶繼而有作也。

鍾會《菊花賦》云:

> 何秋菊之可奇兮,獨華茂乎凝霜。挺威蕤於蒼春兮,表壯觀乎金商。延蔓蓊鬱,綠阪被岡。縹幹綠葉,青柯紅芒。芳霆離離,暉藻煌煌。微風扇動,照曜垂光。於見季秋九月,九日數并。置酒華堂,高會娛情。百卉雕瘁,芳菊始榮。紛葩韡曄,或黃或青。乃有毛嬙西施,荊姬秦贏。妍姿妖艷,一顧傾城。擢纖纖之素手,雪皓腕而露形。仰撫雲髻,俯弄芳榮。①

又云:

> 夫菊有五美焉:黃花高懸,準天極也。純黃不雜,后土色也。早植晚登,君子德也。冒霜吐穎,象勁直也。流中輕體,神仙食也。②

原賦篇幅如何,未能考據。上述兩引文,前者可分兩段。首段由“何秋菊之可奇兮”至“照曜垂光”,先敘菊花之奇,乃不懼秋天凝霜而盛放,繼從幹、葉、柯、芒等極寫菊花色彩明艷。次段由“於是季秋九月”至“俯弄芳榮”,由花及人,而人花夾寫;敘九日重陽置酒華堂,名士高會娛情,共賞菊花。更想像傾國傾城之佳麗,擢素手,露

----

① 　張溥輯:《漢魏六朝百三家集》,第 2 冊,卷三十六,《魏鍾會集》,頁 96 上、下。
② 　同上,頁 96 下。

皓腕，仰則撫弄雲鬢，俯則把弄菊花。至於後段引文，敍菊花具五美：以其黃花高懸，合乎天道；純黃不雜，得黃土正色；早植晚登，仿君子大器晚成之德；冒霜吐放，表蒼勁正直之性；流中輕體，可爲延年長生之食，分析最爲細密。

傅玄《菊賦（有序）》云：

> 詩人觀王睢而咏后妃之德，屈平見朱橘而申忠臣之志。
> 布濩河洛，縱橫齊秦。掇以纖手，承以輕巾。採以玉英，納以朱脣。服之者長壽，食之者通神。①

賦序或爲誤輯，或有佚文，姑不妄測。至於賦文八句，前二句敍菊生長之地廣，後六句述採菊而食之功效。

孫楚《菊花賦》云：

> 彼芳菊之爲草兮，稟自然之醇精。當青春而潛翳兮，逮素秋而敷榮。於是和樂公子，雍容無爲。翱翔華林，駿足交馳。薄言采之，手折纖枝。飛金英以浮旨酒，拂翠葉以振羽儀。偉茲物之珍麗兮，超庶類而神奇。②

賦文分三段。首段四句，述菊花秋天開花之特性。次段八句，敍和樂公子以雍容無爲之態，策馬來遊，采菊以爲酒，取葉以爲飾。末段兩句以頌讚菊花之珍麗神奇作結。全篇命意平淺，內容單薄，蓋遊戲文學，了無足觀也。

潘尼《秋菊賦》已於本書第四章論說，此不贅。

盧諶《菊花賦》云：

> 何斯草之特瑋，涉節變而不傷。越松柏之寒茂，超芝英之冬芳。浸三泉而結根，晞九陽而擢莖。若乃翠葉雲布，黃蕊星

---

① 張溥輯：《漢魏六朝百三家集》，第 2 冊，卷三十九，《傅玄集》，頁 148 下、149 上。
② 同上，卷四十一，《晉孫楚集》，頁 216 上。

羅。熒明蒨粲，菴藹猗那。①

賦文十句，前四句，敘菊花特瑋之由，乃經節變而不改之特性，復以松柏、芝英作比，突顯菊花之茂盛與芳香。中四句分述菊花之根、莖、葉、蕊。末二句總寫菊之明艷盛美之貌。全賦短小精悍，文無遺意，所謂内涵豐美也。

　　綜而論之，詠菊五賦鍾會發其端，内容修辭高視後代，現存賦文中脱佚多少，未能遽知，殊感可惜；盧諶承其後，高標菊花涉節變而不傷之德，越松柏、芝英耐寒流芳之性，託意高雅，亦足昂首前賢；而潘尼賦作，雖屬短篇，然内容完整，層次分明，客觀詠物，亦云精品，宜居第三可也。

第九節　小　　結

　　漢魏及晉，同題賦作甚多，或模擬前人意欲爭勝，或雅會風流同題競采，或文士酬心步題相獻，理由非一，作品遂多。

　　潘尼賦作與諸家同題可供述論評價者七篇，計有《苦雨賦》、《安石榴賦》、《桑樹賦》、《鱉賦》、《扇賦》、《芙蓉賦》及《秋菊賦》等。其中《鱉賦》、《芙蓉賦》僅存殘文，未足與諸家較量高下，其餘賦篇，廁身衆作之林，自有姿態，藝術成就，亦居前列。

　　古來知音，千載逢一，歷朝賦家，能稱大家而能安衆口者，屈指有數。若潘尼者，份屬名家，假鍾嶸品詩之例，宜其位列中品，殆無疑議也。

---

①　嚴可均輯：《全上古三代秦漢三國六朝文》，第 2 冊，《全晉文》，卷三十四，頁1656 下。

第七章　總　　結

　　西晉辭賦，名家輩出，兩潘之名，蜚聲曩代。潘岳鋒發韻流，潘尼才清辭麗。然驂驔共馳，固有先後，觀者注目前駒，品評者衆，後者遭遺若棄，於是不辭淺陋，勉力成篇也。

　　潘尼系出楚國公族，遠祖潘崇爲春秋楚太師，文韜武略，頗有足稱；崇子尪，楚大夫也，表現勇武，聞於諸侯；尪子黨，亦爲楚大夫，擅於軍事，有功於國。東漢以還，祖勖、父滿並以學行稱，合尼三代儒素，實足稱美。

　　尼生當魏齊王嘉平二年(250)，卒於晉懷帝永嘉五年(311)，滎陽中牟人也，在鞏縣長大。少有清才之譽，其所自立，居正以安身，處亂能避禍，較之從父岳躁急輕進，優勝多矣。其行事也，秉正道而行，爲官任寬而不縱，恤隱勤政，待友以誠率真，一無詭隨，宜其封公顯職，壽享天年者也。

　　《隋書·經籍志》載《晉太常卿潘尼集》十卷，至元代散佚。現存潘尼賦，明張溥所輯《潘尼集》收錄十五篇，合誤輯入《潘岳集》之《秋菊賦》，總計爲十六篇。其篇目與清嚴可均《全晉文》中所載微異。

　　考此十六篇之寫作年份，可推斷者有四：《火賦》，據《晉書·愍懷太子傳》載，太子五歲因"火"而愛顧於晉武帝，乃推斷潘尼於元康元年(291)以太子舍人入侍東宮得知此事後而作；《桑樹賦》，此賦與傅咸《桑樹賦》及陸機《桑賦》作於同時，依三篇賦序與賦文所載，並據《晉書·武帝紀》、《三國志·魏書·二少帝紀》所記，則潘尼《桑樹賦》當作於元康元年(291)；《鼈賦》，此賦與陸機《鼈賦》同侍太子時作，考陸機於元康四年(294)離東宮轉任吳王晏郎中令,故知潘賦作於元康元年(291)至四年(294)間矣;《苦雨賦》,依陸雲《愁霖賦》序與《晉書‧惠帝紀》所記四州大水事,推知本賦作於永寧二年(302)秋七月也。

　　而寫作年份僅可大略言之者有八:《安石榴賦》約於晉武帝咸寧四年(278)以後繼從父岳《河陽庭前安石榴賦》而作也;《扇賦》因傅咸有同題作品,推想兩賦同在東宮時作,時應在元康元年(291)也;《東武館賦》依其賦序與內容,揣測作於武帝死後政局昏瞶之時,即惠帝元康元年(291)以後也;《琉璃椀賦》、《玳瑁椀賦》依內容所述,推知二物爲貢品,則必在潘尼在朝任官乃能得見,故二賦約作於惠帝元康元年(291)至懷帝永嘉五年(311)期間;《惡道賦》內容隱寓仕途蔽塞,士有朝不保夕之嘆,推想作於永康元年(300)趙王倫、孫秀欲謀篡位前後;《懷退賦》表退隱之思,推想約作於永康二年(301)前後,時孫秀專擅朝政,忠良之士皆罹禍酷也;《武庫賦》依內容所述之大刀寶劍必存皇宮內府,推想作於惠帝永寧二年(302)至懷帝永嘉五年(311)潘尼獲封"安昌公",位居顯要期間。其餘《釣賦》、《芙蓉賦》、《朝菌賦》、《秋菊賦》等不可考矣。

　　《隋書‧經籍志》、《舊唐書‧經籍志》及《新唐書‧藝文志》皆載《潘尼集》十卷,若《舊唐書》及《新唐書》撰者具見潘尼原著而非據《隋書》抄錄如儀,則潘尼集至北宋年間仍見流傳,嗣後或因兵燹戰禍而散佚矣。十卷本《潘尼集》所載賦篇多少未可考知,而蕭統《文選》亦無收錄,是以綜論潘尼賦歷代流傳之跡,僅從隋唐始,繼之可分宋元、明清及現當代等不同階段。

　　現今所見之書而收錄潘尼賦者,首推虞世南《北堂書鈔》,其收錄《火賦》、《扇賦》、《惡道賦》、《釣賦》及《懷退賦》等五篇。其後歐陽詢等《藝文類聚》收錄《苦雨賦》、《懷退賦》、《東武館賦》、《釣賦》、《琉璃碗賦》、《火賦》、《秋菊賦》、《玳瑁碗賦》、《安石榴賦》、《桑樹賦》、《朝菌賦序》及《鱉賦》等十二篇。徐堅等《初學記》亦收錄《苦雨賦》、《釣賦》、《惡道賦》、《火賦》、《秋菊賦》及《安石榴賦》等六篇。

此見潘尼賦於隋唐時期流傳之跡。

宋元時期，類書賦選尚多，僅李昉等《太平御覽》收錄《苦雨賦》、《東武館賦》、《釣賦》、《秋菊賦》及《芙蓉賦》等五篇，他如李昉《文苑英華》、吳淑《事類賦》及祝堯《古賦辯體》諸書，皆未見採錄。

明清以降，張溥輯《潘尼集》，旁搜遠紹，得尼賦十五篇，合誤輯入《潘岳集》之《秋菊賦》，共爲十六篇矣。另汪士賢《漢魏諸名家集》、張燮《七十二家集》同收《秋菊賦》。陳元龍《歷代賦彙》、張英等《淵鑑類函》與嚴可均《全晉文》所收潘尼賦篇，概與張溥本無甚差異。

近世以還，王巍《歷代咏物賦選》收錄潘尼《玐瑂椀賦》，張國星《六朝賦》收錄《火賦》、廖國棟《魏晉詠物賦研究》引述《火賦》、《秋菊賦》、《安石榴賦》、《鼈賦》、《琉璃椀賦》、《東武館賦》，另董志廣校注《秋菊賦》及曹道衡簡注賞析《東武館賦》等。

由是知潘尼賦作，流傳一千九百年，近世乃有簡注評析，而皆囿於國內學人，歐西、日本學者研究晉賦者多有，而未及潘尼賦篇，殊爲可惜。

綜觀歷代賦集，多以題材分類，若以潘尼賦篇比附，則見題材多樣，包括室宇、巧藝、地理、懷思、天象、珍寶、器用、花果、農桑、鱗介及武功等，從寫作手法言，可歸納爲敘事、抒情及詠物三類。

潘尼敘事之賦兩篇：一以室宇爲題材之《東武館賦》，其旨以頌揚東武陽侯能明哲保身，處遠避禍，卜宅而居，至其內容，首述遷居之由、擇居之意，繼寫居所之環境清幽，交通便捷，後敘生活狀況，逍遙快樂也；另一以巧藝爲題材之《釣賦》，敘垂釣樂事，以釣魚起，食魚終，層層寫來，令人神往意移矣。

其抒情之賦三篇：一以地理爲題材之《惡道賦》，內容藉惡道之艱難險阻抒發憂憤之感；一以懷思爲題材之《懷退賦》，撫今追昔，抒發懷退以安身之思；一以天象爲題材之《苦雨賦》，寫苦雨成災之經過，流露悲天憫人與回天乏力之情懷。

　　其詠物之賦九篇：以天象爲題材之《火賦》，詠火之特性、形態與功用，而勉太子擬火以制禮，據猛以立政；以珍寶爲題材之《琉璃椀賦》與《玳瑁椀賦》，前寫玆椀之由來特色與功用，後詠玳瑁之形貌、習性與特色；以器用爲題材之《扇賦》，述扇之製成與功用；以花果爲題材者有三，《安石榴賦》寫石榴之生長，述其花，敍其果，描繪細膩，《芙蓉賦》詠芙蓉之生長形態，《秋菊賦》詠菊之秀美與功效；以農桑爲題材之《桑樹賦》，敍寫桑樹靈根脩條，祥鳥應瑞之狀；以鱗介爲題材之《鼈賦》，寫得鼈之過程，並細述其物之行動特色。

　　至於未能歸類者兩篇：以武功爲題材之《武庫賦》，殘文，寫大刀寶劍之煉就；以花爲題材之《朝菌賦》，僅得其序，內容無所考矣。

　　若論潘尼賦之修辭，可稱技巧圓熟，變化尚多。其篇章修辭，從命意設情言：有深而婉之《東武館賦》與《火賦》；有激而切之《惡道賦》與《懷退賦》；有純客觀詠物之《安石榴賦》、《琉璃椀賦》、《玳瑁椀賦》、《扇賦》與《秋菊賦》；有即物寄情之《釣賦》與《苦雨賦》；亦有因貴遊雅會而命筆之《桑樹賦》與《鼈賦》等。又從章法組織言，賦文前有序者三篇：《東武館賦》、《鼈賦》及《朝菌賦》，餘皆但得賦文，除殘缺不全者無從評說外，悉皆布局謹嚴，章法有序。

　　其句式修辭，三言、四言、五言、六言、七言、九言及十言句，錯落參差，變化多妙。其中以四言、六言爲主，佔整體句式十之九以上。誦之抑揚頓挫，流轉自然，整齊中見其錯落之美，實句式靈動有以致之。賦篇中亦多警策之句，含意精切，奪人眼目。

　　其詞語修辭，則語多精煉，“摹狀法”、“片語法”、“拼字法”、“類字法”、“疊字法”、“節稱法”、“轉詞法”、“同義法”與“承接法”交錯運用，使賦篇或描繪生動，或篇體華美，或紆徐有致，或開闔有神也。

　　其聲律修辭，則音律和諧，雙聲、疊韻及其錯綜運用，並增誦讀鏗鏘之美；至於押韻技巧，實臻純熟，用韻妥貼，轉韻自然，非高手巨擘，何以致之！

其修辭諸格,夸飾效能顯著,其妙者實可發蘊而飛滯,披瞽而駭聾矣;用典則切合適當,辭若己出,或隱微寓意,或增強論說;對偶則種類繁多,可得分析者二十三種,一出巧思,亦因功力,玉潤雙流,足堪稱羨。

潘尼賦作與諸家同題而可述論者七篇:其《苦雨賦》以"苦"標題旨,與諸家用"愁"、"患"者義同。蔡邕《霖雨賦》不著一"愁"而意通全篇,餘味不匱;應瑒《愁霖賦》與曹植《愁霖賦》以"騷體"命篇,瑒賦情深意婉,植賦情辭並茂,均勝曹丕《愁霖賦》多矣。晉代述雨爲患者五賦,傅咸《患雨賦》文字簡約而內涵豐富,最爲優勝,潘尼《苦雨賦》以情真意切位居次位,陸雲《愁霖賦》以修辭獨勝,而爲文造情,乃屈居第三矣。

詠石榴之賦作者殊多,傳世十二篇。潘岳《河陽庭前安石榴賦》由花及人,寄寓懷才不遇之感而制勝他人;張協《安石榴賦》高飛軒翥,以修辭獨勝,位居次位;潘尼《安石榴賦》設色摛辭,構想浪漫,張載《安石榴賦》鋪張揚厲,想像雄奇,各具特色,宜並列第三也。

詠桑之賦自魏繁欽始,所作《桑賦》寄寓深遠。晉世三賦,同時並作,潘尼《桑樹賦》鋪陳頌揚中富想像力,傅咸《桑樹賦》情感豐富,陸機《桑賦》華辭滿目而情志稍淡,三者並駕匹敵,難分高下。

詠鼈之賦兩篇,潘尼、陸機所作也,皆同時命筆,屬貴遊雅會之選。二賦單純詠物,情志缺乏,徒逞辭藻而已。若兩篇較量,機賦以組織布局稍勝尼作。

詠扇之賦自漢迄晉二十一篇,現存者多爲殘文佚句,客觀詠物,佳作不多。潘尼《扇賦》雖云短小精悍,未見特立。傅咸《扇賦》流露君棄若遺,徒勞靡報之思;陸機《羽扇賦》借物託情,隱含諷諭,二篇邁出當行,同居上品矣。

漢魏及晉,詠芙蓉之賦九篇,佳作如林,潘尼《芙蓉賦》僅存殘文,刻畫描擬,亦云精細,然廁身衆作,難言突出。閔鴻《芙蓉賦》得浪漫之美,夏侯湛《芙蓉賦》得渾圓之美,潘岳《蓮花賦》得丰神之美,三者位居於前,餘作難與爭鋒。

菊賦五篇,鍾會首唱,其《菊花賦》內容完整,修辭優美,故能標焉;盧諶《菊花賦》託意高雅,差居其次;潘尼《秋菊賦》內容充實,層次分明,亦躋入前列,餘者望塵而已。

總而論之,西晉賦林,衆木參天。若潘尼者,猶大樹之合抱,枝葉茂盛,有其自得之態。遊人入林以觀,咸稱道旁巨木,嘖嘖不已,而未睹乎巨木後之巨木也,惜哉!本書雖欲尋幽探勝,而未敢遽謂潘尼知音,辛苦成篇,導夫前路,或有功於來者。

參 考 書 目

（一）中 文 著 述

一、專書

丁邦新：《魏晉音韻研究》，中研院歷史語言研究所專刊之六十五（臺北：中研院歷史語言研究所，1975 年）。

于浴賢：《六朝賦述論》（保定：河北大學出版社，1999 年）。

公羊壽傳，何休解詁，徐彥疏：《春秋公羊傳注疏》（臺北：新文豐出版公司，影印清嘉慶二十年〔1815〕重刊宋本《十三經注疏》，第 7 冊，1977 年）。

孔安國傳，孔穎達疏：《尚書注疏》（同上，第 1 冊，1977 年）。

孔繁：《魏晉玄學和文學》（北京：中國社會科學出版社，1987 年）。

毛亨傳，鄭玄箋，孔穎達疏：《毛詩注疏》（臺北：新文豐出版公司，影印清嘉慶二十年〔1815〕重刊宋本《十三經注疏》，第 2 冊，1977 年）。

毛晉輯：《宋六十名家詞》（上海：上海古籍出版社，1989 年）。

王壬秋：《八代詩選》（光緒辛巳四川尊經書局刊本）。

王充：《論衡》（香港：中華書局香港分局，《諸子集成》，第 7 冊，1978 年）。

王先謙：《莊子集解》（同上，第 3 冊，1978 年）。

王良友：《中唐五大家律賦研究》（臺北：文津出版社，2008 年）。

王叔岷：《鍾嶸詩品箋證稿》（臺北：中研院中國文哲研究所，1992 年）。

王茂福：《漢魏六朝名賦詩譯》（西安：陝西人民出版社，2002 年）。

王晨光：《魏晉南北朝辭賦選粹》（天津：天津教育出版社，1987 年）。

王弼、韓康伯注,孔穎達疏:《周易注疏》(臺北:新文豐出版公司,影印清嘉慶二十年〔1815〕重刊宋本《十三經注疏》,第 1 冊,1977 年)。

王琳:《六朝辭賦史》(哈爾濱:黑龍江教育出版社,1998 年)。

王發國:《詩品考索》(四川:成都科技大學出版社,1993 年)。

王逸:《楚辭章句》(臺北:臺灣商務印書館,景印文淵閣《四庫全書》本,第 1062 冊,1986 年)。

王瑤:《中古文學史論》(北京:北京大學出版社,1986 年)。

王繪絜:《傅玄及其詩文研究》(臺北:文津出版社,1997 年)。

王巍:《歷代咏物賦選》(瀋陽:遼寧大學出版社,1987 年)。

司馬光編著,胡三省音注:《資治通鑑》(北京:中華書局,1956 年)。

司馬遷:《史記》(北京:中華書局,1969 年)。

左丘明傳,杜預注,孔穎達疏:《春秋左傳注疏》(臺灣:新文豐出版公司,影印清嘉慶二十年〔1815〕重刊宋本《十三經注疏》,第 6 冊,1977 年)。

永瑢等:《四庫全書總目》(北京:中華書局,影印道光二年刊本,1965 年)。

伏俊璉:《俗賦研究》(北京:中華書局,2008 年)。

任昉撰,陳懋仁注:《文章緣起》(《學海類編》,第 49 冊)。

曲德來:《漢賦綜論》(瀋陽:遼寧人民出版社,1993 年)。

朱曉海:《習賦椎輪記》(臺北:臺灣學生書局,1999 年)。

何玉蘭:《宋人賦論及作品散論》(成都:巴蜀書社,2002 年)。

何沛雄:《漢魏六朝賦家論略》(臺北:學生書局,1986 年)。

何沛雄:《漢魏六朝賦論集》(臺北:聯經出版事業公司,1990 年)。

何沛雄:《賦話六種(增訂本)》(香港:三聯書店,1982 年)。

何晏注,邢昺疏:《論語注疏》(臺北:新文豐出版公司,影印清嘉慶二十年〔1815〕重刊宋本《十三經注疏》,第 8 冊,1977 年)。

何新文:《中國賦論史稿》(北京:開明出版社,1993 年)。

何新文:《辭賦散論》(北京:東方出版社,2000 年)。

何廣棪:《漢賦與楚文學之關係》(香港:珠海書院文史研究所學會,1993 年)。

余江:《漢唐藝術賦研究》(北京:學苑出版社,2005 年)。

余冠英:《漢魏六朝詩論叢》(上海:古典文學出版社,1956 年)。

余嘉錫：《世說新語箋疏》（上海：上海古籍出版社，1993 年）。

佚名：《明清八家文鈔》（北京：北京市中國書店，出版年缺）。

吳士鑑：《晉書斠注》（嘉業堂精刻本，1928 年）。

吳文治：《中國文學史大事年表》（合肥：黃山書社，1987 年）。

吳訥撰，于北山校點：《文章辨體序說》（香港：太平書局，1965 年）。

吳雲：《漢魏六朝小賦譯注評》（天津：天津古籍出版社，2006 年）。

李曰剛：《中國詩歌流變史》（臺北：文津出版社，1987 年）。

李曰剛：《中國辭賦流變史》（臺北：國立編譯館，1997 年）。

李步嘉：《越絕書校釋》（武昌：武漢大學出版社，1992 年）。

李延壽：《南史》（北京：中華書局，1975 年）。

李昉等：《太平御覽》（北京：中華書局，1960 年）。

李昉等：《太平廣記》（北京：中華書局，1960 年）。

李建中：《心哉美矣——漢魏六朝文心流變史》（臺北：文史哲出版社，1993 年）。

李翠瑛：《六朝賦論之創作理論與審美理論》（臺北：萬卷樓圖書有限公司，2002 年）。

李調元撰，何沛雄編訂：《雨村賦話》（香港：萬有圖書公司，1976 年）。

李燾：《六朝通鑑博議》（臺北：臺灣商務印書館，景印文淵閣《四庫全書》本，第 686 冊，1986 年）。

李豐楙：《憂與遊：六朝隋唐遊仙詩論集》（臺北：臺灣學生書局，1996 年）。

杜佑著，顏品忠等校點：《通典》（長沙：岳麓書社，1995 年）。

杜牧：《樊川文集》（上海：上海古籍出版社，1978 年）。

沈約：《宋書》（北京：中華書局，1974 年）。

沈臬之輯：《兩晉清談》（臺北：廣文書局影印本，1976 年）。

沈德潛：《古詩源》（《四部備要》縮本）。

沈德潛：《說詩晬語》（臺北：弘道文化事業有限公司，《詩話叢刊》，1971 年）。

汪兆鏞：《晉會要》（北京：書目文獻出版社影印稿本，1989 年）。

阮忠：《漢賦藝術論》（武昌：華中師範大學出版社，1993 年）。

季紹德：《古漢語修辭》（長春：吉林文史出版社，1986 年）。

房玄齡等：《晉書》（北京：中華書局，1974 年）。

林芬芳：《陸雲及其作品研究》（臺北：文津出版社，1997 年）。

林童照：《六朝人才觀念與文學》（臺北：文津出版社有限公司，1995 年）。

林寶：《元和姓纂》（臺北：臺灣商務印書館，景印文淵閣《四庫全書》本，第 890 冊，1986 年）。

金秬香：《漢代辭賦之發達》（商務印書館，不著出版年份）。

侯立兵：《漢魏六朝賦多維研究》（北京：人民出版社，2007 年）。

南京大學中文系主編：《辭賦文學論集》（南京：江蘇教育出版社，1999 年）。

姜亮夫：《歷代名人年里碑傳總表》（臺北：商務印書館，1970 年）。

姜書閣：《先秦辭賦原論》（濟南：齊魯書社，1983 年）。

姜書閣：《漢賦通義》（濟南：齊魯書社，1989 年）。

段玉裁：《說文解字注》（臺北：蘭臺書局有限公司，1977 年）。

洪順隆：《六朝詩論》（臺北：文津出版社，1978 年）。

洪順隆：《由隱逸到宮體》（臺北：文史哲出版社，1984 年）。

洪興祖：《楚辭補注》（北京：中華書局，1983 年）。

胡應麟：《詩藪》（北京：中華書局，1958 年）。

范希曾編：《書目答問補正》（北京：中華書局，影印 1931 年刊本）。

范曄撰，李賢等注：《後漢書》（北京：中華書局，1965 年）。

凌迪知：《萬姓統譜》（成都：巴蜀書社，《中華族譜集成》，1995 年）。

孫晶：《漢代辭賦研究》（濟南：齊魯書社，2007 年）。

孫詒讓：《墨子閒詁》（香港：中華書局香港分局，《諸子集成》，第 4 冊，1978 年）。

孫福軒：《清代賦學研究》（杭州：浙江大學出版社，2008 年）。

徐中玉、蕭華榮校點：《劉熙載論藝六種》（成都：巴蜀書社，1990 年）。

徐志嘯：《歷代賦論輯要》（上海：復旦大學出版社，1991 年）。

徐芹庭：《修辭學發微》（臺北：臺灣中華書局，1971 年）。

徐師曾撰，羅根澤校點：《文體明辨序說》（香港：太平書局，1965 年）。

徐堅：《初學記》（北京：中華書局，1962 年）。

殷孟倫：《漢魏六朝百三家集題辭注》（北京：人民文學出版社，

1960 年)。

浦銑著,何新文、路成文校證:《歷代賦話校證》(上海:上海古籍出版社,
2007 年)。

班固撰,顏師古注:《漢書》(北京:中華書局,1962 年)。

袁守定:《佔畢叢談》(清光緒重校刻本)。

袁珂:《山海經校注》(上海:上海古籍出版社,1980 年)。

袁峰:《魏晉六朝文學與思想》(西安:三秦出版社,1995 年)。

袁濟喜:《賦》(北京:人民文學出版社,1994 年)。

馬積高、萬光治主編:《賦學研究論文集》(成都:巴蜀書社,1991 年)。

馬積高:《賦史》(上海:上海古籍出版社,1987 年)。

馬積高:《歷代辭賦研究史料概述》(北京:中華書局,2001 年)。

高光復:《漢魏六朝四十家賦述論》(哈爾濱:黑龍江教育出版社,
1988 年)。

高明編:《兩晉南北朝文彙》(臺北:中華叢書編審委員會,1966 年)。

涂元恆:《漢賦名家選集——班固、張衡》(臺北:漢湘文化事業股份有限
公司,2001 年)。

臺北:政治大學文學院:《第三屆國際辭賦學學術研討會論文集》(臺北:
政治大學文學院,1996 年)。

崔大江:《古代名賦選譯》(廣州:暨南大學出版社,1994 年)。

崔豹:《古今注》,見唐鴻學輯:《怡蘭堂叢書》(藝文印書館原刻影印)。

常振國、降雲:《歷代詩話論作家》(長沙:湖南文藝出版社,1986 年)。

康金聲:《漢賦縱橫》(太原:山西人民出版社,1992 年)。

康榮吉:《陸機及其詩》(政治大學中國文學研究所碩士論文,嘉新水泥
公司文化基金研究論文第 105 種,1969 年)。

張仁青:《六朝唯美文學》(臺北:文史哲出版社,1980 年)。

張仁青:《駢文學》(臺北:文史哲出版社,1984 年)。

張仁青:《魏晉南北朝文學思想史》(臺北:文史哲出版社,1978 年)。

張少康:《文賦集釋》(上海:上海古籍出版社,1984 年)。

張正體、張婷婷:《賦學》(臺北:臺灣學生書局,1982 年)。

張英、王士禎等:《淵鑒類函》(北京:北京市中國書店,1985 年)。

張書文:《由文學觀點談楚辭到漢賦的發展與流變》(臺北:正中書局,

1981 年)。

張書文:《楚辭到漢賦的衍變》(臺北:正中書局,1983 年)。

張國星:《六朝賦》(北京:文化藝術出版社,1998 年)。

張清鐘:《漢賦研究》(臺北:臺灣商務印書局)。

張敦頤:《六朝事述編類》(臺北:藝文印書館,《百部叢書集成》第九部《古今逸史》本,1968 年)。

張華撰,范寧校證:《博物志校證》(北京:中華書局,1980 年)。

張溥輯:《漢魏六朝百三名家集》(揚州:江蘇廣陵古籍刻印社,影印清光緒五年〔1979〕彭懋謙信述堂刊本,1990 年)。

張溥輯:《漢魏六朝百三家集》(上海:上海古籍出版社,影印文淵閣《四庫全書》本,1994 年)。

張裕釗:《張廉卿先生文鈔》(北京:北京市中國書店,《明清八家文鈔》,第二函,第 7 冊)。

張燮:《七十二家集》(明天啟崇禎間刻本)。

敍士英:《中國文學年表》(臺北:文海出版社,1971 年)。

曹明綱:《賦學概論》(上海:上海古籍出版社,1998 年)。

曹虹:《中國辭賦源流綜論》(北京:中華書局,2005 年)。

曹淑娟:《漢賦之寫物言志傳統》(臺北:文津出版社,1987 年)。

曹勝高:《漢賦與漢代制度》(北京:北京大學出版社,2006 年)。

曹道衡:《中古文學史論文集》(北京:中華書局,1986 年)。

曹道衡:《漢魏六朝辭賦》(上海:上海古籍出版社,1989 年)。

梁簡能:《漢魏六朝詩論》(香港:仁學出版社,1985 年)。

畢沅輯:《晉太康三年地志》(上海:商務印書館,《叢書集成初編》本,1936 年)。

畢庶春:《辭賦新探》(瀋陽:東北大學出版社,1995 年)。

許同莘:《公牘學史》(北京:檔案出版社,1989 年)。

許結、徐宗文主編:《中國賦學》(南京:江蘇教育出版社,2007 年)。

許結:《中國賦學歷史與批評》(南京:江蘇教育出版社,2001 年)。

許結:《賦體文學的文化闡釋》(北京:中華書局,2005 年)。

郭建勛:《漢魏六朝騷體文學研究》(長沙:湖南教育出版社,1997 年)。

郭建勛:《辭賦文體研究》(北京:中華書局,2007 年)。

郭維森、許結:《中國辭賦發展史》(南京:江蘇教育出版社,1996年)。

郭慶藩:《莊子集釋》(香港:中華書局香港分局,《諸子集成》,1978年,第3冊)。

郭璞注,邢昺疏:《爾雅注疏》(臺北:新文豐出版公司,影印清嘉慶二十年〔1815〕重刊宋本《十三經注疏》,第8冊,1977年)。

郭璞注,郝懿行箋疏:《山海經箋疏》(臺北:中華書局,1969年)。

陳元龍等:《歷代賦彙》(南京:江蘇古籍出版社、上海:上海書店,1987年)。

陳去病:《辭賦學綱要》(臺北:文海出版社有限公司,1971年)。

陳成國:《魏晉南北朝禮制研究》(湖南:湖南教育出版社,1995年)。

陳良運:《中國歷代賦學曲學論著選》(南昌:百花洲文藝出版社,2002年)。

陳松雄:《齊梁麗辭衡論》(臺北:文史哲出版社,1986年)。

陳思良:《陸機文學研究》(香港:廣華書局,1969年)。

陳洪治:《賦》(北京:北京出版社,2004年)。

陳望道:《修辭學發凡》(香港:大光出版社,1962年)。

陳淑美:《潘岳及其詩文研究》(臺北:文津出版社,1999年)。

陳順智:《魏晉玄學與六朝文學》(武昌:武漢大學出版社,1993年)。

陳壽撰,裴松之注:《三國志》(北京:中華書局,1959年)。

陳緒萬、尚永亮主編:《歷代小賦觀止》(西安:陝西人民教育出版社,1998年)。

陳慶元:《賦》(桂林:廣西師範大學出版社,2000年)。

陳鐘凡:《漢魏六朝文學》(香港:商務印書館,1964年)。

陸侃如、馮沅君:《中國詩史》(濟南:山東大學出版社,1996年)。

陸侃如:《中古文學繫年》(北京:人民文學出版社,1985年)。

陸時雍:《古詩鏡》(商務印書館,《四庫全書珍本》六集)。

陶秋英:《漢賦之史的研究》(臺北:新文豐出版公司,1980年)。

章滄授:《歷代山水名勝賦鑒賞辭典》(北京:中國旅遊出版社,1997年)。

傅剛:《魏晉南北朝詩歌史論》(長春:吉林教育出版社,1995年)。

傅隸樸:《修辭學》(臺北:正中書局,1988年)。

傅隸樸：《賦選注》（臺北：正中書局，1977 年）。

喬治忠校注：《衆家編年體晉史》（天津：天津古籍出版社，1989 年）。

曾資生：《魏晉南北朝》（香港：龍門書店，《中國政治制度史》，第 3 冊，1969 年）。

程章燦：《漢賦攬勝》（上海：上海古籍出版社，1995 年）。

程章燦：《賦學論叢》（北京：中華書局，2005 年）。

程章燦：《魏晉南北朝賦史》（江蘇：江蘇古籍出版社，1992 年）。

馮良方：《漢賦與經學》（北京：中國社會科學出版社，2004 年）。

黃水雲：《六朝駢賦研究》（臺北：文津出版社，1999 年）。

黃水雲：《歷代辭賦通論》（臺北：文津出版社，2008 年）。

黃永武：《字句鍛鍊法》（臺北：臺灣商務印書館，1969 年）。

逯欽立輯：《先秦漢魏晉南北朝詩》（北京：中華書局，1983 年）。

楊伯峻：《春秋左傳注》（北京：中華書局，1981 年）。

萬光治：《漢賦通論》（成都：巴蜀書社，1989 年）。

葉日光：《左思生平及其詩之析論》（臺北：文史哲出版社，1979 年）。

葉日光：《詩人潘岳及其作品校注》（臺灣政治大學中文研究所博士論文，1968 年）。

葉幼明：《辭賦通論》（湖南：湖南教育出版社，1991 年）。

董志廣：《潘岳集校注》（天津：天津人民出版社，1993 年）。

虞世南撰，孔廣陶校注：《北堂書鈔》（臺北：文海出版社，影印孔氏三十三萬卷堂影宋鈔本，1962 年）。

詹杭倫、沈時蓉：《雨村賦話校證》（臺北：新文豐出版公司，1993 年）。

詹杭倫：《清代律賦新論》（北京：北京燕山出版社，2002 年）。

詹杭倫：《清代賦論研究》（臺北：臺灣學生書局，2002 年）。

廖國棟：《魏晉詠物賦研究》（臺北：文史哲出版社，1990 年）。

熊良智主編：《辭賦研究》（北京：商務印書館，2006 年）。

熊紹龍：《河南省中牟縣志》（臺北：成文出版社，據民國二十五年石印本影印，1968 年）。

管雄：《魏晉南北朝文學史論》（南京：南京大學出版社，1998 年）。

裴晉南、何鳳奇、李孝堂、郭清津：《漢魏六朝賦選注》（上海：上海古籍出版社，1983 年）。

趙克勤:《古漢語修辭簡論》(北京:商務印書館,1983年)。

趙岐注,孫奭疏:《孟子注疏》(臺北:新文豐出版公司,影印清嘉慶二十年〔1815〕重刊宋本《十三經注疏》,第8冊,1977年)。

趙俊波:《中晚唐賦分體研究》(北京:華齡出版社,2004年)。

趙翼:《廿二史劄記》(北京:北京市中國書局,1987年)。

劉永濟:《文心雕龍校釋》(上海:中華書局,1962年)。

劉向:《戰國策》(上海:上海古籍出版社,1985年)。

劉向撰,劉曉東校點:《列女傳》(瀋陽:遼寧教育出版社,1998年)。

劉安等撰,高誘注:《淮南子》(香港:中華書局香港分局,《諸子集成》,第7冊,1978年)。

劉汝霖:《漢晉學術編年》(上海:商務印書館,1931年)。

劉昫等:《舊唐書》(北京:中華書局,1975年)。

劉師培:《中國中古文學史》(香港:商務印書館,1975年)。

劉師培:《漢魏六朝專家文研究》(香港:中文大學新亞書院中文系,1966年)。

劉培:《北宋辭賦研究》(濟南:山東人民出版社,2009年)。

劉斯翰:《漢賦:唯美文學之潮》(廣州:廣州文化出版社,1989年)。

劉朝謙:《賦文本的藝術研究》(北京:華齡出版社,2006年)。

劉開揚:《柿葉樓存稿》(上海:上海古籍出版社,1983年)。

劉義慶撰,劉孝標注:《世說新語》(香港:中華書局香港分局,《諸子集成》,第8冊,1978年)。

劉熙載:《藝概》(臺北:廣文書館,1964年)。

劉禎祥、李方晨:《歷代辭賦選》(湖南人民出版社,不著出版年份)。

劉勰著,范文瀾注:《文心雕龍》(香港:商務印書館,1960年)。

劉樹清:《漢魏六朝小賦賞析》(南寧:廣西教育出版社,1993年)。

歐陽修等:《新唐書》(北京:中華書局,1975年)。

歐陽詢撰,汪紹楹校:《藝文類聚》(北京:中華書局,1965年)。

蔡義忠:《中國的辭賦家》(臺北:南京出版公司,1979年)。

鄭玄注,孔穎達疏:《禮記注疏》(臺北:新文豐出版公司,影印清嘉慶二十年〔1815〕重刊宋本《十三經注疏》,第5冊,1977年)。

鄭玄注,賈公彥疏:《周禮注疏》(臺北:新文豐出版公司,影印清嘉慶二十年〔1815〕重刊宋本《十三經注疏》,第3冊,1977年)。

鄭良樹:《辭賦論集》(臺北:臺灣學生書局,1998年)。

鄭明璋:《漢賦文化學》(濟南:齊魯書社,2009年)。

鄭樵撰,王樹民點校:《通志二十略》(北京:中華書局,1995年)。

鄧仕樑:《兩晉詩論》(香港:香港中文大學,1972年)。

鄧國光:《摯虞研究》(香港:學衡出版社,1990年)。

穆克宏:《魏晉南北朝文學史料述略》(北京:中華書局,1997年)。

蕭統編,李善注:《文選》(香港:商務印書館,1936年)。

蕭華榮:《魏晉南北朝詩話》(濟南:齊魯書社,1986年)。

錢大昕:《十駕齋養新錄》(臺北:世界書局,1963年)。

錢志熙:《魏晉詩歌藝術原論》(北京:北京大學出版社,1993年)。

駱冬青:《氣象非凡的漢賦》(瀋陽:遼寧古籍出版社,1995年)。

謝无量:《中國大文學史》(臺北:臺灣中華書局,1967年)。

韓暉:《隋及初盛唐賦風研究》(桂林:廣西師範大學出版社,2002年)。

瞿蛻園選注:《漢魏六朝賦選》(上海:上海古籍出版社,1964年)。

簡宗梧:《漢賦史論》(臺北:東大圖書股份有限公司,1993年)。

簡宗梧:《漢賦源流與價值之商榷》(臺北:文史哲出版社,1980年)。

簡宗梧:《賦與駢文》(臺北:臺灣書店,1998年)。

聶石樵:《先秦兩漢文學史稿》(北京:北京師範大學出版社,1994年)。

踪凡:《漢賦研究史論》(北京:北京大學出版社,2007年)。

魏徵等:《隋書》(北京:中華書局,1973年)。

羅宗強:《魏晉南北朝文學思想史》(北京:中華書局,1996年)。

嚴可均輯:《全上古三代秦漢三國六朝文》(北京:中華書局,1958年)。

釋皎然著,李壯鷹校注:《詩式校注》(濟南:齊魯書社,1986年)。

饒宗頤:《文轍·文學史論集》(臺北:臺灣學生書局,1991年)。

饒宗頤:《選堂賦話》(香港:萬有圖書公司,1975年)。

顧棟高:《春秋大事表》(臺北:廣學社印書館,1975年)。

酈道元:《水經注》(《四部叢刊初編》縮本)。

龔克昌:《漢賦研究》(濟南:山東文藝出版社,1984年及1990年增訂版)。

龔嘉英:《詩學述要》(臺北:華岡出版部,1975年)。

二、譯著

〔日〕小川環樹著,譚汝謙、陳志誠、梁國豪譯:《論中國詩》(香港:香港中文大學出版社,1986 年)。

〔日〕小尾郊一著,邵毅平譯:《中國文學中所表現的自然與自然觀——以魏晉南北朝文學爲中心》(上海:上海古籍出版社,1989 年)。

〔日〕弘法大師著,王利器校注:《文鏡秘府論》(北京:中國社會科學出版社,1983 年)。

〔日〕吉川幸次郎著,陳順智、徐少舟譯:《中國文學史》(成都:四川人民出版社,1987 年)。

〔日〕吉川幸次郎著,劉向仁譯:《中國詩史》(臺北:明文書局,1983 年)。

〔日〕松浦友久著,孫昌武、鄭天剛譯:《中國詩歌原理》(瀋陽:遼寧教育出版社,1990 年)。

〔日〕青木正兒著,隋樹森譯:《中國文學概說》(重慶:四川出版社,1982 年)。

〔日〕青木正兒著,鄭樑生、張仁青譯:《中國文學思想史》(臺北:開明書局,1977 年)。

〔日〕清水凱夫著,韓基國譯:《六朝文學論文集》(重慶:重慶出版社,1989 年)。

〔日〕鈴木虎雄著,洪順隆譯:《中國詩論史》(臺北:臺灣商務印書館,1972 年)。

〔日〕鈴木虎雄著,殷可臞譯:《賦史大要》(臺北:正中書局,1942 年)。

〔日〕興膳宏著,彭恩華譯:《六朝文學論稿》(長沙:岳麓書社,1986 年)。

三、論文

(凡已見前錄之論文集者,則不贅)

丁嬪娜:《潘岳及其詩》,《華夏學報》,第 13 期(1981 年),頁 1—90。

于裕賢:《劉勰論漢賦》,《福建師範大學學報(哲學社會科學版)》,1988年第 1 期,頁 39—44、49。

王娜：《鍾嶸〈詩品〉潘岳條疏證》,《安陽師範學院學報》,2010 年第 1 期,頁 92—95。

王琳：《潘岳賦論》,《山東師範大學學報(人文社會科學版)》,1993 年,(05)

王德華：《唯生與位,謂之大寶——潘岳〈西征賦〉解讀》,《古典文學知識》,2010 年第 2 期(總第 149 期),頁 89—95。

王曉東：《潘岳賦作辨偽》,《北京教育學院學報》,第 21 卷第 1 期,2007 年 3 月,頁 14—17。

王麗芬：《從潘岳、陶淵明的詩文看他們的隱逸思想》,《福建師範大學學報(哲學社會科學版)》,2000 年第 2 期,頁 72—75。

王麗芬：《潘岳家世婚姻考訂》,《閩江學院學報》,第 25 卷第 6 期,2004 年 12 月,頁 11—13。

史培爭、尤麗：《賦的詩化與詩的賦化》,《語文學刊(高教版)》,2007 年第 1 期,頁 103—104。

吉廣興：《從元遺山論詩絕句看潘岳詩品與人品的出入》,《陝西師範大學學報(哲學社會科學版)》,第 28 卷第 3 期,1999 年 9 月,頁 122—126。

安丹丹、許振：《心向仕途路 閑居非高情——潘岳〈閑居賦〉別解》,《遼東學院學報(社會科學版)》,第 12 卷第 1 期,2010 年 2 月,頁 99—101。

何沛雄：《“兩京賦”和“二京賦”的歷史價值》,《文史哲》(濟南：山東大學,1990 年 9 月),頁 15—20。

何沛雄：《枚乘〈七發〉析論》,《中國文學名篇鑑賞辭典》(濟南：山東大學出版社,1992 年),頁 1708—1724。

何沛雄：《從〈兩都賦〉和〈二京賦〉看漢代的長安與洛陽》,《慶祝饒宗頤教授七十五歲論文集》(香港：香港中文大學中國文化研究所,1993 年),頁 145—156。

何沛雄：《略論漢代騷體賦與散體賦的特點》,《第三屆國際辭賦學學術研討會論文集》(臺北：政治大學文學院,1996 年),下冊,頁 559—581。

何沛雄：《略論賦的分類》,《書目季刊》,21 卷第 4 期(1988 年 3 月),頁 19—25。

何沛雄：《漢賦研究的一些問題》,《漢學研究之回顧與前瞻》(北京：中華書局,1996 年),頁 112—120。

何沛雄：《漢賦問答體初探》，《新亞學術年刊》(香港：香港中文大學，1994 年)，頁 43—50。

何沛雄：《論范仲淹的治道賦》，《范仲淹一千年誕辰國際學術研討會論文集》(臺北：臺灣大學，1990 年 6 月)，上冊，頁 343—368。

何啓民：《魏晉思想與士族心態》，《政治大學歷史學報》，第 1 期(1983 年 3 月)，頁 19—43。

何新文：《賦家之心，包括宇宙——論漢賦以大爲美》，《文學遺產》(1986 年第 1 期)，頁 62—71。

何新文：《讀〈賦話六種〉劄記》，《學術研究》，1991 年第 2 期，頁 109—112。

余英時：《漢魏之際士之新自覺與新思潮》，《新亞學報》，4 卷 1 期(1959 年 8 月)，頁 25—144。

李立信：《從"和賦"看賦的文體屬性》，《第三屆國際辭賦學學術研討會論文集》(臺北：政治大學文學院，1996 年)，下冊，頁 685—697。

李立信：《論六朝賦之詩化》，《第三屆魏晉南北朝文學國際學術研究會論文集》(臺北：文史哲出版社，1998 年)，頁 95—111。

李伯敬：《賦體源流辨》，《學術月刊》(1982 年第 3 號)，頁 49—51。

李長之：《西晉詩人潘岳的生平及其創作》，《國文月刊》，第 68 期(1948 年 6 月)，頁 25—32。

李則芬：《晉賦與漢賦》，《東方雜誌》，第 18 卷第 1 期(1984 年 7 月)，頁 32—34。

李啓恩：《潘岳賦研究》(香港大學哲學碩士論文，1999 年)。

李曉風：《陸機與張華、潘尼、馮文羆的交游》，《南都學壇(人文社會科學學報)》，第 27 卷第 2 期，2007 年 3 月，頁 79—81。

沈玉成：《魏晉文學史料考辨》，《文史》第 13 輯(北京：中華書局，1982 年 3 月)，頁 201—208。

尚定：《人品與詩品——潘岳辨》，《古典文學知識》(1989 年第 4 期)，頁 69—73。

林文月：《潘岳的妻子》，《中外文學》，17 卷 5 期(1988 年第 10 月)，頁 4—28。

林文月：《潘岳陸機詩中的"南方"意識》，《臺大中文學報》，第 5 期(1992

年 6 月),頁 81—118。

邱美煊、温東榮:《從潘岳〈悼亡詩〉看潘岳其人》,《福建商業高等專科學校學報》,2009 年 12 月第 6 期,頁 72—76。

姜劍雲:《"三張二陸兩潘一左"著述考》,《安徽教育學院學報》,第 19 卷第 2 期,2001 年 3 月,頁 53—56、71。

姜劍雲:《安身守正:論潘尼人生道路與人格精神》,《江西財經大學學報》,2002 年第 2 期,頁 44—47。

柏松:《潘岳:在超脱與沉淪之間》,《西南師範大學學報(哲學社會科學版)》,1997 年第 5 期,頁 54—57。

洪順隆:《論潘岳賦的經典風貌》,《第三屆國際辭賦學學術研究討會論文集》(臺北:政治大學文學院,1996 年),頁 705—747。

胡旭、王海兵:《潘岳三考》,《江蘇教育學院學報(社會科學版)》,第 18 卷第 5 期,2002 年 9 月,頁 83—87。

胡旭:《潘岳若干問題研究》,《江蘇教育學院學報(社會科學版)》,1997 年第 2 期,頁 75—79。

胡旭:《潘岳隱逸思想初探》,《鄭州大學學報(哲學社會科學版)》,1995 年第 5 期,頁 84—88。

苗健青:《試論潘岳人格的悲劇性》,《温州師範學院學報(哲學社會科學版)》,1997 年第 5 期,頁 14—16。

凌迅:《潘岳文學雛論》,《東嶽論叢》(1983 年第 2 期),頁 107—112。

高光復:《論魏晉南北朝辭賦》,《求是學刊》,1988 年第 3 期(1988 年 6 月),頁 68—84。

高光復:《魏晉六朝隱逸思想對文學的影響》,《北方論叢》(1982 年第 6 期),頁 32—38、44。

康金聲:《試論漢賦的諷諭》,《山西大學學報(哲學社會科學版)》(1981 年 3 期),頁 55—61。

張國星:《潘岳其人與其文》,《文學遺產》(1984 年第 4 期),頁 28—38。

張國星:《關於〈晉書·賈謐傳〉中的二十四友》,《文史》,第 27 輯(北京:中華書局,1986 年 12 月),頁 207—217。

張須:《魏晉隋唐文論》,《國文月刊》,53 期(1947 年 3 月),頁 27—29。

曹虹:《詩人之賦與辭人之賦——漢魏六朝賦研究》,《學術月刊》,第 270

期(1991 年 11 月),頁 43—48。

曹道衡:《試論漢賦和魏晉南北朝的抒情小賦》,《文學評論叢刊》,第 3 期(1979 年 7 月),頁 1—27。

許瑤麗:《論魏晉六朝賦之用典及其審美特徵》,《成都理工大學學報(社會科學版)》,第 12 卷第 3 期,2004 年 9 月,頁 42—44、49。

郭味農:《關於劉勰的三準論》,《文學遺產》,增刊 11 輯(1962 年 10 月),頁 13—19。

郭偉、周曉琳:《從〈閑居賦〉看潘岳思想》,《遼東學院學報(社會科學版)》,第 12 卷第 2 期,2010 年 4 月,頁 85—88。

陳玉林:《潘岳品性解析》,《華章》,2010 年 2 期,頁 44。

陳曉芬:《兩漢魏晉南北朝賦論的價值取向》,《周口師範學院學報》,第 25 卷第 1 期,2008 年 1 月,頁 16—20。

傅璇琮:《潘岳繫年考證》,《文史》,第 14 輯(1982 年 7 月),頁 237—258。

馮承基:《六朝文述論略》,載羅聯添編《中國文學史論文選集》,第 2 冊(臺北:學生書局,1978 年),頁 367—441。

楊曉斌:《從模擬鋪陳走向自抒機杼——潘岳五賦考論》,《學術論壇》,2010 年第 1 期,頁 165—169。

萬曼:《辭賦起源》,《國文月刊》,59 期(1947 年 9 月),頁 19—21。

廖國棟:《試探潘岳閑居賦的內心世界》,《魏晉南北朝文學與思想學術研討會論文集》(臺北:文津出版社,1997 年),第 3 輯,頁 111—137。

廖蔚卿:《論魏晉名士的狂與癡》,《現化文學》,33 期(1967 年 12 月),頁 34—42。

臺靜農:《魏晉文學思想的述論》,載羅聯添編:《中國文學史論文選集》,第 2 冊(臺北:學生書局,1978 年),頁 449—460。

褚斌杰:《論賦體的起源》,《文學遺產》,增刊 14 輯(1982 年 2 月),頁 30—38。

趙逵夫:《漢晉賦管窺》,《甘肅社會科學》,2003 年第 5 期,頁 35—40。

趙逵夫:《魏晉賦的局限與拓展》,《周口師範學院學報》,第 25 卷第 6 期,2008 年 11 月,頁 7—13。

趙德高:《對潘岳人格的一種評價》,《宜賓學院學報》,第 10 卷第 1 期,2010 年 1 月,頁 49—51。

劉文英:《關於魏晉的"言意之辨"和文學理論》,《學術月刊》(1982 年第 8號),頁 78—81。

劉洋:《潘岳哀悼作品的"心畫心聲"》,《淮北職業技術學院學報》,第 9 卷第 2 期,2010 年 4 月,頁 86—87。

劉師培:《論文雜記》,載羅聯添編:《中國文學史論文精選》(臺北:學海出版社,1984 年),頁 1—38。

劉培:《漢末魏晉時期的經學與辭賦》,《南京師大學報(社會科學版)》,第 6 期,2007 年 11 月,頁 106 - 110。

劉隆有:《士族門閥制與魏晉南北朝史學》,《齊魯學刊》,1986 年 3 月第 2期,頁 34—37。

劉福燕:《正確評價潘岳之人品及其文品》,《山西教育學院學報》,2001年第 2 期,頁 25、44。

潘嘯龍、朱瑛:《潘岳人品論》,《安徽師範大學學報(人文社會科學版)》,第 24 卷第 5 期,2006 年 9 月,頁 509—516。

蔣方:《論潘岳的理想人格與現實行爲的矛盾構成——兼論西晉文人的心理特點》,《湖北大學學報(哲學社會科學版)》(1989 年第 1 期),頁 45—49。

穆克宏:《漢魏六朝文體論的發展》,《文學遺產》,1989 年第 1 期,頁 35—43。

蕭立生、周小喜:《潘岳悼亡詩初探》,《湖南大學學報(社會科學版)》,第 24 卷第 3 期,2010 年 5 月,頁 89—92。

蕭立生:《論潘岳抒情賦的藝術特色》,《湖南大學學報(社會科學版)》,第 10 卷第 2 期,1996 年,頁 30—32。

蕭含:《望塵而拜與華亭鶴鳴——潘岳與陸機》,《學苑教育》,2010 年,7—11 月各期,頁 64。

錢穆:《略論魏晉南北朝學術文化與當時門第之關係》,《新亞學報》,5 卷2 期(1963 年 8 月),頁 23—77。

叢煒莉:《開闊研究的視野和襟懷——對潘岳評價之瑣議》,《南通紡織職業技術學院學報》,第 8 卷第 4 期,2008 年 12 月,頁 47—51。

顏崑陽:《論魏晉南北朝文質觀念及其所衍生諸問題》,《古典文學》,第 9集(臺北:臺灣學生書局,1987 年),頁 53—104。

饒宗頤:《從對立角度談魏晉南北朝文學發展的路向》,載香港中文大學中國語言文學系編:《魏晉南北朝文學論集》(臺北:文史哲出版社,1994年),頁 1—7。

　樂勛:《魏晉時期美學思想的發展》,《美學論叢》,第 3 期(北京:中國社會科學院出版社,1981 年 9 月),頁 206—229。

(二)外文著述

一、專書

　[日] 小尾郊一:《真實與虛構──六朝文學》(東京:汲古書院,1994 年)。

　[日] 吉川中夫:《六朝精神史研究》(東京:同朋舍,1984 年)。

　[日] 佐藤利行:《西晉文學研究》(東京:白帝社,1995 年)。

　[日] 吹野安:《中國古代文學發想論》(東京:笠間書院,1987 年)。

　[日] 林田慎之助:《中國中世文學評論史》(東京:創文社,1979 年)。

　[日] 高橋和巳:《中國文學論集》(東京:河出書房新社,1973 年)。

　[日] 興膳宏:《潘岳、陸機》(東京:筑摩書房,1973 年)。

Bate, W. J. , *Criticism: The Major Texts* (San Diego: Harcourt Brace Jovanovich, 1970).

Bischoff, Friedrich. , *Interpreting the Fu: A study in Chinese Literary Rhetoric* (Wiesbaden: Franz Steiner, 1976).

David R. Knechtges, *The Han Rhapsody: A Study of the fu of Yang Hsiung (53 B. C. - 18 A. D.)* (Cambridge: Cambridge University Press. 1976).

Giles, Herbert A. , *A History of Chinese Literature* (Tokyo: Charlies E. Tuttle, 1973).

Watson, Burton, *Chinese Rhyme-Prose: Poems in the Fu from the Han and Six Dynasties Periods* (New York & London: Columbia University

Press, 1971).

　　Watson, Burton, *Early Chinese Literature*（New York & London：Columbia University Press, 1962).

二、論文

　　〔日〕佐藤利行：《潘岳と潘尼》,《中國中世文學研究》,第 22 號(1992 年 4 月),頁 7—21。

　　〔日〕松本幸男：《潘岳の"秋興賦"と"閒居賦"》,《學林》,第 2 號(1983 年 7 月),頁 32—45。

　　〔日〕松本幸男：《潘岳の悼亡詩》,《學林》,第 3 號(1984 年 1 月),頁 16—29。

　　〔日〕高橋和巳：《潘岳論》,《中國文學報》,第 7 冊(1957 年 10 月),頁 14—91。

　　Wilhelm, Helmut："The scholar's Frustration：Notes on a type of Fu", *Chinese Thought and Institutions* pp. 310 - 319 & 398 - 403（Chicago, 1957).

跋

去年五月,妹妹展如在密歇根大學商學院畢業,父母從香港飛到美國參加她的畢業禮,我也從洛杉磯前往祝賀。其後父親填了一闋詞,以記其事,詞曰:

永遇樂 并序　　二零一零年五月

小女展如負笈北美四載,予夫婦遠赴密歇根大學參加其畢業禮。大兒彥燾亦自洛杉磯抵步。典禮前夕,圓月當空,俄而夜雨輕雷,天亮始歇。大學邀得奧巴馬總統主禮,其演說半小時,述民主之義,勉諸生奉獻社會,談笑自若,聽者掌聲雷動十餘數。典禮翌日,予夫婦返港,彥燾回美西上學,展如或往歐洲,計劃謀而後定。一家重聚又未知何時矣。賦詞一闋以記。

鐵翼乘風,兼程萬里,浮想軒矗。偌大銀盤,光鋪曠宇,寄傲知何處?韶華彈指,鑽研貨殖,爲問四年曾渡。驪歌是,輕雷驟雨,詰朝策足前路。　　翩翩袖舞,英雄初見,一笑風雲難馭。那得重遊?惟教筆底,感會留春住。鳳鳴龍躍,歡顏共惜,不意此情躊佇。憑誰說?天涯最怕,別時細語。

一家人難得的兩三天聚首,又各散東西。天涯相隔,父母的牽掛想望,當遊子的豈不如此?記得當時閒談,父親說起出版著述事,做子女的應該參與,規定每出一書,我與展如須輪流作跋。

2003年，父親出版第一本古典文學創作《風蔚樓叢稿》，我膺命作了跋，那時我還在加州大學(聖地牙哥分校)讀書。2010年，父親出版《王夫之春秋稗疏研究》，展如寫了跋，算是她大學畢業前的一篇很用心寫的中文作品。不到一年，父親打電話給我，說準備出版另一本學術論著，要求我作跋。不多久，父親便電傳他的稿本來。

我離開中文實在太久了，父親用文言寫作，讀起來又隔一層，而且是學術作品，困難是倍增的。潘尼是西晉作手，中學時代讀文學史，"三張二陸兩潘一左"，倒也熟悉。潘岳的故事至今也有一點印象，對潘尼實在是不了而了之的。現在父親以潘尼賦爲研究對象，內容於我是完全陌生的。

我目前在加州大學洛杉磯分校攻讀博士，在生物工程的領域研究醫治癌症的方法。癌症是人類第二號殺手，僅次於心臟病，其成因是由於癌細胞的生長機制失控，不斷增生而變成腫瘤，爭奪身體營養並不斷擴散。化療是對付癌腫瘤最常用的方法。傳統的化療原理是"以毒攻毒"，病人服食能殺死快速生長的癌細胞的藥物。此方法固然能夠有效地殺死癌細胞，但身體其他正常生長的細胞也遭殃。所以，化療最常見的副作用，是出現頭髮脫落、嘔吐腹瀉、免疫力下降等症狀。

我的研究是利用納米及相關技術，開發一種"聰明藥"，能夠分辨出癌細胞和正常細胞，並將癌細胞消滅。

納米其實是一個長度單位，一納米就是一億分之一米。利用納米技術，我可以製造出直徑約一百納米的球狀導體。此導體可以在循環系統中游弋。癌腫瘤由於不斷擴大，它需要血管來供給它更多營養。因此癌細胞會分泌一種激素，誘使血管連接並生長在腫瘤上，情況就好像一個新興的市鎮，需要盡快興建公路與交通網絡連接起來。這些新建的血管正是癌細胞能夠擴散到其他身體器官的原因。由於血管是匆忙地"修建"的，其表面可謂

"千瘡百孔"。而我便利用這些數百納米大小的孔,讓納米導體自然地進入癌腫瘤內。癌腫瘤內的環境一般屬於酸性,在這種環境下,我用來製造納米導體的物質就能自動分解,並釋出藥物將癌細胞殺死。

爲了發揮藥物的針對性以減低出現的副作用,我必須令納米導體進入腫瘤後,啓動機制,令癌細胞大量接受導體。我的做法是在納米導體的表面鋪上大量蛋白質,癌細胞由於不斷增生,特別需要蛋白質來維持生長。於是癌細胞在它表面生出許多"觸手",專門接收蛋白質。我利用癌細胞這種"貪得無厭"的特性,將"毒藥"掩藏在"食物"內,讓癌細胞"自取滅亡"。由於"觸手"的數量比其他正常細胞高出數百至數千倍,一般細胞不會接收大量導體,副作用便因而大大減少。上述機制,稱爲"特洛伊木馬",藥物利用此機制則稱爲"標靶藥物"。

當然,這樣複雜的設計不是我個人想出來的,而是科學家、工程師長年累月經過理論、實驗不斷演變出來的。我預期的貢獻,是在前人的基礎上,提煉出一種經過基因改造的蛋白質。此蛋白質被癌細胞接收後,能夠在細胞中逗留特別久,因此納米導體便有更充裕的時間釋放藥物,提高治病的效率。

我所掌握的知識內涵和父親相較,可謂風馬牛不相及。硬啃了父親的著述,發現彼此研究的方法、過程和目標,也頗有相通的地方。父親在前人研究潘尼及其作品的基礎上,決定了研究方向,聚焦於潘尼十餘篇賦,層層深入;其組織嚴謹,從考據、分析、比較、評說,到論定潘賦的地位,莫不有根有據,想必對後來者更全面的研究起先導作用。

知識的領域是講求累積、繼承和創新的。任何發明和新的突破,都不會一蹴而就。研究者必先在研究的領域上有豐厚廣博的知識,清楚掌握前人和當代人相類、相關,甚或相反以及失敗的研究結果。新的研究成果,說到底就是在他人的基礎上推陳出新。

當我獨處於實驗室研究的時候,彷彿也看到父親伏案寫作的影子。
今天世界文明的不斷進步,正是一批接一批人在不同領域中甘於
孤獨,而又自覺不得不孤獨地努力的結果。

招彦熹
二零一一年八月十八日敬跋於美國加州洛杉磯大學

後　　記

　　一九九五年夏，余以論文《劉勰文心雕龍詩論之研究》獲珠海書院頒授文學博士學位，何師沛雄教授爲論文口試校外委員之一。何師專長於古典文學，尤以賦學著述蜚聲海內外。二零零零年，余在香港大學從事賦學研究，即蒙何師指導。

　　潘尼廁身西晉學林，歷來關注者少。兩潘之名，岳居其前，尼則退藏其後，然其學其人，自足令人欽羨。今存尼賦十餘篇，本書竊採小題大做法，逐一考訂，述其流傳，探其內容，賞其修辭，並總說諸家同題之作，欲以探深抉奧，博觀圓照，權論尼賦高下。若能稍益於賦林，實副區區所望。

　　本書付梓在即，蒙何師賜序褒揚，選堂饒宗頤教授賜題書名，感幸何如！大兒彥燾負笈美洲，專研生物工程，能用心作跋，亦覺快慰。上海古籍出版社黃亞卓博士統籌本書編輯工作，一絲不苟，於此一併致謝。

　　本書議論未周，資料不足之處，尚祈讀者方家不吝賜正，以匡不逮。

招祥麒

二零一一年十月十五日